WANG ZIFU WORKS

中国专业作家作品典藏文库
王梓夫卷

卧底

王梓夫 著

中国文史出版社

一

坐在烟海市天姿大酒店二楼围栏旁边的餐桌上，靳小晴突然想到了人生如梦这句话。两个多月来所发生的一切都是一场梦，都是如此的不真实，恍恍惚惚，晃晃悠悠，如梦如幻。无论你是一个如何自信、如何叱咤风云的英雄或野心家，当人生遇到重大变故的时候，你才相信人原来是如此的渺小，如此的无助，轻飘得像一颗蒲公英的种子，只能随风而去。这时候，只有到了这时候，你才相信人不再属于自己。

这是一家中档偏上的饭店，集餐饮、洗浴、娱乐于一体，一楼是大厅，二楼是雅座，三楼则是洗浴中心按摩房什么的，四楼除了办公室还有客房。在二楼雅座的外面是一周围栏，围栏旁边是类似大排档的小型餐桌。坐在这种小餐桌上，可以把一楼大厅尽收眼底。靳小晴不明白，蓝湘不像是那种贪热闹的人，可是她为什么要选择这么一个位置呢？

今天的一楼大厅也真是够热闹的，那里正在举行着一场婚礼，而且不是一般人的婚礼，是烟海市委书记徐文发的儿子徐冲的婚礼。对于这个婚礼，靳小晴事先是做过一些调查的，那也是执行蓝湘的命令。令靳小晴费解的是，蓝湘为什么对徐冲的婚礼有兴趣呢？

根据靳小晴的调查，这个婚礼原来准备在烟海宾馆举行的，那是属于市委市政府的宾馆。可是市委书记徐文发为了避嫌，选择了这家合资饭店，而且用餐标准是讲好了的，不算酒水，每桌八百元。还有，徐文发原来只想请一些亲朋好友办一个简单的仪式，可是女方家里不满意，身边的同僚有意见，上级和下级关系比较密切的人也提出了强烈的要求。你一个市委书记，偷偷摸摸把儿子的婚礼办了，连杯喜酒都不请人喝，也太不近人情了吧！今天的婚礼也依然是严格控制的，正式发请柬的超不过三十人，可是那些闻讯赶来的就不好说了。谁让他是市委书记呢？公众人物无隐私，媒体不炒作，小道消息更厉害。

坐在靳小晴对面的蓝湘一直不说话，她们两个只点了两个清淡的小菜，要了一瓶长城干红酒，细斟慢酌，图的是看下面的热闹，消磨的是莫名其妙的时间。

蓝湘不开口，靳小晴是绝对不敢乱说乱问的。这两个年龄相差一倍还要多的女人不是一般的关系，而是奴隶和主人的关系，这是写进协议里的。蓝湘四十多岁，风姿绰约，依然很年轻，很漂亮。有人说金钱不是万能的，金钱不能买健康，不能买年轻。错了，高科技发展的今天，有钱的女人甚或男人，把大量的钱都花在健康和美容上面了。肯定有效，无效谁办这傻事，蓝湘就是证明。

来宾确实不少，看得出来大多数是政府的各级官员。尽管在这里他们不敢摆架子，也不敢玩儿派，还是看得出来他们是政府官员。这是一批职业特征最强烈的人，他们想掩饰也掩饰不住。何况，那种刻意的掩饰、纯熟的谦卑，以及作秀般的兴高采烈，更进一步暴露出了他们那训练有素的职业特征。还有，透过一楼大厅的玻璃窗，可以看到外面停满了大同小异毫无个性的小汽车。

蓝湘扑哧笑了。

靳小晴看着她，也微微笑了一下，算是奴仆对主人的尊重。

蓝湘说："你猜我笑什么？"

靳小晴摇了摇头。

蓝湘说："我想起了一首民谣：拉开车门往里看，个个都是贪污犯。先枪毙，后立案，肯定没有冤假错案。"

眼下民间流行的民谣和黄段子像蝗灾般地铺天盖地，也像蝗灾般地迅速蔓延。中文系的叶建平说，这是官方文学阳痿、民间文学雄起的特殊时期，雄起的民间文学强暴的对象正是社会的弊端。想起叶建平，靳小晴的心像刀剜一般疼了一下。她咬了咬牙，竭力不把自己的情感表露出来。她现在不属于自己的，她的一切行为乃至情感都要以蓝湘为核心，为蓝湘服务。蓝湘花那么大的代价雇用她，她一定要当好这个奴仆。

蓝湘的注意力转移到了门口的签到桌前面，凡是进入婚礼大厅的来宾都要先到那里签到，顺便交给账桌上一个红包。这是约定俗成的规矩了。

蓝湘看了半天，突然问："为什么徐文发亲自负责签到？这不是太失身份了吗？是不是怕人家给的红包少？"

靳小晴急忙禀报说："不是，这件事也真让徐书记为难了。开始说不办，大伙儿不干；后来又说小办，大伙儿还不同意；再后来他同意办了，但是拒绝收贺礼，大伙儿又强烈反对。徐书记一步一步往后退，最后坚持，每人只收二百元，多一分钱都不收。这样，他还不放心，亲自接红包，超过二百元的，他当场退回去。"

蓝湘听了，沉吟了一会儿，鄙夷地嘟哝了一句："装逼。"她马上意识到在女学生面前说粗话不妥，又改口说，"真他妈会装孙子。"

靳小晴想说徐书记是真的，看了看蓝湘的脸色，又把话咽回去了。难道在蓝湘的眼里，当官的一个好东西都没有？这未免也太偏执了吧！

二

下面的婚礼开始了，响成一串的鞭炮，欢快的音乐，五彩缤纷的纸屑，穿着婚纱和礼服的新郎新娘在伴郎伴娘的陪同下入场了。

这个婚礼办得不俗，主持人居然是烟海市电视台大牌播音员柳如烟。在整个烟海市，有两个人的名气最大，一个是市委书记徐文发，一个就是柳如烟。柳如烟一副大家闺秀的气度，还有清泉绿草般的清纯。男人眼里最美的女人，女人心目中最服气的偶像。她是所有男人的梦中情人，是所有女人骄傲的姐妹，她属于烟海人民的，任何人都不能独霸她。也许就是怕触犯众怒，她一直没有谈恋爱。没有男朋友让所有人都感到安慰，都感到有希望。可是，一个可怕的传说像艾滋病毒一样在黑暗与龌龊中传播着，说她跟徐文发有染，或者干脆说她就是徐文发的情人，还有人说得更是有鼻子有眼，说她已经跟徐文发订婚了，徐文发给儿子举行完婚礼以后，就要跟柳如烟正式结婚。他之所以不愿意让儿子婚礼过于隆重，就是怕将来他和柳如烟的婚礼超不过儿子。人心就是一个黑暗的王国，从那里流出的乳汁都是黑色的。

柳如烟的出现无疑给徐冲的婚礼带来了躁动的狂热，也使那扑朔迷离的传说增加了真实的佐证。

蓝湘说："徐文发很会当官。"

靳小晴向她投出了困惑的目光。

蓝湘说："他是故意不避讳的，好像他这样做很坦荡，谣言不攻自破。他错了，现如今的老百姓是那么好骗的吗？谁比谁傻多少呀？"

蓝湘的脸上并没有露出欣悦的表情，她这么一个野心勃勃的女人，是不会满足一个奴仆对她的阿谀的。

靳小晴点了点头，表示理解了蓝湘的话，还讨好地笑了笑，算是对蓝湘真知灼见的钦佩。

蓝湘的脸上并没有露出欣悦的表情，她这么一个野心勃勃的女人，是不会满足于一个奴仆对她的阿谀的。

靳小晴突然像是发现了新大陆似的说："柳如烟真漂亮！"

蓝湘看着她："是吗?"

靳小晴急忙改口说："啊……没有你漂亮。"

蓝湘说："你像徐文发会当官一样地会说话，我会把你们放在一块儿较量较量的。"

靳小晴没有完全听懂蓝湘的话，继续说："不过，你发现没有，柳如烟很像你，真的很像你。"

蓝湘含蓄地笑了笑，没有再说什么。

靳小晴的注意力开始向新郎和新娘转移，这真是非常般配的一对，令人艳羡。徐冲身高一米八，英俊潇洒，浓眉大眼，又风度翩翩，堪称是一个美男子。新娘叫尹音，烟海医院的牙科医生，这也是靳小晴事先调查出来的。她是一个苗条秀丽、高雅脱俗的姑娘，穿上洁白的婚纱，更是天使般的纯洁娇艳。如果不是那突如其来的灾难，未来的两年或三年后，她跟叶建平也会如此幸福地出现在婚礼上。她相信，叶建平并不比徐冲差，而她也会毫不逊色于尹音的……她的心又疼痛起来，刀剜一般。对未来她再也不存任何梦想了，她的梦已经破灭了，一个已经沦为奴隶的女人，还敢有什么美好的奢求呢?

婚礼热闹却又有条不紊，在柳如烟活泼高雅的主持下，新郎新娘交换结婚戒指，幸福地接吻，还有一拜天地改成了对天盟誓，二拜高堂改成了向双方的父母鞠躬。徐冲没有母亲，只有徐文发一个人有些尴尬地坐在家长的位置上。三是夫妻对拜……有人开始闹了，要求他们离得近一些，要头撞头，撞出声音来，撞得越重越响将来越幸福……

一个女人突然跑上来，歇斯底里地叫着徐冲的名字。整个婚礼上的人都呆愣住了，那个女人显然是从农村来的，衣衫不整，长长的头发散乱地披在脸上，差不多把整个脸庞都遮住了。女人的怀里抱着一个孩子，用小棉被裹着的孩子，同样也看不清孩子的模样和大小。

女人已经蹿到了徐冲面前，声泪俱下地哭叫着：“徐冲啊徐冲，你可以抛弃我，你可以把咱们的海誓山盟当成放屁，你可以娶这个女人做你的老婆……但是你……你不能抛弃孩子，这可是你的骨肉啊……我今天不是跟你捣乱的，我也不愿意在你的婚礼上扫你的兴，我只求你把这孩子收下……咱俩的缘分断了，我不恨你，我只求你把孩子养大，别让孩子受委屈……我是死是活你就不用管了……”

徐冲愣愣地看着眼前的女人，似乎完全没有听见那个女人在说什么。可是女人的话却让在场的来宾都听得一清二楚，婚礼上立刻嘈嘈杂杂地议论起来。

那个抱着孩子的女人又突然咕咚一下跪在了尹音面前，悲悲切切地哭着说：“妹妹，姐姐求你了，这是徐冲的亲骨肉，你既然爱徐冲，就收下这个孩子吧……我知道，你刚入洞房就当妈这不公平，可是这怨不得别人，你要好好待这孩子，姐姐求你了……”

徐冲和尹音包括主持人柳如烟显然对这突如其来的事件没有丝毫的准备，都傻子似的看着那个女人，甚至连一点儿反应都没有。

那个女人说完，把孩子往徐冲的脚下一放，扭过头捂着脸哭着跑了出去。

婚礼上的人依然没有反应，似乎所有的人都失去了知觉，都变成了僵尸，连空气都凝固了。

最先从噩梦中醒来的是新娘尹音，她终于明白发生了什么事情，哇的一声哭叫起来。紧接着，她发疯般地撕扯掉身上的婚纱，朝徐冲狠狠地甩去。然后也像刚才那个女人一样，捂着脸跑了出去。

蓝湘轻轻地说：“咱们走吧。”

靳小晴似乎没听清，这里发生的事情还没闹明白，怎么能走呢？你难道连一点儿好奇心都没有吗？

蓝湘已经站起身来。

靳小晴不敢违抗主人的命令，也只好跟着站起身来。

蓝湘沉着脸，严肃地说："今天晚上你到徐文发家里去。"

靳小晴一愣："干什么？"

蓝湘说："给他家当保姆，照顾这个孩子。"

靳小晴困惑地问："我……我怎么去？"

蓝湘说："那是你自己的事，别问我。"

三

韩玉冰睁开眼睛，好久好久，她不能收拢自己的意识，脑子里像没有信号的电视屏幕，呲呲啦啦地闪烁着白光。感觉是靠不住的，她不知道自己是活着，还是已经到了另一个世界。

让自己的目光最先集中起来的是一张脸，这张脸正好对着她的脸，离得很近。她最先看清的是脸上的皱纹，像树皮。不是粗糙的松树皮，是黑黝黝的榆树皮。纹络也像清晰而精细的老榆木。这张脸上满是善意和担忧。渐渐地，她听到了声音。据说，人死后，最后离开肉体的是听觉。

“孩子……你醒了？”

“我……我还活着？”

“为什么要寻短见呢？遇到什么难事了？”

又一个声音传过来：“来，闺女，起来吃点儿东西。”

一种浓烈的香味让她振奋起来。哦，她的味觉也回来了，果然没有死。

她没有动，脑子像油路不通畅的机器轰轰地转动着。终于打着了火，她的意识也像发动机一样迅速地清晰起来。

她死了，是她自己把自己杀死的。她跳进了竹叶河，河水很凉，浪头也很大。她记得自己的脑袋曾经伸出过水面一次，一个凶猛的浪头巨兽一样又把她压下了水底。很深很深的水底，水底下一片黑暗。她在黑暗中下沉，她挣扎过，拼命地挣扎着。又过了许久，一片光亮，很耀眼，很绚丽。她的身子被吮吸过去，一道长长的光路，她清醒地知道，这是通往另一个世界的隧道。

这一对中年夫妇真真切切地围在她的面前。一张床，她躺在中间，夫妻俩各在一边。男人还在问着："闺女，你到底怎么了？你叫什么？你家在哪儿？"

她呆愣地看着这对夫妻，那样子一定很傻。

女人说话了："别难为孩子了，闺女，大娘给你做了一碗汤面，快趁热吃了。"

她突然觉得饿了，很饿，那碗汤面冒着腾腾的热气，里面卧着两个诱人的鸡蛋。

女人把汤面交给男人，扶她坐起来。

她起来了，却不好意思接那碗汤面。

这是一个普普通通的农家砖瓦房，屋子里陈设很简单，却干干净净。这对夫妇很亲切，像是她与生俱来的亲人。

男人出去了，她贪婪地吃着汤面。女人关切地提醒她："慢点儿吃，烫……"

她似乎没有觉得烫，难道她的知觉丢失了吗？抑或是，我连死都不怕，还怕烫吗？

说不清为什么，她没有哭，没有流泪。一碗汤面吃完了，她心里便很充实了，身上还微微地冒了汗。

这对夫妻没有再询问她，她顺理成章地住了下来。

直到第三天，她的精神和体力完全恢复之后，才问那个男人："您为什么要救我？"

女人却说话了："傻丫头，不救你，也得救你肚子里的孩子呀。"

她下意识地摸了摸肚子，似乎刚刚记起来，肚子里还装着一个孩子。半晌，她才喃喃地说："为了他，您更不该救我了。"

"咋了？"

"她是个孽种。"

四

这天晚上，市委书记徐文发的家里乱了套。徐冲的婚礼被搅散了，又凭空多出了一个只有几十天大的孩子。孩子大概是饿了，又哭又闹，还屙了满床的屎尿。幸亏徐冲的姐姐徐敏留了下来，手忙脚乱地照顾着孩子。徐敏在靠山集中学当教师，今天是请假来参加弟弟的婚礼的，明天早上还有她的课。她走了，这孩子怎么办？

没有人能回答她该怎么办。父亲和弟弟的火气都要把房顶冲破了，这父子俩吵了一顿停下来，停下来又开始吵。父亲向审贼一样审讯着弟弟，弟弟恼怒得恨不得把自己撕碎。

没有奶瓶，没有奶粉，平时家里面就是徐文发和徐冲两个大男人过日子，常常一个星期都不开一次火。没有女人的家就像没有人管理的垃圾站。徐敏想出去给孩子买奶瓶奶粉尿布之类的必需品，可是两个男人又都不管这个孩子，她离不开。

徐文发喘了一会儿气，又从书房里走出来。徐冲正在客厅的沙发上生闷气，电视却开着，鬼知道他在看什么。

徐文发尽量使自己平静下来，踱到了徐冲的对面："徐冲，咱俩不要吵，谁也不要吵，咱心平气和地谈谈行不行？现在我不是你父亲，你也不是我儿子，咱俩作为朋友谈一谈行不行，或者作为同事谈一谈行不行？"

徐冲依然赌着气："有什么好谈的，你根本就不相信我的话。我跟你说一万遍了，我不知道这个孩子是哪儿来的，我也不认识那个该死的女人。"

这天晚上，市委书记徐文发的家里乱了套。徐冲的婚礼被搅黄了，又凭空多出了一个只有几十天大的孩子…

徐文发竭力忍耐着："我不是不相信你，我只是想了解一下情况，你得跟我把情况说清楚。"

徐冲说："有什么好说的，我什么都不知道。"

徐文发说："你说你不知道这个孩子是哪儿来的，你也不认识那个女人，可是为什么那个女人把孩子抱给你呢？"

徐冲说："这你应该去问那个女人。"

徐文发说："那个女人是谁？"

徐冲说："我再说一遍，我根本就不认识那个该死的女人。"

徐文发说："你再想想，你再仔细想想，先不要把口封死，或许是有什么疏忽了或者忘记了？"

徐冲说："你这是诱供。我根本就什么事都没有，再说这种事能疏忽吗？能忘记吗？"

徐文发说："我这不是在启发你吗？你有什么事不该瞒着我，你跟我说出来，我也能替你想想办法呀。"

徐冲说："你什么也不要问我了，我什么都不知道。我烦着呢。"

徐文发强压着火气："你烦，你烦什么？这都是你惹的祸，你还烦了？岂有此理！"

徐冲也火了："我惹什么祸了？"

徐文发的声音高了起来："你惹的祸还小吗？婚礼上出了这么大的事，这真是天大的新闻。"

徐冲说："有人要给我栽赃，我有什么办法？"

徐敏静静地走过来，柔声地劝解着："你们别吵了，当务之急，该想想这孩子怎么办？"

徐冲火气冲天地说："把那杂种扔到大街上去！"

徐敏说："你冷静点儿，不管怎么说，这是一条性命，现在孩子在咱手里，咱就得管。"

徐冲说："要管你管，跟我没关系。"

徐文发火了："你混账，跟你没关系跟谁有关系，难道跟你姐姐有关系？”

徐敏说：“爸爸，您也别发火，您能不能给福利院打个电话，让他们先领走。”

徐文发说：“笑话，让福利院领走，亏你也想得出来。这是谁的孩子，不管你承认不承认，反正外人都认为这孩子是他徐冲的。婚礼上这么一闹，影响就够坏的了，再把孩子送进福利院，人家会怎么说？不要说人家福利院不收，就是收，咱也不能干这缺德的事。”

徐敏为难了：“那怎么办呢？我明天还要上班呢。”

徐文发说：“明天你该上班去你的，不行先找个保姆。”

徐敏说：“今天晚上怎么办？这孩子饿了，得喂他。要不，您先看着点儿，我去买点儿奶粉，还有奶瓶尿布什么的。”

徐文发火气又上来了：“我不管，我从来就不会看孩子，你们小时候我都没有照顾过。”

徐敏又转向弟弟：“徐冲，要不你先照顾一下那个孩子。”

徐冲说：“我看他一眼都烦，你不怕我把他掐死？”

有人敲门，三个人都惊愣了一下。

孩子又哭闹起来，徐敏去照顾孩子。

徐文发看了看徐冲：“不会是尹音回来了吧？”

徐冲说：“您也不想想，她能回来吗？”

徐文发说：“要想让她回来，你必须跟她把今天的事情解释清楚。”

徐冲说：“这我可是解释不清了，连你都不相信我，你说我还能说服谁呢？”

敲门声又响了起来。

徐文发无奈，只好亲自去开门。

门外，站着一个苗条秀丽、文静内向的姑娘。

徐文发打量着这个姑娘：“你找谁？”

姑娘说：“请问，您需要一个保姆吗？”

徐文发警惕地问：“你是谁？你怎么知道我们家需要保姆？”

门外站着一个苗条秀丽、文静的
高个姑娘。

姑娘说："徐书记，请您不要误会，白天的事全城的人都知道了，我正在找工作，也想帮帮您。"

徐文发的警惕放了下来，姑娘说得很实在。

姑娘说："对于今天发生的事情，我很同情您。我知道，有些人是不怀好意的。"

这话竟让徐文发很感动，心里还热了一下。但是他依然有些不放心："你叫什么？"

姑娘说："我叫靳小晴。"

徐文发又问："你从哪儿来？"

靳小晴说："我从大别山来。"

徐文发看了看靳小晴："你不像山里来的姑娘。"

靳小晴说："我在北京读过书。"

徐文发明白了："噢，没考上大学是吧？"

靳小晴点了点头。

徐文发立刻热情起来："来来，请进，进来谈。"

靳小晴走进了屋子，坐在沙发上的徐冲本来已经听到了他们的谈话，也知道靳小晴进来了。可是他连头都没有抬，似乎这一切都与他无关。

徐敏跑了出来："太好了，我们正需要一个保姆呢，来来来，你先替我看管一下这孩子，我去买点儿奶粉什么的。"

靳小晴说："不用了，我顺便带来的。"

徐文发这个时候才注意到，靳小晴的手里拎着一个鼓鼓囊囊的塑料袋。

靳小晴把塑料袋打开，一样一样地往外掏着：奶瓶、保温罐、奶粉、尿布，还有小衣服、小玩具……

五

韩玉冰在这家住了下来。

这是村头上一个四棱四致的农家小院，五间正房，青砖红瓦，扁砖到顶，满柁满架，土坯院墙，两间东厢房，还有一个体面的砖门楼。这在当时的农村，已经是很殷实甚至算是富裕的家庭了。

小院的男主人姓蓝，是个木匠。怪不得呢，在农村木匠瓦匠是最实惠、最受人尊重的职业了。更何况，蓝木匠又是远近闻名的大师傅，手艺超群德高望重，光是递过小帖磕过头的徒弟就有十三个，号称蓝门十三太保。三年前，蓝师傅在过五十大寿的时候，徒弟们一起尽孝心，有钱的出钱有力的出力，扒掉了原来透风漏雨的土坯房，盖起了这光鲜亮丽的小院。

都知道蓝师傅救了一个漂亮姑娘，街坊四邻和众弟子们都过来观看。关切中夹杂的更多的是好奇心。韩玉冰很尴尬，躲无处躲，藏无处藏，面对这那七嘴八舌的询问，她只有低着头不说话。

蓝大娘既怕韩玉冰为难，又怕拂了大伙儿的好意，劝也不是，拦也不是，挓挲着手干着急。

蓝师傅说：“要不让她走吧。”

蓝大娘说：“走？让她去哪儿？”

蓝师傅说：“她总得有个家吧？”

蓝大娘是：“我问过了，她说没有。”

蓝师傅说：“怎么可能呢？”

这些话韩玉冰在屋子里都听到了，尽管老两口说话的声音很低。韩玉冰知道，他们还会问她的，还会动员她走的。可是她去哪儿呢?

韩玉冰是有家的，在竹叶河上一个颇有名气的小镇上。从她记事的时候起就与母亲相依为命。母亲告诉她，父亲是得臌症死的。直到她读大学的时候，才明白父亲所得的臌症的真实含义。所谓臌症就是水肿，在那场席卷全国的大饥饿中，父亲没有挺过去。后来母亲又给她找了一个后爹，带着她改嫁到了偏僻的小乡村。这里的土地是白色的，地面上结着厚厚的碱痂。碱痂上荒草都长得稀稀拉拉的，玉米像蜡扦，高粱像猪尾巴。当地民谣说，水淹地，碱烧苗，种一葫芦收一瓢。全村五十多户，没有一间砖瓦房，都是土坯茅草屋；全村一百多口人，找不出一件不打补丁的衣服。

也许是因为穷，后爹极其吝啬，自私，且凶狠。自从来到这个小穷村，她从来没有吃到一顿像样的饭菜，都是掺了糠、野菜和粉渣的糊糊。尽管如此，她还从来没有吃饱过。每到她坐在饭桌前吃饭的时候，后爹那两只凶狠的眼睛便紧紧地盯着她。她的每一口饭都是卷着后爹的目光吞进去的。后爹的目光像是尖利的铁蒺藜，裹着那难咽的糠菜吞进肚子里，把她的五脏六腑都扎得生疼。她常常胆怯地看着母亲，用可怜巴巴的目光向母亲求救。母亲愧疚地躲闪着她的目光，后爹更加肆无忌惮地盯着她，她只好提早放碗筷，离开饭桌。

特别是母亲为后爹生下了弟弟之后，后爹更加把她看作仇敌一般。除了帮助母亲料理家务，照看弟弟。她还要干许多繁重的劳务：打猪草、拾柴火，甚至拾粪。她承认后爹是勤俭持家的一把好手，是全村最勤奋的人，否则他也不会娶到妈妈。全村没有几个男人能娶到媳妇。这是方圆几十里出了名的光棍村。

韩玉冰常常想，后爹不像一个坏人，至少他天生不应该是一个坏人。是什么让他如此没有心肝呢？是因为贫穷吗？贫穷确实挤压了人的生存空间，将众多的老鼠关进一个狭小的匣子里，它们会互相撕咬互相杀害的。贫穷会使人的活路变窄，会让人互相计较、互相争抢、互相敌视的。妈妈不该嫁到这里来，婚姻不应该嫌贫爱富，那要看贫到什么程度。如果连饭都吃不饱，那就不是嫌不嫌的问题了。

后爹开始对她惩罚了。好在不骂她，也不打她，就是不让她吃饭。或者因为干活儿少，或者因为不小心碰着了弟弟，更多的则是因为饿偷吃了篮子里的糠菜馍馍。

可怕的事情终于降临了，后爹不让她读书了。初中还没有毕业，后爹就让她休学回家种地。

这不啻是要了她的命。苦能忍受，累能忍受，饿也能忍受。允许她读书是她最后的底线。读书是她的希望，是她的出路，是她的全部生命所在。她开始反抗了，是唱着《国际歌》反抗的，这是最后的斗争，团结起来到明天……可是她团结谁呢？在这个家里，母亲本来是可以成为她的保护伞的。可是母亲太懦弱了，太不争气了，太没指望了。

她只有离家出走。

后爹倒也不是那十恶不赦的混账，他拉着哭哭啼啼的母亲把她找到了。母亲哭着央求她回去，后爹沉着脸答应她可以继续读书了。只要能读书，她还有什么理由不回去呢？

她就是这样一个家庭，她怎么跟好心的韩家夫妇讲呢？

当然，她这次自杀，绝对不是因为她的家庭。

那是因为那个比他的后爹更混账的恶棍。

六

这是一套很大的楼房，四室二厅二卫加上一间书房，烟海市委市政府的干部楼。面积不小，有二百多平方米。徐文发告诉她，这是按照国家规定的标准分配给他的房子。靳小晴注意到，这房子不小，可是里面的家具并不多，而且大多都是七八十年代的老式的家具。要是靳小晴直接从大别山里来，会觉得这套住宅很豪华。可是她毕竟在北京读了三年的大学，她跟着同学也去过一些有钱人的家庭。平心而论，徐文发的家除了房子大点儿以外，基本上算不上富裕，甚至连小康都说不上。一个堂堂的市委书记，怎么不好好布置一下房间呢？

房间大，家具旧且少，因此靳小晴总觉得这房子里空荡荡的。徐敏走了，徐文发跟徐冲都上了班，这空荡荡的房子就剩下了她和那个莫名其妙的孩子。

一个很可爱的男孩儿，靳小晴喜欢男孩儿。这不仅仅是女人的天性，还因为她从小失去了母亲，是她帮助父亲把弟弟带大的，她还有照顾小孩儿的经验和兴趣。总该给孩子取个名字，叫什么呢？这孩子是一个女人丢给徐冲的，徐冲又不承认这孩子是他的。提起这孩子，徐冲总是说一个词：莫名其妙。好了，那就叫他妙妙吧。“妙妙，妙妙”，她冲着孩子叫着，孩子咧开鲜嫩的小嘴儿笑了。

几十天的孩子正是贪吃贪睡的时候，大多数时间靳小晴是闲暇的。闲暇下来的靳小晴无事可做，就帮助徐家收拾房间，先是收拾客厅，客厅里的沙发还是包面的，都破成大窟窿小眼了。她到外面买来一些沙发布，将那些破沙发重新包起来。墙壁黑乎乎的，角落里都挂上了蜘蛛网。靳小晴打扫干净以后还嫌不够，又买来一些乳胶漆将墙壁粉刷一新。还有饭厅里的餐桌，三条腿儿着地，晃晃悠悠不说，还肮脏不堪。靳小晴将桌子腿修好，只是钉了一块小木板就放平了，举手之劳。然后，她又选了一块很鲜亮的桌布盖在上面，焕然一新……

收拾完客厅，她还想收拾一下卧室和书房。四个房间，徐文发占一间卧室，留给徐敏一间卧室，徐冲占一间卧室，也是他和妻子的新房，还剩一个房间刚好留给了靳小晴和妙妙，安排好了似的。

靳小晴悄悄推开徐冲的新房，心里紧张得跳动起来，做贼似的。房间布置得非常雅致，墙壁上贴着徐冲和尹音的结婚照片，还有一些非常精美的艺术品。床罩和窗帘都是淡紫色的，反映出了尹音的品格和兴趣。还有门后挂着一串风铃，墙角上挂着两只纠缠在一起的小布猴儿。多么美好的生活，就这么毁了，像矗立在曼哈顿的双子座世贸大厦，顷刻间便成了一片令人恐怖的废墟……她又联想到自己，不也是顷刻间成了一片废墟吗？她美妙的梦想变成了废墟，偶像似的叶建平也成了一片废墟……只是，父亲的命保住了，弟弟的学业保住了，上帝没有保护徐冲，却眷顾了她。她应该感谢上帝，她的上帝是蓝湘。

蓝湘这会儿住在滨海大饭店的一个豪华的套间里，她在那里干什么？难道仅仅是在遥控她吗？

蓝湘给她一部手机，但是嘱咐她不要让徐家的人知道，免得引起徐家人的怀疑。一个小保姆是不该有手机的，这是常识。蓝湘告诉她，让她把手机设置在振动位置上，如果有事，她将用短信息的形式向她发送指示。如果方便，在徐家人不在的情况下她们可以通话。几天来，她只跟蓝湘通过一次话，主要是向她汇报自己到徐家以后的情况。蓝湘没说什么，只是指示她好好干，当一个合格的保姆就行了。这很简单，她会让徐家人满意的，她有这个自信。

徐文发打来电话，很客气。说如果可能，他想晚上在家吃饭，做一点儿面条就行了。徐文发每天很晚才回来，从来不在家用餐。今天是怎么了？

丢丢儿，丢丢儿，她冲着孩子叫，孩子咧开鲜嫩的小嘴儿笑了……

徐文发打开门以后大吃一惊，他不相信这是自己的家，以为走错了门，半天都不敢挪动脚步。直到靳小晴把拖鞋放在他的脚边，他才恍然大悟：“天呀，你真有回天之力，怎么把家里收拾成这个样子了？”

靳小晴小心地说：“对不起，我……没什么事可做……也没有征求您的意见。”

徐文发说：“别说对不起，我该对你说谢谢。啊……光说谢谢是不够的，我该奖励你。你知道吗，自从徐冲的母亲去世以后，我就再也不敢请人进我的家门了。原指望尹音过来会好起来的，没想到……”

徐文发的声音哽咽了。

靳小晴告诉徐文发饭已经准备好了。徐文发进了餐厅，坐在那稳稳当当的餐桌前，用手不停地摩挲着那鲜亮的桌布。靳小晴端上来两个清淡的小菜，一盘肉片苦瓜，一盘素炒茄子丝儿。

徐文发的眼睛立刻亮了起来。

靳小晴问：“您喝点儿酒吗？”

原本徐文发不想喝酒的，见了那两样菜，舌头便发起酸来。他站起身，想找出家里存的酒，却忘记放在什么地方了。

靳小晴问：“您是喝白酒，还是喝啤酒？”

徐文发不解地问：“哪儿来的啤酒？”

靳小晴说：“我买了一点儿，放在冰箱里了。”

当然，在这酷暑炎热的夏天，能喝一瓶冰镇啤酒是最惬意不过的事了。

靳小晴从冰箱里拿出一罐燕京啤酒和一只洗得晶莹透亮的玻璃杯，放在徐文发面前。

徐文发说：“怎么就一只杯子？你也喝一点儿嘛。”

靳小晴说：“我不喝，我去给您煮面条儿。”

徐文发说：“煮面条儿忙什么，来来，一块儿喝一杯。”

靳小晴知道自己的身份，她不能跟徐文发同桌用餐，更不能不分尊卑地一块儿喝酒，借口孩子该换尿布，便走开了。

当靳小晴将煮好的面条儿端上来的时候，徐文发险些惊叫起来。这不是从外面买来的切面，而是靳小晴自己亲手擀出来的。每根面条儿都柔软细腻，滑润透明，这让徐文发想起了自己的妻子。这种手擀面只有妻子才做得出来，在许许多多的日子里，徐文发不管在外面多苦多累，只要坐在餐桌旁，看见妻子为他做的手擀面，心里就立刻宽松畅快起来……徐文发的眼睛湿润了。

靳小晴关切地问："不知道合不合您的胃口，我不大会做饭。"

徐文发说："小晴，你知道我今天为什么想回来吃顿饭吗？"

靳小晴摇了摇头。

徐文发感慨地说："我经常在外面陪吃陪喝，把胃都吃坏了。这两天我的胃特别难受，什么都不想吃。"

靳小晴心里一动："原来您的胃不好，吃药了没有？"

徐文发感激地说："吃了你的这两个小菜儿，还有这碗面条儿，什么药都不用吃了。"

受到了徐文发的表扬，靳小晴脸上泛起两朵红晕……

七

那时候当官的还不怕老百姓，与老百姓还保持着较为密切的关系。听说过吗？干部实行“三同”：同吃、同住、同劳动。就是说，当官的不能整天坐在有警卫严加守护的衙门里。干部要下乡，不是坐着小汽车下乡，下乡后也没有鸡鸭鱼肉茅台五粮液的胡吃海塞，更没有小妞儿陪酒以及酒后的桑拿按摩卡啦OK。

徐主任是保留着优秀革命传统和贫下中农本色的好官，他是公社革命委员会主任，到熬硝营来扶班子的。对了，这个小穷村叫熬硝营。因为是盐碱地，地里不打粮食，家家户户用铁锅熬硝，赚点儿买盐的零花钱。什么叫扶班子呢？有那么一段时间，农村的官却没有人愿意当。当干部挨整、当干部吃亏、当干部危险是颇为流行的论调。当年的《人民日报》就发表文章，狠批“当干部吃亏论”，农村选举，选谁谁不干。特别是穷村，常年没有干部，上工敲钟派活儿，往往是饲养员代理了。那时候，公社和县里两级领导，主要的工作就是到农村动员当官，建立农村大队和生产队的领导集体，名之为“扶班子”。

徐主任来到熬硝营，做了些调查研究，便把动员的重点放在了韩玉冰的后爹身上。别看后爹对韩玉冰心肠太狠，在村里还是有些人缘的。更重要的是，他干活儿是一把好手，出了名的庄稼把式。人们信得过他，选他当生产队长。他说什么也不干，理由很单纯，当干部操心费力不讨好，出力多吃的就多，费粮食。

徐主任到韩家做动员工作，来了之后便拉家常扯闲篇嘘寒问暖。自然便注意到了韩玉冰，每次来都发现她在忙，不是背着柴草筐从外面回来，就是帮助母亲料理家务。徐主任常常试探着要与韩玉冰谈话，问三句应两句，不是点头就是摇头。

徐主任进村是要与社员一起参加劳动的，那时候的农民叫作社员。当年一个农民出身的大官管全国的农业，对各级领导要求很严，实行的是“一二三”制度。即：省级干部（注意，不单是领导，还包括普通的工作人员）每年要到农村劳动一百天，市县级干部，劳动二百天，公社干部，劳动三百天。每个干部都有一个记工本，劳动一天要由所在生产队记工的，完不成任务是要挨批评受处分的。徐主任动员韩玉冰的后爹当干部，自然也就在他们所在的生产队劳动了。吃的是派饭，何为派饭？就是一日三餐派到农民家里去吃，不白吃，每天交四毛钱一斤粮票。睡呢，则是在五保户韩三姑家里，被褥枕头都是自己带来的，那时候下乡是需要自带铺盖的。巧的是，韩玉冰也住在韩三姑家里。父亲不待见她，她也讨厌父亲。韩三姑是个五保户，需要有人照顾。韩玉冰的后爹虽然不当干部，对村务工作还是热心的，何况韩三姑又是他们没出五服的本家。后爹派她给韩三姑做伴儿，她也乐得离开那个该死的家。

韩三姑住的是三间土坯房，一明两暗，韩玉冰和韩三姑住在的东屋，徐主任住在西屋。夜里，西屋的灯亮着，东屋的灯也亮着。徐主任是国家干部，亮着灯是因为要看书看文件。那么东屋的灯为什么也亮着呢？

徐主任问韩三姑，韩三姑说是韩玉冰在看书。徐主任问韩玉冰看的是什么书，韩三姑说不上来了。徐主任觉得奇怪，农村人是天一黑就睡觉的，很少点灯熬油的。韩玉冰夜里还要看书，这也太另类了。徐主任的好奇心还是蛮强的。终于有一天夜里，他的灯没有油了。那时候熬硝营还没有通电，用的还是煤油灯。徐主任端着灯敲开了东屋的门。炕头的韩三姑早已经睡下了，炕脚的韩玉冰披着衣服在一张小桌上写着什么。

徐主任说明来意，韩玉冰溜下炕给徐主任添灯油。徐主任趁机拿起小桌上的书本看了看，却原来是高中数学课本。

徐主任吃惊地问："你不是毕业了吗？怎么还在学？"

韩玉冰说："我重新复习复习。"

徐主任问："你不读书了，还复习什么？"

韩玉冰说："我怕忘了。"

徐主任说："怕忘了？难道这些东西还有用？"

韩玉冰说："现在是没什么用，万一将来用得上呢？"

徐主任震惊了，他的两只眼睛呆呆地看着韩玉冰。这个姑娘真是与众不同，虽说是农民，整天也是风吹雨打日头晒，却皮白肉嫩的，唇红齿白，目光清澈。她的衣着很是普通，碎花小褂显然不大合身，有点儿小了。下身的毛蓝裤子还打了补丁，裤腿儿也接出了一条儿。整个的形象气质都像是一个学生娃，而且是城里的学生娃。

徐主任接过已经添满了油的煤油灯，却不想走。

韩玉冰有点儿拘束，她不知道该不该请徐主任坐下。

徐主任没有坐下，站在炕沿儿下面继续与韩玉冰聊着。

韩玉冰却有点儿发慌，翻着手里的书不知道该如何应答徐主任的问话。

徐主任问她："你想干什么？"

她什么也没想干，看看书能干什么呢？

徐主任说："哦……我的意思是你有什么梦想？"

韩玉冰说："我……我没有什么梦想，一个农村丫头能有什么梦想呢？"

徐主任问："你想上大学吗？"

韩玉冰说："当然想。"

徐主任说："这不就是梦想吗？"

韩玉冰苦笑了一下："我做梦都没有梦到过这样的好事。"

八

两个月以前，正在北京大学中文系读书的靳小晴祸从天降。那是一个临近暑假的周末，她从教室里出来，朝学校大门口的邮局走去。她要给爸爸和弟弟发一封信，告诉他们这个暑假她不回去了。她找了一个做家教的工作，不但节省下了来回的路费，还能赚几百元钱。从大别山深处考出来的姑娘深知生活的艰辛，她从小失去了母亲，是父亲把她和弟弟拉扯大的。父亲靠种几亩薄田不但要养活弟弟，还要供她读大学，父亲身上的担子太重了……

叶建平骑着自行车从后面追来了，喊她，她站住了。她以为叶建平又要约她去酒吧或舞会什么的，她想告诉叶建平，她要去赚钱。叶建平比她高一届，明年就要毕业了。他是一个来自南方的公子哥，父亲是个大官，据说是副市长一级的领导。叶建平没有说，靳小晴也从来没有问过。自从靳小晴进入北大半年以后，叶建平就死死地追求她。靳小晴总觉得她跟叶建平家相差甚远，门不当户不对，将来不会有好结果的。叶建平却不听这些，他说他养得起她。将来毕业了，她什么工作都不需干，就给他当专职太太。靳小晴渴望着离开大别山里那贫穷落后的小山村，渴望着能过一种衣食不愁的生活，更渴望着能为父亲减轻一些负担，还渴望着将来能供养弟弟继续读书。她动心了，开始的时候，她以为叶建平追求她就是图她长得漂亮，后来叶建平向她说了真话：城里的姑娘靠不住，谁知道她们过去爱过谁，谁知道她们跟多少人睡过了。

靳小晴听了叶建平这些话并没有反感，男人找老婆也像女人找丈夫一样，首先要可靠，要能跟你一心一意地过一辈子。靳小晴为自己是一个合格的女人感到自豪。自尊心很强的山里姑娘从来不花叶建平的钱，尽管她再困难，她也从不向叶建平伸手。当然，叶建平请她出去吃饭，去舞会，甚至到北京人艺看话剧，那便另当别论了。男人的这种钱她还是可以接受的，也许正是因为这一点，更加让叶建平觉得她可靠了。两个人已经确立了恋爱关系，并且信誓旦旦了。

叶建平很急，说是刚才到宿舍找她，她弟弟正在宿舍门口等着她，让她快点儿回去。

靳小晴急切地问："我弟弟怎么来了？"

叶建平说："不知道，他没说。"

一种不祥的预感像浓烟一样笼罩着靳小晴，她顾不得多想，像救灾一样地飞步朝宿舍跑去。叶建平骑着自行车追上来，她跳了上去。

灾难果然像恶魔般不期而至，弟弟不是一个人来的，他是带着爸爸一起来的，爸爸病了。

爸爸病了并不奇怪，在靳小晴的记忆里，好像爸爸从来就没有健康过。妈妈是生完弟弟的第二年去世的，爸爸又当爹又当娘拉扯着他们姐弟俩。爸爸的脸色总是蜡黄的，四十岁不到头发都白了。他犯的是心口疼的病，其实就是胃病。大别山里的人不知道那个部位该叫作胃，都说是心口疼。爸爸从来也没有把自己的病当回事，疼起来的时候蜡黄的脸上滚动着豆粒儿大的汗珠儿。甚至有时候爸爸疼得抽搐成一团，丑陋得像一个怪物。但是爸爸从来不叫，他总是默默地忍受着这剧烈的疼痛。爸爸也从来不吃药，疼的时候总是吃碱面，抓一把碱面放在嘴里，然后再喝一口水冲下去。每当爸爸犯起病来的时候，靳小晴都不忍心看他。眼见着这种痛苦比自己受到折磨还难受，靳小晴总是心里暗暗地企盼着，企盼着自己快点儿长大，快点儿挣到钱，有了钱就可以将爸爸带到大城市的大医院里将他的病彻底治好。

爸爸却提前来了，他实在受不了了，弟弟只好把他带到了北京。弟弟把爸爸安置在火车站附近的一个地下旅馆里，便匆匆忙忙地来找她。

弟弟说："爸爸还不来，桂花大婶说，再不把爸爸送进医院，他就会疼死的，她的丈夫就是那样疼死的。"

靳小晴跟着弟弟急忙去看望爸爸，幸亏有叶建平在身旁。他们还打了一辆出租车，这是靳小晴到北京近三年来第一次坐出租车，当然是叶建平花的钱。靳小晴很感激他，觉得他成了她的救星。

他们把爸爸弄到医院，最有名气的协和医院。检查结果很快出来了，爸爸患的是胃癌，已经到了晚期，再不做手术，命就保不住了。医生征求靳小晴的意见，靳小晴当即表示，马上让爸爸住院做手术。可是当她为爸爸办理住院手续的时候，才发现了问题的严重性，医院要三十万元的押金。

三十万元对于靳小晴来说无疑是一个天文数字，她做梦的时候都不敢奢求自己能拥有那么多钱。可是，要救爸爸的命，确实需要这么多的钱。她没有钱，最多最多，她只能凑三百元钱，只有千分之一。

爸爸又被送回到了那个地下旅馆，她得急着去找钱。北京城似乎有许多钱，可以说整个城市都是用钱堆积起来的。那么多的高楼大厦，那么多的豪华汽车，那么多的高档商店，还有那么多的银行……可是靳小晴能从这些地方抠出钱来吗？一分钱都不能。她需要钱，可是钱到哪儿去找呢？在这个城市里，除了同学，她几乎不认识任何人。学生都是无产阶级，平时相互间拆借，也不过是十元八元的，谁能借给她三十万元呢？

她只有向叶建平开口，她知道这个口不好开，但是又不能不开。叶建平不知道什么时候离去了，或许他已经默默地为靳小晴想办法去了。有了叶建平，靳小晴就觉得没有被这个世界抛弃，就觉得爸爸的命还有救。

叶建平果然伸出了援助之手，那是第三天在她的宿舍里，当着她室友的面，将厚厚的一沓钱交给了她。靳小晴见了那沓钱，像见了一件不祥之物，身上立刻冒出了一股凉气。她看到，那沓钱虽然厚，却都是十元钱一张的。更让她感到惊恐的是，叶建平竟当着她的室友非常慷慨地说："这是两千块钱，是我两个月的生活费。这钱你拿去用吧，不用你还的。"

靳小晴像是挨了一闷棍儿，顿时失去了感知能力。她只记得自己没有伸手去接那两千元钱，那两千元钱是叶建平放在她的床头上的。要是平时，叶建平送给她两百元钱，她会觉得接受了一座金山，足以掂量出自己在叶建平心目中的分量。可是这会儿，在她急如星火般地需要三十万元的时候，这两千元钱还不如塞进爸爸嘴里的那一把碱面。

叶建平留下这两千元以后再也没有露面，像是在反扫荡期间突然进入了一个不为人知的掩体，连日本鬼子都搜查不出来了。

在以后的日子里，靳小晴每天干了些什么连她自己都不知道。宏观地说，她是去借钱，但是到哪儿借钱，找谁借钱，她自己也不清楚。然而她得做，得跑，得奔波，似乎行动就是一切，无效的行动也是对父亲的一种抢救，一种道义上的报答。

父亲用仅存的一点儿气力向她和弟弟咆哮着："快把我送走……我要回大别山……不能让我死在这儿……我就知道是来送死……快把我送回去……"

她能将爸爸送回去吗？送回大别山就是送到地狱里去了，靳小晴和弟弟都深深地知道这一点。

这一天，她奔波了一天，傍晚的时候回到那个地下旅馆，突然看见弟弟跪在旅馆旁边的大街上。弟弟的胸前挂着一块纸板做的大牌子，上面写着：好心人，帮帮我，救救我爸爸！

弟弟是个一米七的男子汉了，虽然还欠成熟，却也是一表人才。这个雄心勃勃对生活和未来充满了幻想的高中生就这么沿街跪着，头低在心口窝儿上，那正是爸爸最疼痛的部位。蓦然间，她想起了爸爸，那是妈妈讲给他们的故事。造反派给爸爸的胸前挂上了牌子，也是像弟弟胸前的牌子吗？爸爸的牌子上写着：死不悔改的走资派。那时候爸爸是村里的党支部书记，造反派拉他游街，命令他在街中心跪下。

爸爸说，男人的膝盖是黄金做的，只能跪天地，跪父母，跪老师。

天地君亲师，除此之外，男人不能向任何人下跪。

爸爸的刚强遭到了造反派残酷的拷打，却赢得了妈妈的爱情。妈妈生前不止一次地跟靳小晴讲：“你爸爸是真正的男子汉，真正的男子汉是不向任何人下跪的。”弟弟懂事以后，靳小晴又无数次地向弟弟讲妈妈留下的故事，希望弟弟像爸爸一样有尊严地活着，做一个真正的男子汉。可是，现在弟弟下跪了，而且在这些形形色色过往的路人面前下跪了。跪得是那样的卑微，那样的低贱，那样的丑陋。可是，弟弟是为了爸爸啊……

靳小晴再也忍不住了，她飞奔过去，把弟弟紧紧地搂在怀里。她却没有哭，弟弟的头烫得她胸口发热，弟弟的面前只有几张脏兮兮的毛票和几枚可怜巴巴的钢镚儿。弟弟也没有哭，弟弟依然跪着，像个男子汉一样顽强地跪着。

靳小晴彻底地绝望了，她想到了死。可是她又不能死，她死了以后，弟弟怎么办？爸爸怎么办？

她在护城河畔的小石桥上徘徊，在绝望与绝命之间抉择。奇迹出现了，她总是相信这是上苍恩赐给她的奇迹。蓝湘来到了她的面前，悄无声息得像一片无风而落的叶子。

蓝湘靠在小石桥的栏杆上，面带微笑地看着她。原本她不想理她，她需要的是三十万元钱，而不是各种形式的同情。

蓝湘说：“我可以给你三十万元钱。”

靳小晴像听到神谕一样地震惊了，她看着蓝湘，深信她就是为了拯救她才下凡的天使。

蓝湘说：“不是三十万元，是三十五万元。除了治好你父亲的病，还可以让你弟弟明年考大学。”

靳小晴依然听着，非常肃穆。

蓝湘说：“不过是有条件的，你知道，天下没有免费的午餐。”

这时候，靳小晴突然醒了，像是在浊流翻滚的漩涡里清醒地看见了一棵救命的稻草。

靳小晴彻底绝望了，她想到了死，可她又不能死，她死了以后，弟弟怎么办，爸爸怎么办？

蓝湘说："你放心，这条件并不苛刻，只有一样，你得听我的，在一定的时间内。"

靳小晴急速地搜索着脑子里储存的程序，她知道这是一笔交易。因此她才相信了眼前这个女人的话是认真的。

蓝湘问："你要考虑考虑吗?"

靳小晴说："杀人我不干。"

蓝湘说："我不让你去杀人。"

靳小晴说："贩毒我也不干。"

蓝湘说："我也不让你去贩毒。"

靳小晴说："你不会让我去卖淫吧?"

蓝湘没说话。

靳小晴坚定地说："三十万元钱，救我父亲的一条命，卖淫我也干。"

蓝湘说："不，我不让你去卖淫……但是，关键的时候献身是难免的，我说关键的时候。"

靳小晴说："我干。"

蓝湘说："时间为一年，每月三千元工资。"

靳小晴深感意外："还有工资?"

蓝湘说："不只工资，还有奖金。

靳小晴说："我同意。"

蓝湘说："恐怕你得跟学校办一个休学一年的手续。"

靳小晴说："这没问题，反正这学我也不能上了。"

蓝湘说："你父亲的手术做完以后，你就要跟我走。"

靳小晴点了点头。

蓝湘说："我们还要签订一个正式的合同。"

靳小晴问："什么合同?"

蓝湘说："复仇合同。"

靳小晴有点儿吃惊，但没有开口。

蓝湘满意地说："这就对了。记住，在今后一年的时间里，你是属于我的，你的一切都是属于我的。你的行动，你的思想，你的感情，一切，懂吗?"

靳小晴说："我知道，我给你当一年的奴隶。"

蓝湘说："我很高兴你能这样理解。"

靳小晴问："我们从什么时候开始。"

蓝湘说："你跟我走，我们先把合同签了，明天一早你爸爸就可以住进医院。"

父亲的手术做得很成功，靳小晴送父亲和弟弟上了火车，还悄悄地塞给弟弟一张五万元的银行卡。弟弟一直在追问她，她什么也没有告诉弟弟。也许这是一个永久的谜。

这样，靳小晴便跟着蓝湘来到了烟海市。

九

韩玉冰在蓝家留下来。

她没有张罗离开，蓝家也没有赶她。蓝家老两口无儿无女，她顺理成章地成了蓝家的一员。

那年月，未经允许在异地生存，简直是一件不可思议的事情。不用经过复杂的演算和证明，大家都知道“金钱不是万能的”道理。当然，那时候大家都穷，谁也不比谁有更多的金钱。中国人不患寡而患不均，每个人都有一个生存神器。这个神器就是粮食定量，城里人发一次粮票，二十八斤到三十二斤不等，农村人每年分配一次带皮的粮食，三百八十斤到四百二十斤不等。虽是不等，倒也相差无几。

韩玉冰的粮食定量在熬硝营的家里，在蓝家住下来，就要吃蓝家老两口的粮食，三顿两顿还好说，长此下去行吗？

好在蓝师傅是木匠，常常带着徒弟到外面干活儿。给私人打家具盖房子什么的，事主要管饭的；给公家干活儿，也是有口粮补助的。如此，蓝家的粮食便比别人宽裕了一些。

韩玉冰没有离开蓝家，还有一个原因。蓝家大娘的老病根儿犯了，类风湿，很严重，动不了，连上茅房都要人搀扶着。赶巧蓝师傅又要带着徒弟们到水利工地上“大干一百天”，蓝大娘需要有人照顾。

蓝师傅临走的时候，跟韩玉冰进行了一次语重心长的谈话。一方面，蓝师傅要把蓝大娘托付给她，一方面蓝师傅还是不放心，怕她又干出什么蠢事来。

蓝师傅问她："你挨过饿吗？"

韩玉冰笑了："自从我妈带着我嫁给那个后爹，我就没吃饱过。"

蓝师傅也笑了："你那叫什么挨饿，不过是吃得差点儿，吃得少点儿。"

韩玉冰说："那您说什么叫挨饿？"

蓝师傅说："没东西可吃，也不知道什么时候能有可吃的东西，一饿就是三年，眼看着自己的亲人朋友邻居张着嘴就要饿死了，就是找不到一点儿东西塞进他们嘴里。"

韩玉冰听说过那个可怕的年代，幸亏她是那个年代后才出生的。

蓝师傅说："我跟你讲这件事，意思是想说，日子嘛，有的时候需要拼，有的时候需要熬。赶上大家都过不去的坎儿，拼是没有用的，需要熬。"

韩玉冰理解了蓝师傅的苦心，忍不住问了一句："要是熬不过去呢？"

蓝师傅说："大不了是个死。你是死过一回的人了，连死都不怕，你还怕熬吗？"

韩玉冰说："有时候熬比死还可怕。"

蓝师傅说："如果有人告诉你，你前面有个出头之日，你还怕熬吗？"

韩玉冰问："我的出头之日在哪儿？"

蓝师傅说："在你的肚子里，你把孩子生下来，苦日子就到头了。"

韩玉冰说："我不想留下这个孽种。"

蓝师傅说："别干傻事孩子。我跟你大娘盼了一辈子的孩子，老天爷没照顾我，为啥呢？上辈子没有修行，这辈子没有德行，到头来就是个老绝户。有孩子的人是积了阴德的，是造化。你知道是哪个投胎到你这儿来的，孩子是来帮助你过完这一辈子的，你可千万别伤害他。再说，孩子有什么罪？"

韩玉冰犹豫着："我都这样了，再有个孩子……"

蓝师傅说："放心，孩子生下来，我们替你养。"

没过多久，孩子生下来了。神奇的是，蓝大娘的病似乎一下子好了。蓝家增丁添口，孤苦伶仃的老绝户顿时三代同堂，蓝家喜从天降。蓝师傅的十三太保动员起来，动用方方面面的关系，居然把韩玉冰的户口从熬硝营迁了过来，落在了蓝家。

十

徐冲在建筑设计院工作，这也是他上大学时读的专业。原来只是一般的设计人员，后来由于工作出色，被提拔为业务科的科长。自从靳小晴进了徐家以后，几乎很少见到徐冲。他每天很晚才回来，回来后便一头钻进自己的房间里闷头大睡，那时候靳小晴已经搂着妙妙睡下了。第二天，不知道什么时候，徐冲又早早地走了，靳小晴起床的时候已经是人去屋空。他还从来没有在家吃过饭，就是说，靳小晴还没有跟徐冲接触过，甚至连他的面目还没有辨认清楚。

这一天，靳小晴给妙妙洗尿布，没有像往常那样睡觉。妙妙总是拉稀，尿布很难洗，需要量也越来越大。靳小晴有点儿累了，不过这样的累算不了什么。从大别山出来的孩子刚会走路就会干活儿，劳累几乎是他们的生活必需品。没有劳累就没有粮食，没有粮食就不能生存，靠土里刨食能不累吗？还是上大学以后让靳小晴娇气起来，父亲的病又让她更深刻地体验到了人生的艰难。好在她最大的问题解决了，她付出这点儿辛苦又算得了什么呢？

有人敲门，门敲得很响，像是出了什么事。徐文发已经睡下了，靳小晴急忙去开门。她怕出现不测，没敢贸然开门，从猫眼往外看，让她惊惶起来。门外站着三个男人，一个男人背着徐冲，一个男人敲着门。

靳小晴急忙打开门，焦灼地问："怎么了？"

那个敲门的男人说："徐冲喝多了点儿，我们给他送回来了。"

靳小晴悬着的心沉了下来。

靳小晴的手被徐冲攥得生疼，明明知道徐冲拉错了人，她也不忍心将手抽出来。

两个男人慌手慌脚地将徐冲送进屋里，扔在床上便匆匆地走了，连徐冲的屋门都没有关。

靳小晴走进去，见徐冲像一条死狗一样歪斜在床上，脚上还穿着鞋。靳小晴心里抱怨着，男人就是粗心，怎么能这样不负责任呢？

徐冲肯定喝了不少酒，满屋里立刻弥漫起了恶浊的酒气，靳小晴一阵干哕。她屏息着呼吸来到徐冲的床边，先给他脱了脚上的鞋，又把他的身子顺过来，抬起他的头垫上枕头。紧接着，她到厨房里做了一碗酸辣汤，准备给徐冲喝下去。父亲一直在村里当干部，也有喝多的时候，靳小晴总是用这种办法为父亲醒酒。

靳小晴将酸辣汤端进徐冲的房间，放在桌上，然后走到床前，犹豫了一下，便摇晃起了徐冲的肩膀："徐哥，你醒醒，起来把这汤喝下去。"

徐冲醒了，醒来的徐冲没有坐起身，却伸出手死死地拉住了靳小晴，嘴里喃喃地说："你别走……求求你……别走……"

靳小晴吓得浑身战栗起来，不知道徐冲想干什么。

徐冲翻了个身，把她拉得更紧了："你别走……你听我说……你一定要听我说……那孩子不是我的……我……不认识那个女人……"

靳小晴明白了，徐冲在洗刷着自己的清白。看着徐冲这痛苦万分的样子，靳小晴不由自主地说："徐哥……我相信你，这不是你的错……"

徐冲高声叫起来："什么？你说什么？你相信我？你真的相信我吗？"

靳小晴说："我相信你，真的相信你，你是清白的。"

徐冲呜呜地哭了起来，可是拉着靳小晴的手却没有放松："天呀，你相信我了……你到底相信我……你回来了……你真的回来了吗……我没……没喝多……我不是在做梦吧……尹音，我的亲人……我的好尹音……我知道你会相信我的……我知道你会回来的。我们结婚吧……我们重新结婚……我们不再举行婚礼了……我们去旅游……旅游结婚……

尹音……你说……你说话啊……”

靳小晴明白了，徐冲果然喝多了，把她当成了尹音。靳小晴的手被徐冲攥得生疼，明明知道徐冲拉错了人，她也不忍心将手抽出来。她第一次看到一个男人这么痛苦，徐冲是个性情中人，失去了尹音无疑对他是一个巨大的打击。靳小晴没有说什么，她既不能代替尹音，又不愿意粉碎徐冲的梦想。她默默地站在床边，听着徐冲那痛不欲生的表白，心里一阵又一阵地绞痛。

蓦然，徐冲停止了哭叫，睁开了血红的眼睛，傻子似的看着靳小晴，那铁钳一样紧攥着的手也慢慢地松开了：“你……是不是……你是谁？”

靳小晴红着脸，一时不知该如何是好了：“你……你醒了……”

徐冲依然没有完全清醒过来：“我这是在哪儿？”

靳小晴说：“你是在自己的家里，是两个人把你送回来的。”

徐冲还是不解：“你是谁？”

靳小晴说：“我叫靳小晴，是你家的小保姆。”

徐冲渐渐地清醒过来：“小保姆……靳小晴……”

靳小晴端过桌上的酸辣汤，关切地说：“徐哥，你喝多了点儿，把这汤喝下去，醒醒酒吧。”

徐冲有点儿尴尬，但他还是顺从地欠起身，接过了靳小晴的酸辣汤。

靳小晴等他把汤喝下去，接过碗。

徐冲问：“我爸爸回来了吗？”

靳小晴说：“回来了，已经睡下了。”

徐冲停了一下，又问：“那孩子呢？”

靳小晴说：“也睡了。”

徐冲朝靳小晴看了一眼，感激地说：“辛苦你了。”

靳小晴心里一热，鼻子都有点儿发酸了。

徐冲又问：“你来几天了？”

靳小晴说："一个星期了。"

徐冲对着天花板，自言自语地说："一个星期……七天了……七天了……"

靳小晴明白他的意思，这场噩梦已经把他折磨七天了，多么漫长的七天啊……

十一

这天晚上，徐文发把公安局局长严松明请到了家里。当徐文发介绍来者是公安局局长的时候，靳小晴无论如何也不敢相信。一个又矮又瘦干巴得像个笤帚疙瘩的中年汉子，穿着一件说不清什么颜色的夹克衫，头发不但蓬乱还脏，上面沾满了油乎乎的污垢，脸蛋子上胡子拉碴，至少一个星期都没有刮脸了。不要说什么公安局局长，说他是大街上捡破烂的准有人信。

徐文发热情地招呼严松明在客厅的沙发上坐下，又吩咐靳小晴沏茶倒水。

严松明不客气地说："别沏什么茶了，给我泡碗方便面吧，我都要饿疯了。"

徐文发忙说："别别，泡什么方便面。小晴的面条儿做得非常好，这样吧，你先喝点儿啤酒，冰镇的。小晴马上给你做面条儿。"

不等徐文发吩咐，靳小晴急忙从冰箱里拿出一听冰镇啤酒，又端上来一盘火腿肠。严松明真是饿极了，打开啤酒咕咚咕咚一口气喝了个底儿朝天。紧接着，也不用筷子，抓起那盘火腿肠就往嘴里塞。靳小晴急忙又拿来两听啤酒。

徐文发歉疚地说："瞧瞧，瞧瞧，都怪我，也没问问你有没有时间就贸然把你找来了。是不是又蹲坑去了？"

严松明说："还是那个盗车团伙，我们已经盯了他们半个多月了。"

徐文发问："怎么样？有线索了吗？"

严松明说：“今天夜里就动手，一网打尽。”

徐文发一愣：“那我就不耽误你了，吃点儿东西你就走吧。”

严松明说：“不，我已经安排好了，总指挥是副局长陈丹，他们已经放我回去睡觉了。”

徐文发说：“我就不相信你能睡得着。”

严松明说：“所以我就到您这儿来了，反正我的手机总是开着，在哪儿指挥都一样，误不了事的。”

徐文发说：“你应该跟我说一声，早知道这样，我绝对不会叫你来。”

严松明说：“能让徐书记请到家里来，我大概是咱烟海市第一人吧。据说连市长都没有进过您家，这个机会我能失去吗！”

徐文发说：“你别瞎说，我不让人到我的家里来，不是我将人拒之门外，而是实在没法让人进屋。外面现代化，家里脏乱差，我这不是好面子嘛！”

严松明朝四处打量了一下：“不对呀，这里面不是挺干净、挺体面的嘛！”

徐文发说：“就是这几天刚刚改变面貌，来了个小保姆，又聪明又勤快，把这个家算是支撑起来了。”

严松明说：“所以说呀，家还得由女人支撑着。我说徐书记，平时也没时间跟你说闲话，我今天得劝您一句，您还得找个人。嫂子过世都快十年了，您还准备守多久呀？”

徐文发叹息着说：“唉……我倒不是要当贞节烈男，找个女人容易吗？”

严松江说：“主要是您的条件太高了。”

徐文发说：“条件高倒说不上，我总觉得要合适。找个适合自己的女人，恐怕比你抓个贼还难。”

严松明笑了起来：“那好，赶明儿我给您抓一个来。”

徐文发跟严松明说话的工夫，靳小晴已经把面条儿做好了。热气腾腾地一碗肉丝面，上面还洒着香油，满屋飘香，诱人垂涎。

严松明在接面条儿的同时，顺便看了一眼靳小晴。就是这一眼，硬是让靳小晴心里震颤了一下。这是一双能把人的五脏六腑都看穿的眼睛，是一双具有强烈威慑力和杀伤力的眼睛，怪不得让他当公安局长呢。

本来，市委书记和公安局局长的谈话，靳小晴应该尽量回避才是。但是她是带着蓝湘的命令进了徐文发的家门的，这里的一举一动都要向蓝湘汇报。为了尽职尽责，她不但不能回避，还要想方设法将他们的谈话听清楚。她借着不断给严松明送饭送水的机会，非常自然地偷听着他们的谈话。

严松明说："您的事我听说了，早就该打电话问问您，就是那几天太忙，没顾上……"

靳小晴明白，这显然是在说徐冲婚礼上发生的事情。

严松明又问："那个女人长得什么样？有没有人录了像或者拍下了照片。"

徐文发说："事情来得太突然，谁都没有反应过来。她披头散发的，都没能把她的脸看清楚。事后我也问了，也没有人留下什么录像和照片什么的。这事，奇怪透了。我总说事出有因，可是徐冲死活不承认。我的孩子我了解，他不会跟我说假话的。把你找来，就是想让你帮助分析分析。"

严松明一边吃着面条儿，一边沉思着。刚才那狼吞虎咽的样子一点儿都没有了，反而变得异常的斯文和冷静。

靳小晴又不由得心悸起来。

严松明问："他得罪过什么人吗？我问的是徐冲。"

徐文发说："这就难说了，生活在这个世界上，只要干事就难免会得罪人。不过，徐冲不是那种惹是生非的孩子。"

严松明说："不是一般的得罪人，而是……是什么呢？在感情上……他伤害过什么人没有？"

徐文发说："这恐怕得问他了。"

严松明说："我还得问问她……啊，叫什么来的？"

徐文发说："你说的是尹音？"

严松明说："对，尹音，她在烟海医院工作是吧？"

徐文发点了点头："是内科医生。"

严松明说："看来这个案子还有点儿复杂。"

徐文发一惊："案子？不……你别把它当成案子，我只是私下让你帮助我分析一下，有必要的话再调查一下。这毕竟是我的私事，再说，到底是怎么回事，还很难说……"

严松明说："您放心，我会掌握分寸的。"

徐文发说："那就拜托你了，你还有重要的任务，我也不耽误你了。"

严松明起身告辞，临出门时，突然问了一句："咦，那个小保姆呢？"

徐文发连忙叫着："小晴，严局长要走了。"

靳小晴急忙从房间里跑出来，为严局长开门送行。

严松明又用那双猎隼般犀利的眼睛看了看她，尖瘦污浊的脸上绽开了一缕笨拙的笑容："谢谢你，你的面条儿好吃极了。"

这双眼睛，这缕笑容，还有这句话，像钉子似的锲进了靳小晴的心里，让她想起来就惊悸不已。

十二

蓝师傅要跳楼。

电话是警察打来的，哪儿的警察，警察是怎么知道她的电话，她都没有问，问也是一句蠢话。放下电话，她立即开车朝北三环外的牡丹园小区奔去。牡丹园小区是一个具有相当规模的开发项目，有二十几个楼盘，是福建耿氏开发商投资的，而建筑施工方则是蓝师傅领导的海泉建筑集团公司。

二十年了，整整二十年了。二十年间，几乎每一个人，都像坐上了过山车，翻天覆地，眼花缭乱，身不由己。一锅豆子在大锅里炒，所有的豆子都不安分了。锅下的火越烧越旺，还在不断地扇风添柴泼油。锅里的豆子开始暴躁了，蹦跳起来。蹦着跳着，就有幸运的豆子跳到了锅台上。上了锅台就如同鲤鱼跳过了龙门，修成龙形，张牙舞爪腾云驾雾了。

蓝师傅成了龙，他率领着十三太保，挣脱了几千年来束缚他们的土地，冲出了那个小乡村，闯出了一条发家致富的路子。开始是一个小小的建筑队，在本地给农民盖房子。后来又给公家修水利做工程，再后来则是新兴的工厂承建厂房办公楼。活儿越干越大，眼界越来越宽，要求也越来越高。终于有一天，福建的开发商耿总把他们带进了北京城。蓝师傅的队伍可谓是兵强马壮，一级建筑资质，十几名工程师，三十多位管理人员，八百多名建筑工人，一个响当当的名副其实的建筑集团公司。

二十年了，整整二十年了。二十年后，韩玉冰也变成了龙，还是凤。在她自杀被救的第二年，中国恢复了大学招生考试。韩玉冰凭着她扎实的功底，考上了北京大学。大学毕业后，她留在了北京，在地坛公园里给一家出版公司当编辑，干得有声有色。她的女儿，就是当年那个所谓的“孽种”，出落得国色天香，且聪明好学，考上了北京广播学院。

这一切都光芒万丈顺风顺水，他们已经攀登上了中国的上流阶层，把十几亿同胞都甩在了后边。还有什么想不开呢？还有什么过不去的坎儿呢？为什么还要跳楼自杀呢？

韩玉冰不知道，蓝师傅确实遇到了过不去的坎儿。

当年业内的规矩，建筑单位承建项目，是要先行垫付工和料的。就是说，开发商只给你几张图纸，您就照着图纸盖吧。至于所需要的砖瓦木料钢筋水泥，您自己去找吧。只等着工程进展到一定程度了，开发商才分期分批地将工程款打给你。

这倒是也难不倒建筑单位，你不是欠我的吗？我也同样欠别人的。无论需要什么，都到建材市场去进。材料进来了，钱却不给，照样欠着。那么建材商呢？也照方抓药，欠着工厂的，工厂最后的冤大头，只好欠着工人的。如此你欠我的，我欠他的，他欠冤家的，就形成了独具特色的“中国三角债”现象。摸着石头过河嘛，难免。

假如这样的“三角债”能够循环下去，哪怕是无限循环，也能维持着，天下不会大乱。可怕的是，这种循环非常脆弱，像搭积木，像多米诺骨牌。只要在哪一个环节上稍稍晃动一下，就会哗啦啦无可救药无可挽回地崩塌。这个环节若是出现在末端或许还有救，要命的是源头出了大事：开发商的资金链断了。

能不断吗？投资三十多个亿，那么多钱从哪儿来？

都以为开发商是大老板，身家几亿十几亿几百亿。可是他的口袋里，未必有卖冰棍儿老太太的钱多。他大笔大笔地挥金如土，酒桌上饭桌上牌桌上可着劲儿地造，花的都是银行的钱。银行的钱为什么让他这么挥霍，因为他手里有项目，头上有人。当然，这需要开发商的神机妙算运筹帷幄。

说实在的，耿老板还是很有头脑很有心计很有招数的商人。为了开发这个项目，他进行了几年周密的调查和策划，也做好了几手准备。银行贷款且不说了，他还拉了几个投资伙伴。这几个伙伴都是很有实力又很有交情的。

在金钱面前，最靠不住的就是交情。哪怕是情同手足，哪怕是割头换颈，哪怕是两肋插刀，哪怕是磕头兄弟，哪怕是一奶同胞……到头来依然是大难临头各自飞。

首先是这个小区的销售不好。这是分配住房和商品住房的交替时期。大多数人的手里刚刚有一点儿买彩电冰箱的钱，至于房嘛，一是买不起，二是还侥幸地盼望着分配。能买房的大多是先富起来希图改善住房条件的人。这种人一是数量有限，二是多在观望。牡丹园小区打造的是高档住宅，穷人买不起，富人紧紧攥着钱不松手。指望卖楼维持资金运转落空了，银行见他们销售不好，也不敢放贷了。更要命的是耿老板的合作伙伴，见势不妙都溜之大吉了。耿老板叫天天不应叫地地不灵，也三十六计走为上计。

耿老板一走，便把蓝师傅撂在冰上了。

建筑公司与开发商，原来是每月结一次账。每月五日，无多有少，蓝师傅总能从耿老板手里拿到一笔钱，用这笔钱去应付方方面面，虽是捉襟见肘，倒也能挺起腰杆子做人。现在麻烦了，建材商找上门来了，运输商找上门来了，工人们为讨要工资把办公室的门堵上了……还有，水电费要交，取暖费要交，银行的利息要还，食堂要买菜，汽车要加油，请客吃喝的账要结……蓝师傅走投无路。

韩玉冰一边开着车，一边想象着可怕的情景。在高高的未完工的烂尾楼楼顶上，蓝师傅绝望地看着地上黑压压的人群。警察来了，消防救援队来了。警察疏散着人群，救援队铺开了硕大的救援毯。乱哄哄的喊叫声，警察举着喇叭喊，人群扯着嗓子喊。喊的是什么，蓝师傅一句也听不清。像是呼呼的风声，应该是劝他不要跳，可是传到蓝师傅的耳朵里的，却是跳啊跳啊……多么蓝的天，走过去，你可以融化在蓝天里，一直走不要朝两边看……从这儿跳下去，昭仓不是跳下去了，唐塔不是跳下去了，所以请你也跳下去，你倒是跳啊……

该死，怎么想起来日本电影《追捕》里的台词。

韩玉冰开着车往牡丹园小区的方向赶，一路堵车。北京没有不堵车的时候，也没有不堵车的路。过了和平里，几乎堵死了，急得韩玉冰又打双闪又摁喇叭，没用。

十三

靳小晴到超市里去买奶粉。妙妙总是拉稀，有人说是奶粉的问题，靳小晴试着换了好几个牌子的奶粉，还是不管用。她站在摆放奶粉的货架前，一个一个仔细地看着说明书，反复比较着。

身后响起一个女人的声音："孩子多大了？"

靳小晴转身一看，是一位在超市里打扫卫生的大嫂。大嫂穿着肥大的工作服，但还是看得出来大嫂的胸脯是非常饱满的。靳小晴知道这是一个哺乳期的妇女，肯定对带孩子有经验，便非常谦虚地说："孩子刚几个月，你也有孩子吗？"

大嫂又问："孩子怎么了？"

靳小晴向大嫂诉起了苦，说孩子总是拉稀。

大嫂关切地说："别换了，孩子吃什么奶粉都会拉稀的。"

靳小晴问："为什么？许多孩子不都是吃奶粉吗，人家的孩子怎么能适应？"

大嫂问："你的孩子是不是吃过母乳？"

靳小晴摇了摇头："不知道……"

大嫂惊讶地说："不知道？你的孩子你怎么会不知道？"

靳小晴的脸红了，急忙解释说："不不……不是我的孩子，我还没有结婚……我是保姆。"

大嫂歉疚地说："瞧我这臭嘴，真该死，妹妹，你可别在意，我不是故意的。"

靳小晴说：“没关系……我知道您是好心，那您说我该怎么办呢？”

大嫂又问：“那孩子的妈妈呢？她为什么不给孩子喂奶了？没有奶了吗？”

靳小晴又摇了摇头。

大嫂又惊讶起来：“这个你也不知道？到底是怎么回事？”

靳小晴为难地说：“大嫂，您别问了……这件事我真的说不清楚，您快告诉我，我该怎么办吧。”

大嫂说：“凡是吃过母乳的孩子，不能咔嚓一下把奶断了，必须一点儿一点儿地断，一边吃着母乳，一边补充喂一些奶粉什么的。”

靳小晴更为难了：“这可不好办……”

大嫂说：“怎么不好办，让孩子妈再喂一段时间就行了。”

靳小晴说：“孩子妈……已经走了。”

大嫂似乎明白了：“要是孩子妈不在，找别人喂一下也行，只要是母乳就行。”

靳小晴急得都要哭了：“可是……可是我……到哪儿去找母乳啊？”

大嫂看了看靳小晴，朝她身边凑了凑，低声说：“如果你愿意，我倒是可以帮帮忙……”

靳小晴看了看大嫂那饱满的胸脯，犹豫着说：“可是……你的孩子怎么办？”

大嫂的眼圈儿红了：“我的孩子……没了。”

靳小晴同情地说：“真不幸……多长时间了？”

大嫂说：“有一个多月了。”

靳小晴说：“一个多月了，你的奶怎么还没有憋回去？”

大嫂说：“我总觉得……我的孩子还在……他还会吃我的奶……我一直用挤奶器……奶水一直给我的孩子留着……”

这又是一个了不起的母亲，靳小晴的眼睛湿润了。

大嫂很急切：“妹妹，让我试试吧……”

靳小晴突然想到了一个重要的问题：“你要多少钱？”

大嫂急忙说：“别提钱，什么钱不钱的，只要孩子能吃我的奶，我这心里就会好受一点儿。”

靳小晴说：“那不行，总不能白让你给孩子喂奶，你说个数吧。”

大嫂说：“我真的不在乎钱。你看，我在这儿打扫卫生，是有工资的，你家要是住得不远，我抽空就去了。上午喂一次，下午喂一次，一天喂两次就行了。”

靳小晴说：“那也不行，我必须给你钱，你要是不要钱，我就不麻烦你了。”

大嫂忙说：“别别，钱嘛你说，多少都行。”

靳小晴想了想说：“一次十元钱行吗？再多我也拿不出来了。”

大嫂问：“这钱该你出吗？你不是保姆吗？”

靳小晴说：“不管这钱谁出，我都得算计一下。”

大嫂说：“行，你家的主人要是日子紧，再少点儿也行，就一次五元吧。”

靳小晴说：“不不，五元太少了，说不过去，就十元吧。”

大嫂说：“钱由你定，从什么时候开始？”

靳小晴说：“依着你的时间。”

大嫂说：“我十点半下班，你家在哪儿？”

靳小晴告诉了徐家的门牌号。

大嫂说：“行，我十一点之前肯定到。”

靳小晴又问：“那下午呢？”

大嫂说：“我下午四点半下班，五点到你家行吧？”

靳小晴点了点头：“对了，大嫂，我还没问您贵姓呢。”

大嫂说：“我姓白，你就叫我白姐吧。”

十四

这一次，该轮到韩玉冰劝说蓝师傅。

韩玉冰把蓝师傅接到了自己的家里，她大学毕业以后，在北京干得顺风顺水。那个出版公司很有点儿规模，除了工资，还有提成，收入算是相当不错的。为了在北京安家，她在新开发的珠江小区买了一套房子。如果是她自己住，买个两室就够了。她早就决定要给蓝师傅两口子养老送终，所以买了个三居室。她一间，女儿一间，蓝师傅老两口一间。可惜蓝师傅的老伴儿两年前病逝了，没来得及到北京来享清福。韩玉冰虽然给蓝师傅准备下了房子，可是蓝师傅却一直没有来住。

韩玉冰到来的时候，蓝师傅已经被警察救护下了。她把蓝师傅接到家里。

蓝师傅靠着床上，闭着眼睛不说话。

韩玉冰也不急着劝他，给他泡了一杯茶，静静地陪着他。

还是蓝师傅绷不住了，朝她挥了挥手："忙你的去吧，别陪我了。"

韩玉冰的泪水流下来，哽咽地叫了一声："爹……"

蓝师傅心里一热，眼泪也流下来了。

韩玉冰说："出了这么大的事儿，您怎么不跟我说呢？"

蓝师傅没说话，深深地叹了一口气。

韩玉冰说："爹，您究竟遇上了多大的坎儿，真的过不去了吗？您跟我说过，过日子，有的时候需要拼，有的时候需要熬，轮到您自己了，干吗这么想不开？"

蓝师傅说：“我要是像那该死的开发商那样，拍拍屁股溜之大吉，也没什么了不起的。可是……这种缺德的事儿你爹做不出来啊。”

“那您也不至于自己寻短见呀？您死了跟拍拍屁股走了有什么区别？”

“我是想死扛的，我一直是想死扛的。为了还账，为了给工人发工资，我把这些年的积蓄都拿出来了，把村子里的房子都卖了。我……我是伤心啊。要是我那些徒弟能跟我一起扛一扛，说不定就能挺过去。”

韩玉冰笑了：“您想让您的十三太保跟您一样，也把积蓄都拿出来，把房子都卖了？”

蓝师傅说：“难道还不应该吗？发财的时候，我没忘了他们，遇到灾祸了，他们都成了缩头乌龟了。这且不说，很有的人也趁火打劫，竟然也吵着闹着跟我要工钱，他们也真的拉得下脸来。”

韩玉冰叹息着说：“爹，别怨他们，人性是经不住考验的。”

这是她前两天刚刚看到的一篇文章，人性是经不住考验的。

从那以后，韩玉冰放下了手头的编辑工作，开始处理蓝师傅的烂摊子了。这个烂摊子，十三太保可以不管，她不能不管。

这个摊子不但烂，还乱。她请了几个可靠的朋友，全面清理建筑公司和开发商的账目，做出了一个大胆的决定。清算时他们发现，开发商已经资不抵债了。通过法律，她把开发商的项目，包括土地及相关设施，统统转移到蓝师傅的公司名下。如此一来，蓝师傅的公司便承担起了开发商的全部债权债务。三个多亿，这个数字跟蓝师傅一说，蓝师傅差点儿吓晕过去。

韩玉冰说：“反正虱子多了不咬，债多了不愁。三百万是债，三千万是债，三个亿也是债。债多到一定份儿上，说白了就是个数字。”

蓝师傅说什么也不干：“三个亿，你知道一个亿是多少吗？我听人家跟我说过，如果你天天什么都不干，光数钱，一秒钟数一元，一天数十个小时，需要九年多才能数一个亿。三个多亿，光数钱就要数三十年……”

这个巨大的冒险激发起了韩玉冰疯狂的欲望，蓝师傅越是胆怯，她的欲望越强烈，决心也越大。

她决定开发公司和建筑公司合并成一个更大的集团公司，由她担任法人，兼任董事长。而原来的建筑集团公司属于她的下属单位，蓝师傅依然担任建筑公司的总经理。

然后韩玉冰可是全面地运筹，她发动起了所有可以利用的关系，以牡丹园小区的土地和开发项目做担保，向多家银行贷款，还清了所欠款项，并抓紧了项目的施工。

第二年，北京举办了世界瞩目的奥运会，北京的房价也随之火箭式的暴涨。

韩玉冰一下子赚了十几个亿。

十五

有了白姐给孩子喂奶，妙妙果然不再拉稀了，加上靳小晴的精心照顾，小妙妙好像气吹似的长了起来，体重增加了三斤多，皮肤也变得又白又嫩，整天价挓挲着四肢哇哇叫，煞是惹人喜欢。

喜欢也只是靳小晴喜欢，顶多再加上每天来喂两次奶的白姐。徐文发连看也不看那孩子一眼，徐冲更是将那孩子当成仇敌一般，非但不看，问也不问一句，好像家里根本就不存在这么一个小生命。

靳小晴是从大别山出来的农村姑娘，在他们那个小山村里，勤快不但是女人的美德，甚至应该被看作是人类生存所需要的本能。要是哪家娶了个懒散的女人，把家弄得邋遢，那要被嘲笑几辈子的。靳小晴闲下来的时候，便是收拾房间。将房间收拾完了，就到徐家父子的房间里收拾脏衣服。徐家父子的日子也真够可怜的，衣服换下来就胡乱一扔，什么时候实在没得换了，再一块儿洗。而且他们谁也不管谁，总是自己的衣服自己洗。要是两个人都没有时间或者忘记了，也没有关系。超市旁边有一个福建来的女人，开了一个洗衣店，每隔一段时间就到徐家来一趟。把该洗该熨的衣服拿走，过两天再把洗好熨好的衣服送回来。上门服务，倒也方便。

靳小晴将要洗的衣服扔进洗衣机，却发现洗衣粉没有了，她还要跑到外面去买洗衣粉。等衣服洗完了晒干了，又发现没有电熨斗，于是她又自己掏腰包买来了一个电熨斗。这样，每隔两三天，徐家父子的床头上，就会出现几件洗得干干净净、熨得平平整整的衣服。徐家父子哪体会过这么舒适熨帖的日子，除了感激他们实在无话可说。

徐文发回来了，把靳小晴叫进他的书房，打开带回来的真皮包儿。靳小晴的眼睛顿时冒起了光，这是一个笔记本电脑，IBM 的，好高档啊。在那个年代，像靳小晴这样有文化的年轻人，最奢求的就是能拥有一台笔记本电脑。那时候，还是台式机的天下，笔记本电脑，大概只有商业精英和作家记者才有的。国产品牌也要上万，穷学生怎么会买得起呢?

徐文发看着靳小晴："会用吗?"

靳小晴犹豫着说："差不多吧。"

徐文发问："什么叫差不多?"

靳小晴说："我一直在用台式电脑。"

徐文发说："就是说，你一直在开拖拉机，现在给你一辆汽车，你差不多也能开走。"

靳小晴笑了。

"是这么个道理吧?"徐文发说着，就把笔记本电脑交给了靳小晴。

靳小晴很懂行地插上电源和外接鼠标，摁下电源开关。笔记本电脑的屏幕亮起来，出现了 Windows 的窗口。

徐文发激动地叫起来："行啊你小晴，看来你开拖拉机的本事还是不错的。哎呀，这回可省了我大事了。"

靳小晴问："您想用这笔记本电脑做什么?"

徐文发说："哦，是这样，现在要求领导干部都要学会使用电脑。这不，领导班子每人配一个笔记本，还要办学习班，每天抽出两个小时学习。你说，我哪有那么整齐的工夫。这下好了，我就在家跟你学了。"

靳小晴有点儿为难："不过……

徐文发大方地说："我可以交学费，啊，应该交学费的。"

靳小晴说："不是的徐叔，我教您是没问题的，怎么能提学费的事儿呢? 我是想说，我从来没用过笔记本电脑，得需要熟悉熟悉。"

徐文发说："那当然，这个笔记本电脑你拿走，等全弄明白了再教我，不急，这也不是急的事儿。”

靳小晴心里怦怦跳起来：“那……这个电脑我可以用吗？”

徐文发说：“当然可以用了，你不用怎么能熟悉？随便用。”

这真是天上掉下来一个宝贝疙瘩。靳小晴啊靳小晴，你他妈的运气怎么这么好？班上的同学要知道我拥有了一台笔记本电脑，而且还是IBM的，还不让他们羡慕得眼蓝。

靳小晴简单地熟悉了一下笔记本电脑，便迫不及待地登录上了自己的QQ和微博。天啊，怎么有这么多的留言、这么多的关注、这么多的粉丝呀？在她的QQ和微博私信上留言最多的就是叶建平。他居然还有脸跟我联系？他疯了吗？每天都有几十条留言。她不想看，一条也不想看。无论是追悔莫及还是苦苦哀求，她都不想再理他了。不是记仇，她跟他实在是没有什么好说的了。

不行，看来QQ和微博都不能登录了。这是给自己找麻烦，让蓝湘知道了更不得了。

可是，她实在太想玩微博了。灵机一动，干脆重新注册一个。

也是灵机一动，这两天的脑子里经常有灵光闪现。她给自己新注册的微博命名：卡哇伊小保姆。

注册成功。打开首页，对话框的上面，出现了有行熟悉的字：有什么新鲜事想告诉大家？

这个对话框里只允许写一百四十个字，写什么呢？微博需要圈粉，圈粉则需要语出惊人，需要大家感兴趣的话题。这是她新微博的第一篇，该写点儿什么呢？

小保姆不相信眼泪。

她几乎想都没想，便写下了这么几个字，并点击了发送键。

门外有声音，她急忙出去。

徐冲又喝多了，这次不是别人把他送回来的，是他自己晃晃悠悠地走回来的。靳小晴给他开门的时候，他向前一歪，就扑了过来。靳小晴没有躲避，她要是躲开徐冲肯定会摔个大马趴。她伸出胳膊，急忙扶住了徐冲，又吃力地把他朝房间搀去。徐冲还力图摆脱她：“你别管……我……我没喝多……我能行……”

靳小晴把他放倒在床上，又帮助他脱去西装和脚上的皮鞋。

徐冲很兴奋，确实喝了不少，但是还没有醉烂如泥，他还不想睡：“我没喝多……真的……小晴……麻烦你给我泡杯茶……要浓一点儿……我就是渴，想喝水……”

靳小晴把一杯泡好的茶端进来，放在床头柜上。

徐冲爬起来端起茶杯就要喝。

靳小晴急忙拦住了他：“等一等，烫。”

徐冲又咕咚一声躺下了。

靳小晴说：“你先歇会儿，我给你准备一下热水，你冲个澡吧。”

徐冲突然一把拉住了靳小晴：“你别走……你坐下……坐下……我没喝多……我这会儿就想跟人说话，你陪我说说话……你放心……我没喝多……我心里清楚得很……我……我不会把你怎么的……你坐下……坐下……”

徐冲一个劲儿地让靳小晴坐下，可是她往哪儿坐呢？写字台前有一把椅子，靳小晴想把椅子拉过来。徐冲拉着她的手不放，还是让她坐下来。靳小晴无奈，只好坐在了徐冲的床边上。徐冲嘴里喷出来的酒气冲击着她，她把头扭向一边。

徐冲就是兴奋，嘴里喋喋不休：“小晴……你别走……啊……你没走，你坐下了……好……谢谢你……我现在就是想说话……想找个人说话，小晴……你陪我说会儿话……我不会耽误你很长时间的……”

靳小晴耐心地说：“那好，你想说就说吧，我听着。”

徐冲说：“不行……你不能光听着……我想说话……不是想做报告……说话需要交流……我们都要说……我们一起说……”

靳小晴顺从着徐冲：“好吧，我陪你说话，可是……说什么呢？”

徐冲说：“说什么都行，随便说什么。说说世界杯外围赛吧……你说这次中国有希望吗？”

靳小晴说："我没有看比赛……再说我也不懂足球……"

徐冲说："那就说说美国……你说……小布什会不会真的捉到本·拉登……"

靳小晴不好意思地说："徐哥……对不起……我好久不看新闻了……"

徐冲又说："那就说说张艺谋吧……"

靳小晴说："我对演艺界的事儿向来不感兴趣……"

徐冲失望了："这么说……我们无话可说了……"他叹了一口气，很伤感地朗诵起来，"今宵酒醒何处？杨柳岸晓风残月。此去经年，应是良辰好景虚设，便纵有千种风情，更与何人说？"

靳小晴说："这是柳永的《雨霖铃》。"

徐冲说："怎么，你也知道柳永？"

废话，靳小晴想，你以为我是谁呀？我可不是那些连初中都没有毕业的小保姆，本小姐是北京大学中文系的高才生。我要是把真实身份告诉你，你还敢跟我面前卖弄学问？

徐冲说："我再背一首诗，你猜猜是谁的……十年生死两茫茫，不思量，自难忘……"

靳小晴说："这是苏轼的《江城子》。"

徐冲说："哟，连词牌都能说得上来，真行……那好，你再听一首……天不老，情难绝，心似双丝网，中有千千结。夜过也，东窗未白孤灯灭。"

靳小晴说："这是张先的《千秋岁》。"

徐冲惊讶起来："天呀，你可真了不起，连这个都知道……再来，听着……"

徐冲让靳小晴听着，他却没有马上背诵诗词，而是凝神看起了坐在他床边的靳小晴。靳小晴斜着身子，微垂着头，额前一缕青丝垂落下来，遮住了那双含着笑意的眼睛。灯光下，她的面颊显得格外娇艳动人。徐冲脱口吟颂起来："最是那一低头的温柔，像一朵水莲花不胜凉风的娇羞，道一声珍重，道一声珍重，那一声珍重里有蜜甜的忧愁——沙扬娜拉！”

靳小晴平静地说：“这是徐志摩写的《赠日本女郎》。”

徐冲惊奇地叫喊起来：“了不起……才女……大才女……你怎么都知道……那么，你也给我背一首好吗？”

靳小晴问：“你喜欢听谁的诗？”

徐冲说：“随便，你背谁的诗我都喜欢听。”

靳小晴说：“你先喝口水吧。”

徐冲欠起身，靳小晴把茶杯递过来，徐冲一口气把水都喝了下去。靳小晴起身，又端了一杯水，依然放在徐冲的床头柜上。

徐冲催促着：“背呀，你快背呀。”

靳小晴说：“我给你背戴望舒的《雨巷》可以吗？”

徐冲说：“太好了，这是我最喜欢的一首诗。”

靳小晴提出了要求：“我背诗的时候，你得闭上眼睛，进入到那意境里，好吗？”

徐冲顺从地说：“我已经闭上眼睛了。”

靳小晴抬起头，酝酿了一下感情，轻轻地背诵起来：

撑着油纸伞，独自
彷徨在悠长、悠长
又寂寥的雨巷，
我希望逢着
一个丁香一样的
结着愁怨的姑娘……

在靳小晴那甜美的声音里，徐冲的眼前现出了江南雨巷那令人迷茫的意境。随着丝丝细雨，随着太息般的眼光，随着丁香般的惆怅，随着梦一样的凄婉迷茫……徐冲那被酒精麻醉的过度兴奋的心渐渐地平静下来，进入了一个悠长悠长又寂寥的雨巷，遇见了一个丁香一样的结着愁怨的姑娘……

看着徐冲像孩子一样睡得那么安详，靳小晴为他盖好被子，轻轻地走了出去。

十六

真让人不可思议，仅仅过了一天，卡哇伊小保姆的粉丝居然上升到了将近两千了。要知道，她在学校里注册那个微博，一年多了，粉丝才四百多，还大多是同学和儿时的伙伴。一句“小保姆不相信眼泪”怎么会引起这么多人的共鸣呢?

许多人给她发来私信。她一条一条地看着，突然，一个叫“晓风残月”的网友跟她对话：

“你不相信眼泪相信什么?”

“我相信命运。”

“如果命运让你流泪呢?”

“那就痛痛快快地大哭一场。”

“你不是不相信眼泪吗? 为什么还要哭?”

“哭只是流泪，流泪不等于相信眼泪。”

“那不是白哭了吗?”

“哭有时候也是一种幸福。”

“此话怎讲?”

“与其在悬崖上展览千年，不如在爱人的肩头痛哭一晚……”

“你是个诗人吗?”

她刚要写这是舒婷的诗，马上转换了另一个说法：“我喜欢这句诗。”

“这诗是谁写的?”

“我是在网上看到的。”

凭着特殊的感觉，靳小晴觉得跟他对话的是一个熟人。她明白自己的身份，不能暴露自己，马上找个借口下线了。

这时候，客厅的电话响了起来。

靳小晴急忙跑过去拿起电话。

电话里响着一个比较熟悉的声音，靳小晴又一时没有听出来。那个人要找徐书记，靳小晴问：“请问您是哪一位？”

电话里的声音说：“你是那个小保姆吧？我是严松明，公安局长，我们见过面的……”

靳小晴心里不由得悸动了一下，马上喊徐文发接电话。

事情有了惊人的转机，徐文发放下严松明打来的电话，问靳小晴：“徐冲呢？”

靳小晴说：“他已经睡下了。”

徐文发说：“叫他起来，快叫他起来。”

靳小晴说：“他喝醉了酒，刚刚睡下。”

徐文发不满地说：“喝酒喝酒，就知道借酒浇愁，一点儿脑子都不动。”

靳小晴天真地问：“徐书记，有什么高兴的事吗？”

徐文发说：“嗯，是值得高兴……你知道吗？这里果然是个阴谋，大阴谋……有人要害徐冲，给徐冲栽赃。”

靳小晴问：“栽什么赃？”

徐文发说：“就是这个孩子，这孩子根本就不是徐冲的，是有人故意往他的头上扣屎盆子，是谁呢？”

靳小晴强压着惊惶，小心地问：“是不是严局长查出来了？”

徐文发说：“这个严松明还真有两下子，头两天扫黄，从一个发廊里抓到一个四川人，幺妹子。她承认有人花三千元收买了她，在徐冲结婚那天，把孩子送到婚礼上去……”

靳小晴心里瑟瑟抖动起来："谁干的，这么缺德?"

徐文发说："谁干的还没查出来，据那个人交代，是一个河南人，四十多岁，穿得挺体面的。"

靳小晴急着问："河南人，是男人还是女人?"

徐文发说："当然是男人了。"

靳小晴说："奇怪，徐哥怎么会得罪了一个河南人呢?"

徐文发说："我也奇怪，等会儿徐冲醒了，你让他到我的房间里来，我得好好问问他。"

靳小晴说："他喝得太多了，恐怕今天晚上醒不了了。"

徐文发倒不着急："算了，明天再说吧，一会儿我也要睡了，你也早点儿睡吧。"

这回该轮到靳小晴睡不着了。

靳小晴回到房间里，关好门，便急忙给蓝湘打电话。蓝湘大概也已经躺在床上了，接电话的声音懒洋洋的，似睡非醒的样子。靳小晴迫不及待地说："蓝姐，有个情况。"

蓝湘立刻把她的话打断了："你别说了，我知道了。"

靳小晴奇怪，我还没有开口，你怎么会知道我要说什么呢? 她又叮了一句："我想告诉你，有个新的情况。"

蓝湘又打断了她的话："我知道。"

靳小晴是个办事认真的姑娘，或许蓝湘正是看中了她这一点。她还是不放心，不知道蓝湘所谓的"知道"，跟她想说的是不是一码事。

于是，她又说："蓝姐，是这样……"

蓝湘有点儿不耐烦了："你这个人怎么这么啰唆，我不是告诉你我知道了吗?"

靳小晴还想解释："只是……不知道您说的跟我想说的是不是……"

蓝湘更加不耐烦了："行了行了，我问你，徐冲对你怎么样?"

靳小晴说："他情绪很不好，经常喝酒……有时候喝醉了被人送回家里来……”

蓝湘问：“然后呢？”

靳小晴说：“然后他就睡觉了……”

蓝湘问：“你呢？”

靳小晴说：“我有时候照顾一下他……”

蓝湘紧逼着问：“怎么照顾他？”

靳小晴不想说更多的细节，敷衍说：“也没有怎么照顾，不过是送杯茶什么的。”

蓝湘不满地问：“就这些吗？”

靳小晴说：“就这些……”

蓝湘说：“不行，你必须接近他，尽可能地关心他，照顾他，必要的时候还要勾引他，你懂吗？”

靳小晴有点儿为难了：“蓝姐……”

蓝湘生硬地说：“别忘了我们的合同，你到他家不是当保姆的。光是当保姆，我就不派你去了，你要明白你的任务。”

靳小晴想解释一下：“蓝姐……”

蓝湘更加专横起来：“听着靳小晴，我们现在不是姐妹关系，也不是朋友关系。你可以叫我蓝姐，可我的话你必须服从，无条件地服从，明白吗？”

靳小晴心里一沉，顺从地说：“我明白。”

蓝湘说：“明白就好，你要按照我的命令办，马上把徐冲勾搭到手，你要主动钻到他的被窝儿里去。”

靳小晴说：“这不行，蓝姐……”

蓝湘生气了：“怎么不行？又没让你去卖淫，你当初可说过，为了救你父亲，卖淫你都干。你没忘记吧？”

靳小晴只好说：“是的，我没忘记……”

蓝湘又紧叮一句：“还记得我是怎么对你说的吗？”

靳小晴说：“你说……我不让你卖淫……但是关键的时候献身是难

免的……你说的是关键的时候……”

蓝湘说：“现在就是关键的时候，你懂了吗？”

靳小晴心里战栗起来。

蓝湘还是不放心，又叮问一句：“有什么问题吗？”

靳小晴说：“啊……没有。”

蓝湘又问：“徐冲对你怎么样？”

靳小晴说：“还好……”

蓝湘问：“还好是什么意思？”

靳小晴说：“至少……他并不讨厌我。”

蓝湘说：“你是女人，如果你不知道女人该怎样对付男人，那就从徐冲开始，在他的身上学点儿经验吧。”

靳小晴没说话。

蓝湘啪地把电话挂上了。

靳小晴想到了她跟蓝湘签订的那份复仇合同。她到底跟谁复仇呢？难道是徐文发，还是徐冲？他们之间到底有什么仇恨呢？至于吗？

靳小晴一阵发抖，下一步蓝湘还要干什么呢？

十七

她是尹音。当听到门铃声靳小晴打开门的时候，见到的是一个楚楚动人的姑娘。她称得上漂亮，属于古典型的那种美女，苗条秀丽，端庄淑雅，大眼睛，高鼻梁，小嘴唇，尖尖的下巴颏，脸上还挂着一种掩饰不住的羞涩。靳小晴并不认识尹音，虽然那天婚礼上见过，一是离得远，二是尹音当时穿着婚纱，化着新娘妆，而且那种新娘妆是从影楼请来的化妆师给化的。靳小晴总是觉得，影楼的化妆师是毫无艺术细胞的一群匠人。无论是谁，无论长得什么样子，经过影楼化妆师一收拾，就都变成了同一个样子。什么样子呢？说得好听一点儿像日本的卡通片，说得不客气一点儿整个一个复印件。无论是卡通片还是复印件，都是将一个活生生的立体的人硬是化成了一张千篇一律的平面图。人变成了平面的，连心肝肺都没有地方装了，还会有灵魂吗？还会有个性吗？男人费尽心机，众里寻她千百度，好不容易选中了自己的另一半，可是到影楼化妆师的手里，全都变成了批量生产的标准件。早知道这样，还找什么对象，到影楼里定做一个不就行了吗？

这些话都是靳小晴平时想着玩的，觉得是自己的一种发现，又用一种幽默的语言将这种发现表达出来了。她毕竟是中文系的学生嘛，中文系不玩文字游戏玩什么？当然，平时想的东西在脑子里储存起来，现在见到站在面前的尹音，便都在脑中显示出来。也只不过是稍纵即逝地一闪，闪过之后，她便凭感觉断定了站在面前的是尹音。

尹音也看着她，脸上的困惑夹杂了许多来不及表现出来的惊诧与敌视。明察秋毫的靳小晴却看到了，尹音的复杂表情让靳小晴心里掠过一丝莫名其妙的快意。

尹音的眼睛和声调里也明显地流露出了隐藏在内心深处的甚至连她自己也没有觉察出来的敌视和恐慌，她生硬地问："你是谁？"

靳小晴却笑了笑，笑得很惬意，还主动地伸出了手："我叫靳小晴，是徐家的小保姆。"

尹音的眼睛里还是充满着疑惑，有这么漂亮、这么懂礼貌、这么落落大方、这么有品位的小保姆吗？

见尹音没有把手伸出来，便主动地说："你是尹音吧？"

尹音更加奇怪了："你认识我？"

靳小晴说："我看过你们的结婚照，徐冲也经常提起你。"

尹音惊疑起来："提起我……跟你？"

靳小晴知道自己不慎失言了，忙解释说："不……不是跟我。"

尹音叮着问："那是跟谁？他跟谁经常提起我？"

靳小晴说："跟他自己……"

尹音不明白："跟他自己？什么意思？"

靳小晴说："自从你离开他以后，他很痛苦，经常喝醉了酒……喝醉了的时候就喊你的名字……还捧着你的照片痛哭……"

尹音低下了头，看得出来她在强忍着泪水。

靳小晴突然同情起了这一对无辜的有情人，心里也湿漉漉的想哭。

尹音抬起脚想进来，又犹豫了一下。

靳小晴急忙让着她："尹音姐，你快进来吧。"

尹音感激地朝靳小晴点了点头："徐冲在家吗？"

靳小晴脱口说："他上班了吧？"

尹音说："今天不是双休日吗？他上什么班？"

靳小晴这才想起来，今天从早上开始，她就一直没有见到过徐冲。这原本也没有什么奇怪的，这一家人早上常常是谁也见不到谁的。徐文发起得早，起来后便到外面走路锻炼，走完了路便直接去机关，机关食堂里有早餐。徐冲呢，一点儿规律也没有，有时候按时起床后便洗漱上班，他的早餐常常是在路上解决的。靳小晴提出过要为他们父子预备早餐的，但是被拒绝了。一是他们吃不吃没准谱儿，二是觉得靳小晴够劳累的了，不愿意再给她增加负担。也有的时候，靳小晴没有看见徐冲，以为他走了，可是不定什么时候就会看见徐冲穿着睡衣从他的房间里出来了。今天徐冲会不会还在房间里睡觉呢？

靳小晴说："你等一下，我去看看。"

靳小晴上前推了推徐冲的房门，房门果然从里面闩着。靳小晴刚要扬手敲门，却被尹音制止住了："让他多睡会儿吧，我等一等。"

显然，尹音是觉得愧对徐冲的，难道她知道了事情的真相？可是，这件事是昨天晚上公安局局长严松明打电话告诉徐文发的，连徐冲还不知道，尹音怎么会这么快就得到消息了呢？要不，就是尹音想明白了，后悔了，原谅徐冲了？作为一个医生，能攀上市委书记的高枝，容易吗？能轻易地放弃吗？放弃了能不后悔吗？就算徐冲真的与别的女人有染，就算这孩子真的是徐冲的私生子，尹音腾出的这个位置，不定有多少女人争先恐后地来抢呢？像尹音这样聪明的女人，能不会想到这些吗？

可是，尹音好像又不是那种趋炎附势的女人。她是很自尊自强的，很注重感情的纯洁与专一的，很有原则又很认死理的。出事以后，徐冲多少次找她，打电话，上门求见，托人说和，都枉费心机了。尹音根本不见他，态度是坚决而又坚定的。徐冲之所以那么痛苦，那么失望，不就是因为尹音不相信他、不原谅他吗？

徐冲起来了，穿着睡衣，睡眼惺忪，大概还没有完全醒来，摇摇晃晃地朝厕所走去，根本就没有发现坐在沙发上跟靳小晴聊天的尹音。

靳小晴叫住了他："徐哥，你看谁来了？"

徐冲一下子愣住了，他揉了揉眼睛，还以为自己在做梦。

尹音站起来，朝徐冲的身边走去。

徐冲还是不敢相信这是真实的，傻子似的看着尹音，一句话都不说。

尹育也呆呆地搂着徐冲，像一只走失了又找回家的小鹿，战战兢兢余悸未消地蜷缩在徐冲的怀抱里，嘤嘤地哭泣着

尹音说话了：“你好吗？”

徐冲的嘴唇颤抖着。

尹音上前轻轻地拉住了徐冲的衣襟，轻声说：“严局长跟我说了，昨天晚上就给我打电话了……”

徐冲迷茫地伸出手，抚摸着尹音的头发。慢慢地，双手从头发上向下滑动着，抚摸她的耳朵、她的鼻子、她的脸颊，真真切切地感受着她的真实存在……

尹音老老实实地任徐冲抚摸着，泪水默默地从那双清潭般的眸子里流淌出来。

突然，徐冲像一头被惊醒的猛兽一样，张开双臂搂着尹音，呜呜地哭号起来：“尹音尹音……尹音……尹音……”

尹音也紧紧地搂着徐冲，像一头走失了又找回家来的小鹿，战战兢兢余悸未消地蜷缩在徐冲的怀抱里，嘤嘤地哭泣着。

靳小晴看着这一对有情人，心里说不清是一种什么滋味儿。

十八

时间过得飞快，转眼暑去秋来，到了国庆节。在乡下中学教书的徐敏放了假，带着儿子闹闹回来了。闹闹五岁半，正是招猫逗狗讨人嫌的年龄。一进家门，他就立刻蹿进靳小晴的房间里，跟妙妙玩了起来。说来也实在可怜，妙妙除了靳小晴和给他喂奶的白姐，还从来没有见过别的人。徐文发跟徐冲父子从来不进靳小晴的房间，徐敏来了，也没有过问孩子的事。偶尔家里有客人来，也都避讳提到孩子。孩子成了这个家庭里的隐私，成了大家共同的一块心病。靳小晴心里清楚，这个家之所以还在收留这个孩子，除了无可奈何之外，完全是出于人道主义的原则。这或多或少地让靳小晴感到悲哀，她每天含辛茹苦地喂养这个孩子，并没有人领她的情，实际上她在干着一件毫无意义、毫无价值的事情。

闹闹给妙妙带来许多玩具，彩色气球、电动小汽车、各式各样的军事武器，还有会叫的唐老鸭和会走路的米老鼠。这些玩具都是闹闹偷偷带来的，他早就听说过外公家里有一个来历不明的小孩儿。有人说这小孩儿是舅舅的儿子，可是妈妈却说不是。那是谁呢？这小孩儿长得什么样子呢？他到底是从哪儿来的呢？孩子的天性就是好奇，好奇的孩子对于一个从天而降的小孩儿却不觉得奇怪。很小很小的时候，闹闹就问过妈妈，他到底是从哪儿来的。妈妈告诉过他，是从学校旁边的大坑里捡来的。既然他可以是从大坑旁边捡来的，那么舅舅家的孩子便有可能也是从什么地方捡来的。只是捡来这个孩子以后舅舅不喜欢，不愿意养罢了。他还听说将要跟舅舅结婚的那个女人因为这个孩子跑了，不愿意给舅舅做老婆了。这个孩子有那么讨厌吗？

可惜的是，闹闹给妙妙带来这么多的玩具，妙妙却不会玩。闹闹很有耐心，把彩色气球挂在妙妙的脸上面，一晃一晃的逗得妙妙张着鲜嫩的小嘴儿笑得很开心。

见闹闹喜欢妙妙，靳小晴感到很欣慰，因此也喜欢起了闹闹。妙妙不是靳小晴的孩子，可是却每天跟靳小晴一起，是靳小晴一把屎一把尿把他养活的，她早已经把妙妙当成了自己的孩子。女人天生就会做母亲，就像母鸡生来就会孵蛋一样。

闹闹叫妙妙屎蛋，农村的孩子差不多都叫屎蛋，因为他们总是满炕屙屎撒尿，又滚得满身都是屎尿，所以统称为屎蛋。

靳小晴不高兴了："闹闹，为什么叫俺屎蛋？"

闹闹说："这么小的孩子都叫屎蛋。"

靳小晴说："他不叫屎蛋。"

闹闹问："那他叫什么？"

靳小晴说："他叫妙妙。"

闹闹忽闪着大眼睛说："叫妙妙？他是丢掉的孩子吗？"

靳小晴说："对，他是丢掉的孩子，又被我们捡回来了。"

闹闹说："他是从哪儿捡回来的？"

靳小晴想了想说："从一个宾馆里。"

闹闹说："我也是丢掉的孩子，是我妈妈把我捡回来的，在学校操场旁边的大坑里。"

闹闹又问："为什么舅舅不要他？"

靳小晴说："不知道，也许是你舅舅不喜欢小孩儿。"

闹闹问："那你喜欢他吗？"

靳小晴说："当然了，你看妙妙多漂亮呀，又聪明，都会啊啊地唱歌儿了。"

闹闹说："那你就是他妈妈了？"

靳小晴说："不，我不是他妈妈。"

闹闹不明白："为什么？不是你养的吗？谁养的孩子就该管谁叫妈妈。"

靳小晴无话可说了，她不知道该怎么向闹闹解释。

徐敏在外面喊着闹闹："闹闹，快出来，外公回来了。"

闹闹跑了出去，见了外公，又要朝靳小晴的房间里跑。徐敏却把他拦下了："不许到姐姐的房间里去。

闹闹不服气："为什么？我还要跟妙妙玩呢。"

徐敏气怒地说："什么妙妙？野种。"

闹闹争辩着："他不叫野种，叫妙妙。"

徐敏命令着："甭管他叫什么，不许你跟他玩。"

闹闹说："不嘛，妙妙可爱极了，他还会唱歌呢。"

徐敏沉着脸说："瞎扯淡，哪有这么小的孩子就会唱歌的？"

闹闹说："是小晴姐姐说的。"

徐文发见闹闹想跟那个孩子玩，便对徐敏说："你管他这些干什么？孩子是无辜的嘛。"

靳小晴知道，这是徐文发第一次对这个孩子表现出了宽容和大度。

见外公说了话，闹闹又蹿进了靳小晴的房间里……

吃饭的时候，徐冲领着尹音回来了。一家人又团聚在一起，感慨万千，又其乐融融。靳小晴一边照顾着孩子，一边帮助徐敏忙着菜饭。

徐敏很快就看出来了，尹音并不高兴。她虽然也礼貌地跟所有的人打招呼，可是一直很沉闷，脸上的笑模样也很勉强。徐敏把徐冲悄悄地叫进厨房里，问："你们俩的事怎么样了？"

徐冲苦笑着摇了摇头。

徐敏奇怪起来："她不是知道事情真相了吗，还有什么想不通的？你们准备怎么办呀？要不要再补办一次婚礼？"

徐冲说："我的意思是算了，反正婚礼也办了，大家都知道了。"

徐敏问："她的意见呢？"

徐冲说："她不肯搬过来。"

徐敏问："为什么？她还是信不过你？"

徐冲说："那倒不是，你看……家里有这么一个孩子，让她怎么来呀？"

徐敏沉吟起来："这倒是，要是我我也接受不了。你没跟爸爸说吗？"

徐冲说："说了，爸爸也为难……那个给我栽赃的女人虽然找到了，可是这孩子的父母还没找到。爸爸的意思是等公安局查出来，孩子有了去处，再把孩子送走。"

徐敏说："公安局什么时候能查出来？他们要是永远都查不出来，那这孩子还赖在咱家了不成？"

徐冲为难起来："你也知道爸爸的脾气，我说服不了他。"

徐敏说："一会儿我跟他说，无论如何这孩子得送走，那个小保姆也得走……"

徐冲说："小保姆倒无所谓。"

徐敏说："什么无所谓，我看尹音不进这家门，不仅仅因为那孩子……"

徐冲说："你别瞎猜疑了。"

徐敏不满地说："你呀，傻吧你，要不人家就随便坑害你了。"

徐冲看了看姐姐，想说什么，靳小晴进来了……

十九

晚上，一家人围坐在餐桌旁边吃饭边看电视。徐冲和尹音急着要到外面去玩，一心一意地用餐。徐文发每天要看新闻，所以这餐饭大家都吃得很安静，像一群春蚕在默默地咀嚼。靳小晴又拒绝了与全家一起用餐的邀请，在厨房里做着汤。电视里正在播送着烟海市的新闻，镜头上出现了徐文发等市委市政府的领导视察滨海开发区的镜头，随行记者居然是姿色超群的大牌主持人柳如烟。一行人个个神采奕奕，气度非凡，柳如烟更是风姿绰约，光艳照人。

闹闹看着电视，像是想起了什么，用一双俏皮的眼睛看着徐文发，突然说："外公，您晚上睡觉摸谁的咂儿呀?"

这一下，全家人几乎同时停止了咀嚼，愣愣地看着闹闹。徐文发阴沉着脸装作没听见，别的人又低下了头掩饰着窘态。徐敏狠狠地瞪了闹闹一眼。谁想到闹闹非但童言无忌，而且得寸进尺，又紧接着问了一句："您是摸柳如烟的咂儿吗?"

咂儿就是女人的乳房，这是北方大多数地区的俗称。正在厨房里默默忙活的靳小晴也惊愣住了，手里的汤匙都脱手掉在了地上。有关徐文发与柳如烟之间关系的传闻由来已久，起因是有一次徐文发率团出国考察，点名带上了柳如烟。公众人物的绯闻逸事大多是捉风捕影，谁也没有拿得出来的证据。但是作为普通老百姓对于这种事却兴趣颇大，而且采取的态度是宁可信其有，也不信其无。这种绯闻一旦传扬出去，就会像蝗虫一样铺天盖地，而且呈几何基数地繁殖传播。更加可怕的是，在整个传播过程中，又在不断地进行丰富创造，几乎每一个传播者都是创作者，传到最后不但风风影影都变成了真实的记录，而且成了情节曲折、细节精彩、人物形象鲜明、语言机智幽默的艺术品。传播得再厉害，也很难传到徐文发和柳如烟的耳朵里，谁跟他说呢？就是说，整个烟海市都给徐文发和柳如烟点了鸳鸯谱，只有两个当事人被蒙在鼓里。这就像是皇帝的新衣，大家都在津津乐道地围观着光着身子的皇帝，而皇帝本人还沾沾自喜，将丑当俊。

传闻毕竟是传闻，聪明的人对待传闻的办法就是让它自生自灭。谁愿意说就让他去说好了，反正嘴皮说麻了，耳朵听腻了，也就索然无味了。传闻落在谁的头上，就像癞蛤蟆爬到脚面上，恶心是恶心，却没有什么致命的伤害，自认倒霉也就是了。

然而，在这种无聊传闻的基础上，有关徐文发的“地下创作”又有了新的版本，是首民谣，朗朗上口，比流感传播得还快：文发文发，造反起家，工业不懂，农业不抓，白天搓麻，晚上摸咂儿……

啪的一声，徐敏的大巴掌落在了闹闹的脸上，闹闹哇地哭了起来。

若是平时，闹闹挨打徐文发首先就会发火，徐冲也会埋怨姐姐，紧接着便是对闹闹的哄劝。可是今天，闹闹挨了打却没有人作声，更没有人起身劝阻。徐文发倒是站了起来，撂下吃剩的半碗饭回到自己的书房里去了。

闹闹还在哭着，徐敏恶狠狠地骂着：“小死鬼，再胡说撕烂你的嘴……”

闹闹受了委屈、挨了打却没有人护着他，这可是他第一次碰到的冷遇。他不明白他说错了什么，也不知道他为什么挨打，更不知道为什么人们都对他这样无情无义，连平时最惯着他由着他疯玩疯闹的外公都好像生气了。他突然觉得事态严重了，哭了两声便闭上了嘴，怯生生地看着妈妈那张凶狠的脸和可怕的眼睛。

尹音也知趣地离开了餐桌，徐冲也跟着站了起来。

靳小晴发现，徐文发躲进书房一晚上都没有出来，连电视都没有看。

一种令人窒息的气氛笼罩着徐家，闹闹知道自己闯下了大祸，不哭不闹也不说话了，连妙妙也不敢去逗了。徐敏早早地把他摁在了床上，命令他快点儿睡觉。

靳小晴也沉默起来，电视台每晚都有一个好莱坞的经典影片，她总是不放过。大家都心情不好，她也就放弃了看电视，回到自己和妙妙的小屋里，睡不着觉，只好看书。看书也定不下神来，她埋怨自己，徐家人不快活，碍你什么事了。你不是徐家人，你是来给徐家当用人的。

徐敏进来了，默默的。

靳小晴急忙坐起身来。

徐敏很亲近地坐在了靳小晴的床头上，不可回避地看了一眼睡在靳小晴身边的孩子，关切地问："这孩子好带吗？"

靳小晴尽可能轻松地说："这孩子挺乖的，就是我没有经验。"

徐敏像是自言自语地说："孩子是无辜的……啊，这孩子还蛮漂亮的，长得也很壮实，能吃吗？"

靳小晴说："挺能吃的。"

徐敏问："你给他喂什么？"

靳小晴说："就是奶粉，还有一些果汁什么的。"

不知道为什么，靳小晴没有提到白姐给他喂奶的事。

徐敏看了看靳小晴："真难为你了，你以前当过保姆吗？"

靳小晴说："没有，可我带过孩子。"

徐敏警惕起来："带过孩子，带过谁的孩子？"

靳小晴说："我弟弟还不到两岁，我母亲就死了，我弟弟就是我带大的。"

徐敏同情地点了点头："你也是苦出身，看得出来，你很能干。在来这儿之前你干什么？"

靳小晴说："我考上了大学，可是没有钱读书。"

徐敏说："怪不得呢，你不像是从山沟里来的姑娘，显得很有文化，气质也好。”

靳小晴的脸有点儿红了，她不愿意欺骗她，可是又不能说实话，只好说一半真话。

徐敏问：“我父亲怎么样？我是说他的情绪，平时的心情……”

靳小晴想了想说：“我看不出来，他很忙，每天很晚才回来，总是在工作。”

徐敏突然问：“你觉得我父亲是怎样一个人？”

靳小晴摇了摇头，茫然地说：“我……说不上来。”

徐敏点着头说：“你说不上来……连我都说不上来。在许多人眼里，我有一个当市委书记的父亲，不定该享受多少照顾呢。同是领导干部，别人家的孩子都发达了，有的出了国，有的当了官，有的有了上亿的资产。你看我跟徐冲，过的是什么日子？”

靳小晴表示同意徐敏的说法：“我以前没接触过高级干部，总觉得他们很神秘，场面上很气派，生活上也一定是富丽堂皇的。没想到，你们家会这么寒酸……”

徐敏的眼圈红了：“你说，我跟徐冲笨吗？为什么我们过得这么窝囊？怪谁，就怪我爸爸。他刚当上副市长的时候，就先给我们约法三章：不许打着他的旗号办事，不许给任何人说情拉关系，还不许经商赚钱。我弟弟是学建筑设计的，别人要是干这一行，早富得流油了，可是我弟弟除了工资，一分额外的钱都不敢要。你看我呢，大学毕业以后就在山区教书，一干就是七八年。别的人都调上来了，不是走后门调，是正常调动，可是他就是不同意我调上来。他也不想想，我要求调上来是为我自己吗？他五十多岁了，我妈死得早，徐冲又经常不在家，他身体又不好，孤苦伶仃的，我想起来就心疼他，可是他却不让你心疼，什么事都硬撑着。都以为他们这层干部会有多腐败呢，可是我从来不说他廉洁，说了也没有人信。”

靳小晴真诚地说：“我看见了，我信。”

徐敏说：“你信，是因为你亲眼看见了。你要是没来我们家，我说我父亲如何廉政，你会信吗？”

靳小晴没说话。

徐敏说：“我不是反对他廉政，干部就应该廉政，廉政也没有什么好吹嘘的。你不过做了你应该做的，就像我每天准时给学生上课一样，有什么可吹嘘的。我反对报纸上总是宣传领导干部廉政的典型，有什么好宣传的？比如一个公民，他不偷人家的东西，你能说他就是典型吗？道理不是一样嘛。我说是，你廉政了，成了典型，然后再用这种典型严格要求别人，能不得罪人吗？就像我不从农村调回来，也要求别人不进城，那还不让人家恨死？”

靳小晴觉得徐敏说得很在理，她以前从来没有从这个角度想过领导干部廉政问题。当然，针对腐败，廉政就该表扬。可是，正如徐敏所说的，针对盗贼，你能表扬不偷东西的公民吗？如果这样，领导干部的素质，公民的道德水准，不是会越来越低吗？

徐敏说：“都说好心有好报，好人有好下场，好人一生平安。是这么回事吗？你说我爸爸这样做，落着什么好了？吃亏的是自己，受罪的是儿女，有人说你好吗？非但没有人说你好，还有人把你恨得牙根疼。徐冲婚礼上出的事，现在查出来了，就是有人栽赃陷害。他还总是问徐冲得罪谁了，徐冲能得罪谁呢？所有的人还不是他得罪的？”

靳小晴心里一动，徐敏说对了，人家要报复的正是徐文发。徐冲不过是替父受过，或者说是父债子还，孽债。

徐敏接着说：“今天闹闹说的话你听见了吧？我打了他，可是孩子懂得什么呀？打完他我就心疼，不打他我又不知道该怎么办？外面糟蹋他的人多了，经济上抓不到他的问题，政治上抓不到他的小辫子，就在男女关系上诬蔑他……我相信他，他不是那种人，他对自己要求一向是很严的。可是老百姓不知道，老百姓只相信小道消息，相信谣传。关于他的谣传多了，能传到我们耳朵里才多少？可是人们也不想想，包二奶的为什么没有人传？利用职权玩弄女性的为什么没有人传？嫖娼找小姐的为什么没有人传？为什么偏偏传他，就算他跟柳如烟真的有事，也是

徐敏喋喋不休地跟靳小晴说着，越说越伤心，越说越委屈，到后来竟呜呜地哭了起来……

属于生活隐私。当然，公众人物无权有隐私的，可是对别人为什么那么宽容，对他为什么那么苛刻呢？我想不通，我一点儿也想不通……”

徐敏喋喋不休地跟靳小晴说着，越说越伤心，越说越委屈，到后来竟呜呜地哭了起来……

说实在的，靳小晴很同情她，也很同情她的父亲。可是，靳小晴的同情又管得了什么呢？她能代表谁呢？她连自己都代表不了。想到这些，靳小晴突然觉得心里一阵绞痛，是因愧疚引起的自责。

二十

徐敏一大早就带着闹闹走了，徐冲跟尹音昨天走了就没有回来，不知道他们到什么地方卿卿我我去了。

白姐喂完奶，妙妙安静地睡了。

靳小晴打开笔记本电脑，进入自己的微博首页。粉丝又增加了，三千多了。靳小晴写上了一段话，算是有感而发吧。

> 千家万户，千姿百态。每个家庭都是一部戏，有的跌宕起伏，有的妙趣横生，有的春光明媚，有的疾风暴雨。还有的就是冷，像无雪的冬天，干冷干冷的。把表情、目光、语言都冻结了。或许，心还是热的。

微博发出去，立刻就有人点赞，有人评论，有人转发。若是平时，她肯定非常兴奋地与网友交流，热情地回应每一条评论。不知道为什么，她突然觉得兴味皆无，烦躁地关上电脑，来到客厅里。到客厅她是准备收拾房间的，可是干活儿也打不起精神来。索性躺在沙发上，看着天花板发呆。

这一天，靳小晴一个人过得很寂寞。她很久很久没有寂寞的感觉了，先是父亲的病将她打蒙了，顾不上寂寞了；后来因为找钱给父亲治病引出了这巨大的变故，她还没有从这噩梦般的奇遇中清醒过来，也难得与寂寞纠缠。现在，她突然寂寞了。人在寂寞的时候总是会想起伤痛

听到父亲的声音，靳小晴再也忍不住了，她哭了，哭得很惨，像是扑进了父亲的怀抱里，她想哭，她要哭，不知道为什么她就是想哭……

的事，最大的伤痛就是失去了叶建平。伤痛是伤痛，可是靳小晴一点儿也不惋惜，而且还非常庆幸。试玉要烧三日满，辨材须待七年期。危难中她看出了叶建平的自私与无情，彻底认识到这是一个绝对靠不住的男人。从这个意义上说，她应该感谢这场无法逃避的灾难，否则她真的将自己的命运交给他，将是一个多么可怕的后果啊。

算了，不想他了。这个无情无义、没心没肝的男人有什么好想的。越是说不想，叶建平的影子越是像蝙蝠一样在她的心头上飞落盘旋，挥之不去。怎么办？靳小晴是个有毅力的女人，但她毕竟是一个学中文的姑娘，文学会让心智健全的青年人做着没完没了的白日梦。为了摆脱叶建平，靳小晴强迫自己想想亲人，想想父亲，想想弟弟。

突然，靳小晴心里剧烈地震动了一下。她犯了一个极大的错误，出来这么长时间了，她怎么没有跟父亲和弟弟联系一下呢？在北京，父亲做完手术出院以后，靳小晴便立刻买了两张软卧的火车票把父亲和弟弟送走了。在医院的病床前，父亲多次问过她，那可怕的三十五万元钱她是从哪里弄来的。她只说是借的，父亲问她跟谁借的，她不让父亲管，只求父亲安心地把病治好。父亲是那种不管不顾能安得下心的人吗？弟弟也多次逼问过她，她用同样的话搪塞着。看得出来，她越是这样搪塞，父亲和弟弟越是不放心。可是不搪塞她又能怎么说呢？她说她把自己卖了，卖给了一个女大款。她能这样说吗？能说得清吗？父亲和弟弟回去以后肯定找过她，肯定往学校里打过电话。她的同学肯定会告诉父亲或弟弟她休学了，那样的话，父亲和弟弟不定多着急呢。

想到这些，她忍不住拿出了蓝湘配备给她的手机，往遥远的大别山那个叫作桃花冲的小山村里拨着电话。感谢近年来通信技术的普及和突飞猛进，她家那个小山村也通了电话。尽管电话只通到村委会，可是毕竟是乡亲，可以让他们传话给父亲。等电话拨通之后，又让她大吃一惊。接电话的正好是新当选的村委会主任刘海，父亲当年精心培养的接班人。

刘海听到她的声音，立刻朝她发起火来："你跑到哪儿去了，是出了国还是离开了地球，怎么一点儿音信都没有？把你爹急坏了，整夜整夜地睡不着觉。你再没有消息，你弟弟就跑北京找你去了……”

罪过，真是罪过。靳小晴的眼泪流了下来，她真是糊涂到家了。

刘海说：“你还不知道吧，你家也安上电话了……咱这儿安电话便宜，才六百元钱，你爸爸惦记着你，就狠心安了一部电话……你等等……我告诉你号码……”

靳小晴两只手都颤抖起来，她费了好大的劲儿，才使自己镇静下来，屏着呼吸给家里拨了个电话。

电话刚响一声，那边就有人将电话拿了起来。是父亲的声音，她想象得到，父亲每日每夜，每时每刻，都苦苦地守候在电话旁边，在无限煎熬中乞求着电话里能传来女儿的声音。

听到父亲的声音，靳小晴再也忍不住了，她哭了，哭得很惨，像是扑进了父亲的怀抱里，她想哭，她要哭，不知道为什么她就是想哭……

父亲也哭了，显然她的哭声把父亲的哭声压下去了。父亲很快止住了哭声，焦灼地问着：“小晴，你在哪儿，你怎么了……别哭，跟爸爸说实话，到底出了什么事……”

她想止住哭，她想回答爸爸的问话。可是她做不到，越是想止住哭，越是哭得厉害。她怎么也无法控制自己，索性号啕大哭起来。

父亲更加惊慌失措：“小晴，快告诉爸爸……快说，你怎么了，你在哪儿……你等着，爸爸去接你……”

好不容易她才强制住了自己，她抽抽咽咽地说：“爸爸……我没事……什么事也没有……我挺好……”

父亲不相信：“不对，小晴，你可不能瞒着爸爸呀……无论出了什么事，你都不要瞒着爸爸……小晴……”

靳小晴努力使自己恢复正常：“爸爸，我真的没事……对……我是休学了……我在打工……打工挣钱还债……您知道的……我很好……挣的钱也不少……就是忙……太忙了……爸爸您放心吧……我会常打电话给您的……咱家安上电话太好了……弟弟怎么样……您告诉他一定好好读书，争取考上大学，也考到北京来……没关系……让他一定要考大学，千万别担心钱……我有钱……爸爸……爸爸……您一定要告诉弟弟……我还会打电话来的……啊……很快，以后我每……每星期都给您打一次电话……您放心吧……”

挂掉电话，靳小晴突然感到无限地痛快。心里那沉积已久的郁闷都通过这痛快淋漓的哭声倒了出来，倒给了爸爸。现在，她再也不感觉寂寞了，她不是孤立的，她还有亲人，还有爸爸，还有弟弟……人可以没有爱情，可以没有事业，却不能没有亲人……想到亲人，想到自己就是为了亲人才到这里工作的。她觉得值，她觉得这样活着很好。

二十一

晚上，徐文发回来了。靳小晴要给他准备饭，他说他不想吃，他的胃疼病又犯了，脸色发黄，精神萎靡，声音很虚弱。看见他病痛的样子，靳小晴不由得又想起了自己的父亲。幸亏今天跟父亲通了电话，真好。她想告诉徐文发，如果疼得厉害，喝一点儿苏打水就会管用的。可是看见他在吃药，吃一种只有英文说明书的药，她就把嘴闭上了。父亲喝苏打水，那是没有办法的办法，那是因为农村缺医少药。徐文发是市委书记，司局级领导，国家高级干部，还愁吃药吗？她要是告诉他可以喝苏打水，徐文发会怎么想呢？这不是拿他开涮吗？

徐文发坐在客厅里看电视，新闻联播和焦点访谈已经播完了，近来正播着一部叫作《乾隆帝国》的电视剧，他很感兴趣。靳小晴想，人家毕竟是领导，关心的是政治与政权，或许这部电视剧能给他带来不少思考和启迪。但是，靳小晴很快就发现，徐文发并没有看进去，他心不在焉地换着频道，眼睛里的光线也是散乱的。他胃疼，不是心口疼，大别山的人把胃叫作心口。心口啊……那里是真的在疼痛。

靳小晴端着暖瓶，给徐文发的杯子里续了一点儿水。他使用的依然是那种由罐头瓶改造的玻璃杯，外面套着用塑料线编制成的网。女人的时髦在服装和发型上，小老板的时髦在皮带和打火机上，大款的时髦在汽车和情妇上，海外归来者的时髦在中国话里夹杂着英语单词上，而领导者的时髦却在杯子上。从电视镜头里我们就可以看得出来，坐在主席台上的领导者们都有一个专用的饮水杯。饮水杯也随着时代的变迁而变化，二十年前就是这种用罐头瓶改造成的杯子，领导带头使用的这种杯子很快便普及开来，许多罐头厂投其所好，将原来形形色色的瓶子都改成了这种杯型的包装，销路畅通了许多。后来杯子变了，先是变成了封闭性能很好的太空杯，后来又变成了保温性能很好的不锈钢的杯子，再后来就变成了兼有保健性能的所谓磁疗杯、红豆杉杯、麦饭石杯、纳米杯等。最早那种罐头瓶杯几乎是无成本的，吃完了罐头废物利用而已。最大的成本就是外面套网用的塑料线，而编织塑料网是女孩子的专利。那时候行贿受贿等腐败现象还罕见，女干部和女职员精心编织一个杯子套儿，便成了讨好领导的重要手段，甚至还有的成了神圣的定情物。现在的杯子，档次越来越高，价钱也动辄几百元上千元。东西值钱了，可却很少有人用它当贿赂品了，大多是商家开业之类的纪念品。

靳小晴总是浮想联翩，也难说，被蓝湘“囚禁”在这与她格格不入的大宅门里，既要谨其言又要慎其行，唯一可以让她放松一点儿的人就是妙妙，可他除了哭还什么都不会说。再不让她有点儿联想她还不憋死，何况她又是学中文的，骨子里总是涌动着一种创作的欲望。

徐文发用下巴颏指了指旁边的沙发，示意靳小晴坐下来，就是说他有话要跟靳小晴说。

靳小晴顺从地坐下来，很认真地看着徐文发的眼睛。这是一种礼貌，从上小学的时候她就听老师讲过，人家要跟你说话的时候，特别是长辈和不太熟悉的人，你都要看着人家的眼睛。

徐文发却没有看着靳小晴的眼睛，这没有必要。徐文发眼睛盯着电视上的乾隆皇帝问靳小晴：“昨天闹闹说的话你听见了？”

靳小晴一愣，马上敷衍说：“我当时正在厨房……”

徐文发说：“在厨房也不会听不见吧？”

靳小晴不敢否认，那样徐文发该认为她不老实了：“听到一点儿。”

徐文发说：“本来也没多少……你还听到过什么？”

靳小晴慌张起来：“我……我每天在家里……除了到超市……跟什么人都没有接触过……”

徐文发慢条斯理地说："三十年代上海有一位著名的影星，叫阮玲玉，你知道吗？"

靳小晴说："知道。"

徐文发问："你知道她是怎么死的吗？"

靳小晴说："自杀的。"

徐文发问："她为什么要自杀？"

靳小晴说："鲁迅先生说，人言可畏。"

徐文发感叹着："人言可畏，人言可畏……她是被人的舌头杀死的，舌头是什么？舌头是三寸毒剑，是能将人置于死地的……他们现在也在用舌头杀我……小晴，你知道吗？"

靳小晴犹豫着："徐书记……"

徐文发问："你想说什么？"

靳小晴鼓足勇气说："该干什么还干什么，沉默是对诽谤最好的回答。"

徐文发问："这句话是谁说的？"

靳小晴说："乔治·华盛顿，第一位美国总统。"

说完这句话，靳小晴马上就后悔了。她立刻意识到了自己的身份，她是什么人？她只不过是个小保姆。不要说在这个家里，就是在整个社会上，她也是最没有地位的人。而她所面对的，不是一般的男人，也不是普通的主人，而是领导着一百二十万人口的市委书记。她怎么能这样没大没小、不知深浅地信口开河呢？她要是一般的小保姆也就罢了，最多是狂妄，不懂规矩。可是，在她这个小保姆的肩头上，还担负着一个重大的使命。这个使命值三十万元钱，还不止三十万元，她每月还领着三千元的工资。她要是因为自己的不自量坏了蓝湘的大事，那可是罪不可恕的。不要说蓝湘饶不了她，她自己也不会饶恕自己。

果然，徐文发用眼睛看她了，那眼光里充满了疑惑，或许还有恐慌。

靳小晴极力使自己镇静下来，喃喃地说："徐书记，对不起，我不该跟您说这些。”

徐文发说：“你没有错，我只是想问你，你到底是什么人？你到我这儿来干什么？”

靳小晴冷静地说：“我跟您说过，我是从大别山出来的，我在北京读过书……”

徐文发问：“在北京学校读过书？”

靳小晴只好说实话：“北京大学……”

徐文发惊叫起来：“什么？北京大学？这么说你是大学生？你是学什么专业的？”

靳小晴说：“汉语言文学……”

徐文发沉吟着：“汉语言文学……”

靳小晴解释着：“就是中文系。”

徐文发说：“那你为什么不读书了？”

靳小晴说：“我父亲病了……”

徐文发明白了：“你放弃学业出来挣钱是为了给父亲治病？”

靳小晴点了点头。

徐文发被感动了：“小晴，你了不起……真的了不起。”

靳小晴说：“我……也是万般无奈。”

徐文发说：“我明白……我会帮助你的……尽量帮助你。”

靳小晴说：“您已经在帮助我了，您给了我这份工作。”

徐文发说：“这不够，远远不够……你放心，小晴……等过了这段时间……我们一起商量一下该怎么办……”

靳小晴心里发烫了，她觉得徐文发是个好人，是个善良的人。

徐文发从口袋里摸出一张纸：“小晴，你看看这个。”

靳小晴把那张纸接过来一看，心里激灵一颤。这正是闹闹问的那句话，那首诽谤徐文发的民谣：文发文发，造反起家，工业不懂，农业不抓，白天搓麻，晚上摸咂儿……

徐文发说：“小晴，你知道我是怎么得到这个的吗？”

这正是靳小晴想知道的，她摇了摇头。

徐文发说："我估计，这首民谣已经传播了很长时间了，大概全市一百二十万人都知道了，就把我一个人蒙在鼓里。没有人跟我说，我领导班子里的同事不跟我说，我的下属不跟我说，我的秘书不跟我说，我的司机不跟我说，我的朋友不跟我说，我的闺女儿子也不跟我说……他们都知道，他们每一个人都知道，就是没有人告诉我。我成了什么？一个瞎子，一个聋子，一个孤家寡人，一个大傻×……人到了一定位置，你就再也没有亲人了，人家都怕你，都躲着你，都服服帖帖地听你的……你还以为你有权威，你还以为人家尊重你，你还无限地膨胀……其实，你早就被人家孤立了，被人家架空了，被人家要弄着玩了……我怎么就没有想到这些呢？"

靳小晴斟酌着说着劝慰的话："徐书记，您也别太自责了，我看问题没有那么严重。"

徐文发接着说："你不觉得这好可怕吗？据说，当年袁世凯准备当皇帝的时候，全国上上下下一片声讨。可是没有人告诉他，他身边的人为了迎合他讨好他，每天的报纸都专门为他印一份，上面刊登的都是拥护他龙袍加身的文章。看似至高无上，看似权力无边，早就被人家当猴儿要了。到头来，是谁毁了袁世凯，就是他那些亲信，就是他的亲人家人，就是那些整天围着他转的马屁精。"

徐文发这段话，让靳小晴不寒而栗，权力真的这么变态、这么可怕吗？

徐文发说："你不知道，我还没有告诉你我这首民谣是从哪儿来的呢，我是从网上发现的，而且是政府的网站。人家都把这民谣贴在政府的网站上了，这事情还不严重吗？"

靳小晴突然想到，徐文发让她教他学电脑，她还没教呢，徐文发居然自己都能上网了，罪过。

徐文发接着说："我恨造谣诽谤我的人，这完全是诬蔑，首先，我不是造反起家，‘文化大革命’的时候我只是参加过一般的红卫兵组织，那个年代差不多所有的人都参加过，可是我没有打砸抢，没有批斗过走资派，也没有抄过谁的家……说我工业不懂，农业不抓，更是瞎扯淡。我搞过十二年的工业，当过一个县的工业局长，还亲自办过经济开发区。农业更是我的长项，我从会走路就会干农活儿，我当市委书记以后最下功夫的就是农业……说我白天搓麻，实话对你说，我最恨的就是搓麻赌钱的干部，因为赌博被我处理了十几个干部，都是处级领导……至于最后一句，我摸谁的咂儿？谁看见我摸咂了？小晴，你说，这些话我跟谁去说？到哪儿去说？你说得对，不，是华盛顿说得对，沉默是对诽谤最好的回答。我可以沉默，而且我也只能沉默……世界上最可怕的是，你已经被人家捅得遍体鳞伤了，还不知道拿剑的人是谁。你忍着浑身的剧痛，还要躲在角落里悄悄地舔自己的伤口。你说，我不沉默能有什么办法呢？我生气，但是我不伤心。你知道最让我伤心的是什么吗？”

靳小晴没说话，眼睛依然真诚地看着徐文发。

徐文发情绪激昂地说：“最让我伤心的就是没有人告诉我，都看着我被这些谣言诽谤无情地中伤着，连给我提醒一句的人都没有。当然，有的人是在看我的热闹，是幸灾乐祸；也有的人关心我，心疼我，怕我受不了；更多的人则是报喜不报忧，怕把麻烦惹到自己的头上，多年积累的为官之道……”

靳小晴发现，徐文发是个很明白的人。

徐文发真的动了感情，泪水已经爬满了他那焦黄的脸颊。

靳小晴起身到卫生间拿了一条湿毛巾，递给了徐文发。

徐文发说：“小晴，你真的没听到过这首民谣吗？”

靳小晴胆怯地摇了摇头。

徐文发说：“小晴，我想求你帮帮我，不知道可不可以？”

靳小晴说：“您说吧，凡是我能做到的。”

徐文发说：“我觉得，这不是一首简单的民谣，不是什么人闲得无聊编着好玩的。我觉得这里面很可能是有很深的政治目的，政治斗争是最为复杂的。这首民谣，还有徐冲婚礼上的怪事，很可能是有密切联系的。人家在明处，我在暗处，我没有办法去调查。这件事，也不能让公安局去查，弄不好会出乱子的。你帮我悄悄地调查一下，看看这首民谣到底是从哪儿传出来的。"

靳小晴感到为难了："这……徐书记……我在烟海市人地两生，又跟谁都没有接触……"

徐文发说："我想过了，人地两生有人地两生的好处，你跟谁都没有关系，谁都不避讳你。至于你说跟谁都没有接触嘛，这倒是个问题。我也想了，这种事你要是真的有意去查，就如同海里捞针，累死也查不出线索来。只能是漫不经心地去查，街谈巷议，流言蜚语，就要到街头上去听，去查。这个城市的妇女们有个习俗，喜欢抱着孩子凑在一起东拉西扯，我们这儿叫作拉舌头扯簸箕，无非是东家长李家短，七个蛤蟆五只眼，你不妨也抱着孩子出去，听听她们是怎么扯的，关键的时候留点儿心就行了……你看呢？"

靳小晴犹豫着："您是说，让我抱着妙妙出去，要是有人问起来呢？"

徐文发说："我的家里多了个孩子，早已经不是什么新闻了。与其捂着盖着，还不如公开曝曝光。有人要问，你就实话实说，说破了反而有好处。"

靳小晴想了想，徐文发说得也在理，便点头表示同意了。

徐文发说："小晴，我会感谢你的。"

靳小晴心里说，我不需要您的感激，到时候您别让严局长把我铐起来就行了。

徐文发把话说完了，头往沙发上一靠，闭上了眼睛。

靳小晴依然站在徐文发的面前。

徐文发用对待下级的口气问："你还有事吗？"

靳小晴说："您不是说让我教您学电脑吗？"

徐文发摇了摇头：“以后再说吧，现在没心思。”

靳小晴问：“那电脑……”

徐文发说：“就放在你那儿吧。”

二十二

靳小晴躺在床上，看了看表，已经十一点了。她拿出藏在挎包里的手机，上面正好有一条蓝湘发来的短信息，让她回电话。靳小晴给妙妙换好了尿布，才拨电话给蓝湘。

蓝湘接通电话，第一句话就问："你跟徐冲上床了没有？"

靳小晴像是被霹雳轰击了一下，脑袋一下子就大了，半天不知道该怎么回答蓝湘。

蓝湘还在逼问着："说话呀，你跟徐冲上床了没有？"

靳小晴说："没……没有……"

蓝湘火了："为什么？你不是女人吗？勾引一个男人就那么难吗？"

靳小晴欲哭无泪："我……我没有跟男人……"

蓝湘问："你什么意思？还用我教你怎么做爱吗？"

靳小晴央求着说："蓝姐……我……我还是个……处女。"

蓝湘更加怒不可遏："你处女怎么了？你处女就值三十五万块钱吗？你那是金屄吗？"

靳小晴听着蓝湘对她说着这么难听的话，简直无法忍受这奇耻大辱了。我是人，我不是畜生，畜生还可以选择呢，畜生也不是跟谁都可以随便交配的。你当我是什么人？……这些话她固然没有说出口，只是心里气愤地想着，想着想着，她自己便觉得理亏了。她想起了她跟蓝湘的那段对话：杀人我不干，我不让你去杀人。贩毒我也不干，我也不会让你去贩毒的。你不会让我去卖淫吧……三十五万元钱，救我父亲的一条命，卖淫我也干……不，我不让你去卖淫……但是，关键的时候献身是难免的，我说关键的时候……

蓝湘命令着："告诉你，你马上给我把徐冲办了，我可没有那么大的耐心，你明白没有?"

靳小晴刚想答应是，突然想到了一个巨大的障碍："蓝姐，恐怕不行。"

蓝湘几乎喊叫起来："为什么？别忘了你当初对我的承诺。"

靳小晴说："不是……我是说，尹音回来了……她跟徐冲又在一起了……他们经常不回家……"

蓝湘愣了一下："尹音什么时候回来的？这么重要的情况你为什么不跟我汇报?"

靳小晴支吾着："大概……一个星期了。"

蓝湘说："好了，我知道了。尹音的事情由我负责，你的任务是尽快把徐冲搞到手，关键的时候就用点儿特殊手段，明白吗?"

靳小晴唯唯诺诺地说："我明白，蓝姐。"

蓝湘说："你明白个屁，我让你放下大学生的臭架子。你现在已经不是大学生了，你是婊子，是臭不要脸的婊子，听懂了没有?"

靳小晴说："我听懂了。"

蓝湘紧逼着说："你听懂了什么?"

靳小晴说："我记住了您的话。"

蓝湘说："把我的话重负一遍。"

靳小晴带着哭腔说："我……我是婊子……臭不要脸的婊子……我要搞徐冲……不，让徐冲搞我……"

啪的一声，蓝湘把电话关上了。

靳小晴再也忍不住了，忽地一下子用被子蒙上头，号啕大哭起来……

二十三

在这片新建成的小区里，有一个漂亮的街心公园，那是小区居民们娱乐和健身的场所。里面有花坛、喷泉、网球场以及健身器材。在儿童乐园里有转盘、秋千、太空船、升降木马、电动汽车等。除了早上，这里便是老人和女人的天下。公园的中心，有一个六角凉亭，每天上午九点以后和下午六点之前，这里便聚集着一大群抱着小孩儿的年轻女人。这些女人有的抱的是自己的孩子，更多的则是给别人看孩子的小保姆。小保姆虽说是从农村来的，可是她们年轻，又追赶时髦，很快就变成了城里人的样子，特别是不开口说话的时候。现在的少妇又会保养，又有非常先进的化妆品和化妆技术，你也很难看得出来她是已婚还是未婚。所以，在这些抱着孩子的年轻女人中，你也同样难以区分谁是小保姆，谁是真正的母亲。

靳小晴到超市买东西，经常路过这个公园，却从来没有时间在这儿逗留。但是，她感觉得到，每当她路过此处的时候，总有人在她的背后指指点点，嘁嘁喳喳。不用听她也知道人们议论的是什么。烟海人关心徐冲婚礼上的风波和市委书记的绯闻，远远胜过关心美国的 9·11 事件。现在，她居然抱着妙妙大大方方地来了，立刻引起了所有人的关注。人们呼啦一下围住了她，一边浑身上下地研究孩子，一边向她问询着各式各样的问题。

很快，她发现人们的问题越来越集中，归根到底就是一句话，这孩子像徐冲，还是像徐文发。

她并不急赤白脸地辩解，这种事如同裤裆里的黄泥，不是屎也是屎。你还不能抹，泥也好屎也好随人怎么说。你不抹，有人认为是屎，就会有人认为是泥；你要是抹，那些认为是泥的人便也会认定是屎了。

人们问她，柳如烟到徐书记家里去过吗？

她只回答我没看见过，而绝不能肯定说没去过。

人们问，尹音是自己回来的，还是公安局严局长把她铐回来的？

真是众口铄金，三人成虎，尹音与徐冲重归于好居然被传说成了这个样子。严局长是找过尹音，那是向她解释事情的真相，因为婚礼上送孩子的那个女人已经抓到了。尹音明白了徐冲是无辜的，才重新回到徐冲的身边的。靳小晴只好多费些口舌，讲了事情的来龙去脉。

还是有人往歪邪处理解："你说有人陷害徐冲，谁呀？徐冲老实巴交的人，把谁的孩子扔井里了，至于结这么大的仇吗？你说那个女人不正经，那这孩子是谁？说不定就是她的，说不定就是徐冲跟她生的。她说有人花钱雇用了她，她在大牢里，敢说实话吗？"

靳小晴便不做更多的争辩，好在她把事情讲清楚了，不是所有人都这么看就行了。

更让靳小晴气愤的是，她们居然怀疑起了她，问得更加直截了当。"你在徐家怎么住呀？一个老色狼，一个年轻光棍，他们不打你的主意吗？你又这么漂亮，这么软软绵绵的，他们绷得住吗？"

靳小晴有点儿不客气了，问话的是一个少妇，怀里抱着一个花枝招展的小女孩儿，看得出来日子过得很优裕。靳小晴尽管是大学生，可毕竟是从山沟里出来的。她也会撒泼动粗说脏话，也会跳着脚地骂人，只是她极力忍着性子就是了。她看了一眼少妇，沉着脸说："我是出来当保姆的，不是找野汉子的。当保姆的也是人，也是正经人家出来的人。保姆有贱的，有浪的，有靠屁股蛋子挣邪钱的，可是大多数保姆干的都是干净活儿，吃的都是干净饭。”

没想到靳小晴的这句话，却引来了强烈的支持和声援，那些与靳小晴同命运、同感受的小保姆一齐向少妇反击起来：

“就是嘛，别以为自己浪，别人的裆里都湿着。”

“还有脸说别人呢，先问问自己怀里抱着的孩子是谁？”

“哼，自己做了婊子，就总以为别人的裙子里没穿裤衩儿，什么东西啊……”

少妇被众多的小保姆攻击得挂不住脸了，吵了起来：“谁是婊子，你说谁是婊子？”

小保姆说：“我可没指名道姓说谁是婊子，反正有捡钱包的，有捡手机的，有捡破烂的，还没听说谁愿意捡个婊子自己玩玩呢。”

少妇更急了：“你把话说清楚，你冲谁说呢？”

小保姆说：“说清楚，说得清吗？反正是肉烂在锅里了，肥水没流外人田。”

少妇眼睛里都冒了血：“我是明媒正娶，你管得着吗？”

小保姆说：“明媒正娶不假，娶的谁咱清楚，可人家嫁的是谁咱可不清楚。”

少妇气得嘴唇哆嗦起来：“你……你……你他妈……我操你妈……”

小保姆火冒三丈：“你嘴干净点儿，你骂人我抽你……”

少妇真要拼命了，可是她的怀里还抱着孩子。小保姆也腾不出手，只好互相逞强示威。少妇终于寡不敌众，抱着孩子哭着跑了……

胜利了的小保姆们开心大笑起来。

一场突如其来的战争和轻而易举的胜利，使靳小晴和小保姆们的关系一下子拉近了。小保姆们七嘴八舌地告诉她，刚才那个不要脸的少妇叫石小燕，原来是张三水家的小保姆。张三水是烟海市有名的大款，据说石小燕是从歌厅里被张三水领回来的。石小燕名义上是张三水家的保姆，可是没过几个月肚子就大了。这时候，张三水正在争取当烟海市的政协委员，石小燕抓住了他这个软肋，拒绝打掉肚子里的孩子，非逼着要跟他结婚。张三水无奈，又无法跟自己的黄脸婆离婚，只好让自己儿子张西平娶了石小燕。

很快，靳小晴就在这群小保姆中交了几个朋友。一个是来自黑龙江鹤岗的孙小玲，她给烟海市副市长秦向东看外孙子；一个是浪浪，伺候的是一个老护士；还有一个叫鹅鹅鹅，照顾的是一个老干部。还有一个人也不错，但她不是保姆，她叫吴雪兰，她跟石小燕的情况类似，一个姓林的港商公开包下来的二奶，还生了一个儿子。靳小晴喜欢这几个人，跟她们很谈得来。

有一天上午，靳小晴抱着孩子跟吴雪兰一起边聊天边等孙小玲。吴雪兰的手机响了，是孙小玲打来的，说她家的孩子有点儿发烧，约靳小晴和吴雪兰到她家去玩。

靳小晴有点儿犹豫："人家是副市长的家，咱能随便去吗?"

吴雪兰显然有点儿多心了："副市长的家不能去，就是说你那市委书记的家就更不能去了?"

靳小晴坦诚地说："要是不经过徐书记同意，我还真的不敢随便往家带人。"

吴雪兰说："秦副市长家没事，我去过好几次了。"

靳小晴犹犹豫豫地跟着吴雪兰进了秦副市长的家，来开门的是孙小玲。靳小晴差点儿没认出来，她高盘着头发，穿着高档的丝绸睡衣，脚下踩着绣花拖鞋。等到进了屋，靳小晴更是目瞪口呆，像是在梦中闯进了宫殿一般。天花板上是水晶吊灯，地上铺的是能陷进半只脚的地毯，墙上挂着名人字画，墙角摆着青铜古瓷，还有满堂的红木家具、真皮沙发、悬挂式背投电视、高仿真家庭影院……

孙小玲招呼着吴雪兰和靳小晴坐下，然后又很时髦地问：“喝咖啡还是喝茶？”

吴雪兰说：“我喝咖啡。”

靳小晴说：“我不渴，什么都不喝。”

孙小玲笑起来：“喝什么跟你渴不渴有什么关系？”

靳小晴说：“当然有关系了，不渴就不想喝嘛。”

孙小玲说：“又不是让你喝水，我问你喝咖啡还是喝茶。”

靳小晴不服气：“喝咖啡喝茶不是跟喝水一样吗？都是为了解渴的。”

孙小玲说：“亏你还是从北京来的大学生，连这个都不懂。人家外国人渴了就喝水，而且直接喝自来水。到外面喝茶或者喝咖啡纯粹是为了享受，享受你懂吗？不是为了解渴，就是享受。就像……就像……你明明已经吃饱了，还要有滋有味地嗑瓜子一样，明白了吧？”

靳小晴没说话，一个劲儿地看着孙小玲，眼光里充满了疑惑。

孙小玲被看毛了：“你看我干什么？不认识了？”

靳小晴说：“还真的不认识了，你这身打扮，还有你这套待客的规矩，哪儿像一个小保姆呀？”

孙小玲说：“不像小保姆像什么？”

靳小晴说：“像贵夫人。”

孙小玲说：“你别拿穷人开涮了，我像贵夫人，贵夫人能干这些下三烂的活儿吗？我这不过是到什么山上唱什么歌，在老家我一冬天都不洗一次澡，膝盖上的皴都有钢镚那么厚。现在可受不了了，每天不洗澡就睡不着觉。你说人不是到哪儿随哪儿吗？”

靳小晴摩挲着孙小玲的真丝睡衣问：“这套睡衣得多少钱？”

孙小玲说：“你还以为这是我花钱买的吗？不要说没有钱，就是有钱我也不会这么冤大头，两千多块，你不是活糟吗？我从小长这么大，都是光屁股睡觉，连裤衩都不穿，多浪费呀！这是人家从国外买来送给秦小芹的，她不喜欢就给我了。像这样的睡衣，她至少有一箱子。”

靳小晴问：“秦小芹是谁呀？”

孙小玲说：“就是秦副市长的女儿，前年结的婚。”

靳小晴想起来了，她结婚的时候据说收了四百多万元的红包，连省纪检委都惊动了。

孙小玲有点儿奇怪地问：“你在徐书记家不这样？他们不送你东西？”

靳小晴说：“徐书记家过得很简单，没法跟秦副市长比。”

孙小玲说：“这我听说过，人家秦副市长讲的是提高生活质量，讲究生活档次；徐书记讲的是革命传统，保持的是贫下中农本色。”

靳小晴问：“这话是你说的？”

孙小玲说：“当然不是我说的了，我哪儿有这么高的水平呀！是秦副市长跟别人议论的时候我听了一耳朵。”

靳小晴感慨地说：“徐书记倒想提高生活质量呢，哪儿有这么多钱呀？”

孙小玲说：“什么？没钱？他徐书记的官可比秦副市长大，怎么会没钱呢？我知道了，有的人是不露富，有的人是不露穷。有的人是抱着金碗讨饭吃，有的人是挣两个花三个。你别这么看着我，这话也不是我说的，也是我从秦副市长那儿听了一耳朵。”

在靳小晴和孙小玲说话的时候，吴雪兰一直没搭腔，只是默默地看着她们微笑着。靳小晴喜欢吴雪兰这么慢吞吞软绵绵的性子，这是让男人特别动心的那一种女人。

孙小玲烧咖啡去了，吴雪兰解开怀给孩子喂起了奶。靳小晴发现，吴雪兰的皮肤又细腻又白嫩，饱满的乳房圆圆的，小小的乳头有点儿上翘。怪不得她给人家当“二奶”呢，这样一个天生丽质，要是嫁给一个不懂得珍惜的庄稼汉，也着实有点儿可惜了。靳小晴想到这儿，又觉得自己的观点太荒唐了，扑哧笑了。

吴雪兰红着脸问：“你笑我吗？”

靳小晴承认说：“是笑你，笑你长得太美了。”

吴雪兰领会错了：“你可真够坏的，原来我还以为你老实呢。”

靳小晴也没有明白吴雪兰的意思，顺着自己的思路说：“我原来很单纯，认为所有人的生活都按照已经画好的路线朝前走着，现在我才明白，原来各有各的活法。”

吴雪兰依然觉得靳小晴已经领会了自己的意思，进一步说：“你也讨厌男人？”

靳小晴说：“说不上，男人跟男人也不一样。”

吴雪兰又问：“你被男人伤害过吗？”

靳小晴想起了叶建平，点了点头。

吴雪兰深有感触地说：“我觉得男人都靠不住，他们根本就不爱女人，他们是利用女人，是玩弄女人，他们有的爱钱，有的爱权，有的爱名，还有的爱酒、爱赌、爱收藏，他们就是不爱女人。说穿了，他们只爱自己。”

靳小晴觉得，吴雪兰说得虽然很悲观，却有点儿哲学味道。

吴雪兰悄悄朝靳小晴的身边凑了凑，低声说：“喂，改天到我家去玩吧，就咱俩。”

靳小晴随口问：“你家有什么好玩的？”

吴雪兰神秘地问：“你看过毛片吗？”

靳小晴眨巴着眼睛说：“好像听说过，谁演的？”

吴雪兰说：“谁演的都有，我说的是毛片。”

靳小晴突然明白了：“是那种……是黄色的？”

吴雪兰兴奋地说：“有男人跟女人的，有男人跟女人的，有男人跟女

她突然想起了徐文发给她的任务，更想起了蓝湘对她的命令，她的心又阴沉起来……

人的，还有人跟动物的。”

靳小晴说：“你说的什么呀？乱七八糟的。”

吴雪兰说：“对对对，就是乱七八糟的，你没看过？”

靳小晴摇了摇头。

吴雪兰说：“你怎么连毛片都没看过？太过瘾了，赶明你到我家来，我那儿毛片多的是，都是他爹从香港带回来的……”

孙小玲端着两杯冒着热气的咖啡来了：“这可是正宗的哥伦比亚咖啡，尝尝我煮咖啡的手艺怎么样？”

说着，孙小玲在靳小晴和吴雪兰面前各放了一杯咖啡，自己又转身也端来一杯，这才坐下来跟她们聊起天来。

咖啡的味道弥漫着整个房间，整个房间里更加显得洋味十足。靳小晴问：“你怎么知道这是哥伦比亚咖啡？不是在蒙我们老土吧？”

孙小玲说：“蒙你是孙子。这是秦副市长从美国带回来的，这屋里的东西你看见了吧，哪一件都有来历：这吊灯，波希米亚的，从捷克带回来的；这地毯，巴基斯坦的，从新疆直接运过来的；这红木家具，匈牙利的，外贸公司进来的……”

靳小晴信服了，惊奇之后很快就没有什么感觉了。

吴雪兰依然不说话，只是默默地微笑着。

孙小玲忽然意识到了什么：“真是的，我这儿瞎吹什么呀！这里的一根火柴棍儿都不是我的，什么时候人家把我踢出门，谁还认识我呀！不像人家吴雪兰，有了自己的产业，有了自己的家。”

吴雪兰说：“我也没什么好羡慕的，这叫作姐俩守寡，谁难受谁知道。”

孙小玲有点儿遗憾地说：“要不是孩子占着手，咱们搓两圈儿麻将多好。”

吴雪兰说：“谁说不是呢，改天你们俩人休假，咱到滨海开发区瞧瞧吧，据说那边变化特别大。”

靳小晴有点儿奇怪，吴雪兰怎么不约孙小玲到她家去玩呢？说不定已经约过了，就像吴雪兰也到这儿来过一样。吴雪兰既然一个人住着一套房子，还是到她家去玩随便一些。

孙小玲说：“你别提滨海开发区，那儿人脑子都要打出狗脑子来了……”

靳小晴心里一动，看来孙小玲知道的情况还真不少。她突然想起了徐文发给她的任务，更想起了蓝湘对她的命令，她的心又阴沉起来……

二十四

从街心公园回来，靳小晴很兴奋。趁着白姐来给妙妙喂奶的工夫，她迫不及待地把笔记本电脑拿到客厅，打开微博。

来不及看别人给自己微博的点赞和评论，她一口气发了四条微博。

谁说小保姆没文化没见识，如果你能跟她们待上半天，听听她们漫不经心的谈话，你就会发现一片新大陆。每个人都是一个窗口，透过这个窗口，你会窥视到许多神秘的世界：你想知道官员的业余生活吗？你想知道有钱人的豪华吗？你想知道老女人的精神世界吗？你想知道高官的家庭吗？

谁说小保姆来自农村就很土很怯很搞笑，你见过小保姆在主人的家里穿几千块钱一套的豪华睡衣吗？你见过小保姆谈起咖啡来如同谈庄稼吗？你见过小保姆像电影里的调酒师那样熟练地调鸡尾酒吗？能听到过小保姆谈论外国就像谈论她的外婆吗？能听到过小保姆说起为官之道就像三朝元老吗？

她叫鹅鹅鹅，多么怪的名字啊。她说，别看她是个柴火妞儿，从小也受到过良好的教育。刚会说话，爷爷就教她背诗。第一首诗学的是骆宾王的《咏鹅》，鹅鹅鹅，曲项向天歌……在她稚嫩的意识里，以为说什么话都需要重复，吃饭要说吃吃吃，喝水要说喝喝喝，睡觉要说睡睡睡。还没学会说话，先变成了结巴。好可怜的鹅鹅鹅。

她叫浪浪，一个二十岁的东北姑娘。她就是敢说，口无遮拦。脏话丑话磕碜话脱口而出，并且公开承认自己浪：我就是浪，特别浪。大家笑得前仰后合，她却认真地说，你们有啥好笑的我们东北女人就是浪，你们没听过那首歌吗。说着，她就唱了起来：大姑娘美的那个大姑娘浪，大姑娘走进了青纱帐……

好家伙，这组微博发出去不到两个小时，她的微博几乎被点爆，粉丝增加了八千多。微博下面的提问铺天盖地。

你真的是小保姆吗？

你在哪个城市，北京吗？

有在中南海当小保姆的吗？

小保姆的工资多少钱？

鹅鹅鹅好玩。

跪求浪浪的联系方式。

……

靳小晴很兴奋，她在学校里也开过微博，可是没有受到过如此热烈的关注。但是面对着五花八门的提问，她又有点儿应接不暇了。妙妙醒了，在哭。她慌忙关上了笔记本电脑。

二十五

徐文发进了屋，靳小晴刚要关门，发现他的司机小赵还跟在后边。小赵把一个沉甸甸的纸箱子递给她，说这是徐书记的，嘱咐她收好，就下楼走了。

靳小晴见那纸箱子的外面印着“二十四史收藏本”的字样，就认定是徐文发买的书，径直送进他的书房里。徐文发进了卫生间，靳小晴看着徐文发的书房很乱，就将那纸箱子放在书柜与办公桌之间的空隙里。心想，这么厚的书，恐怕他只有退休以后才有时间看了。她自己就是这样，凡是买的书都没有时间看，要抓紧时间看的都是借来的书。往往是买书的时候觉得特别需要，买来以后就再也无暇顾及了。到头来，最需要的书却没有看，而借来一些可读可不读的书倒是费了不少的时间。有一首民谣，讽刺那些腐败领导的：吸烟基本靠供，喝酒基本靠送，工资基本不动，老婆基本不用。她仿照这种形式也为大学校园里的读书人画过像：吃饭基本靠贱，穿衣基本靠换，学分基本靠骗，买书基本不看。

靳小晴觉得，徐文发基本上把交给自己的任务忘记了。就像说要让她教电脑一样，有心掐花无心戴。平日里，他日理万机，靠的全是秘书的安排和提醒。他随口布置的这么一件小事，怎么还会放在心里呢？

靳小晴想错了。临睡觉前，她将一杯热牛奶端到了徐文发面前。这是孙小玲向她传授的养生之道，秦副市长每天临睡前都要喝一杯热牛奶。一是牛奶起镇静作用，可以安眠；二是牛奶里含有大量的钙，中老年人是最需要补充钙的；三是喝杯热牛奶既可以增加营养，又可以保养胃，徐文发的胃是需要小心保养的。靳小晴跟徐文发讲了诸多睡前喝杯牛奶的好处，当然她没有说这是秦副市长的养生之道，而是说自己在一本书上看到的。徐文发很感激靳小晴对他的关心，答应试一试。

徐文发接过靳小晴递过来的牛奶，用下巴示意她坐下。这已经成了靳小晴的条件反射，每当她看到徐文发这个动作的时候，心里便怦怦地直跳。

徐文发喝着牛奶，漫不经心地问："最近听到点儿什么？"

这句话问得很含糊，也很宽宏。他没有提到曾经交给靳小晴的任务，那样的话靳小晴会更紧张。靳小晴每天跟孙小玲、吴雪兰还有那群来自各个家庭的小保姆在一起，能不听到点儿什么吗？可是，听到的那些能跟徐文发说吗？大多是些低级下流的趣闻逸事，还有流传不衰的黄段子和民谣。特别是有几个黄段子直接说的就是徐文发和柳如烟的事，活灵活现，听了能气死人。靳小晴一听就知道这是从别处抄袭移植过来的，她觉得很无聊。大概是人们的生活太枯燥、太寂寞了，便想方设法地拿公众人物开心解闷，包括歌星影星球星，包括政治经济文化艺术领域的名人，能糟蹋就糟蹋，让他们丑态百出大家便都活得有滋有味了。这些能跟徐文发说吗？

徐文发很职业地做着启发诱导工作，慢条斯理地说："没关系，听到什么就说什么，随便说说，我不会在意的。"

靳小晴突然想起了孙小玲跟她说的那件事："据说最近几个开发商在争抢一块地皮，为了拿到手，都大把大把地使黑钱，向领导干部塞红包……"

徐文发立刻警惕起来："争哪块地？"

靳小晴说："听说在滨海开发区附近，是六百亩吧，也许是五百亩，我没听清楚。"

徐文发严肃起来："你这消息是从哪儿来的？"

靳小晴说："我只是听人们在街心公园里瞎议论，大概是无中生有……”

徐文发说：“不，这不是无稽之谈。确有此事，为了那六百亩地都红了眼。可是我已经说过了，这要由政府招标的，怎么能暗箱操作呢?”

由于涉及市政府的工作，靳小晴便不好说什么了。

徐文发说：“你多留意一下，有什么情况及时告诉我。”

靳小晴说：“我也就听到这么多了，没有什么新情况了。”

徐文发说：“这件事既然在群众中都有了这么大的影响，可见事情就复杂了。我们的群众有时候是被谣言蛊惑，有时候也是非常敏感的。有一句话，叫作群众的眼睛是雪亮的。我们可得时刻注意群众的呼声反应。”

听着这些话，靳小晴觉得徐文发将她当成了领导者。也难怪，徐文发身为高官，每天都这么居高临下地对下属谆谆教诲，官话已经成了他的“母语”，现在面对着一个小保姆，反而很难找到另外一种语言了。靳小晴想笑，还是努力忍住了。

徐文发喝完牛奶，将碗放下，靳小晴急忙拿起碗到厨房去了。她怕徐文发又会跟她说出不适宜的话或者给她分派特殊的任务。

这时候，电话铃响了起来。徐文发拿起电话，却喊着靳小晴的名字。靳小晴疑惑起来，谁能给她打电话呢?

靳小晴拿起电话，半天才听出来是徐敏打来的。她让靳小晴准备准备，过两天要把她和妙妙都接到靠山集去住。她在那里专门租了房子，还准备了所有的生活用品。最后又说了一句：“这里很好，风光好，空气好，人也好，你肯定会喜欢这儿的。”

靳小晴一下慌了，这到底是怎么回事呢？为什么让她带着妙妙到乡下去?

徐敏解释说：“尹音跟徐冲已经结婚了，她得到徐家来住。可是那个孩子……”

靳小晴竭力辩解着说：“她愿意回来就回来吧，跟我和孩子有什么关系。她来不是跟徐冲住在一个房间吗？我们又不碍她的事。”

徐敏说："怎么不碍她的事，那孩子她看见就恶心。"

靳小晴说："公安局不是调查清楚了嘛，这孩子跟徐冲没有关系，是有人陷害徐冲的。"

徐敏说："你说没关系也不行，尹音她从心理上接受不了，她受了刺激。你没见这些天徐冲跟她都不回来吗？"

这倒是事实，徐冲自从跟尹音恢复关系以后很少回来，也不知道他们住到哪儿去了。

徐敏说："你就听我的吧，把孩子带来，到我这儿来住吧。等公安局把那孩子的来历弄清楚了咱就把孩子送回去。"

靳小晴寻找着理由："徐姐，我不好离开……您知道……我在这里，不光照顾孩子……还有这个家……还有徐书记……徐书记身体不好您是知道的，他最近胃病总是犯……"

徐敏倒是好脾气，依然和风细雨地劝着靳小晴："小晴，你怎么不明白呢，徐冲如今娶了媳妇，尹音进了门以后，你说的这些事情不是都能由她做吗？"

靳小晴还在争辩着："徐姐……我知道……尹音也该收拾这个家，也该伺候徐书记……可是她毕竟有自己的工作，医院的工作又那么忙……"

徐敏终于忍不住了："小晴，你这孩子怎么这么固执呀，有句话我本来不想说，怕你有想法……可是……我还是不说吧……"

靳小晴紧张起来："徐姐，您说吧，是不是我做错了什么？"

徐敏说："你没做错什么，你做得也很好。可是你知道吗……尹音不只是因为孩子……还因为……因为……"

靳小晴警觉地说："您是说还因为我？我怎么了？"

徐敏说："不是你的问题，你没问题……你很好，就因为你太好，漂亮，能干，又有文化……你知道吗？徐冲也不是中了什么邪，缺心少肺，在尹音面前总是提到你……这能不让尹音吃醋吗？"

靳小晴说："我不过是一个小保姆，尹音大可不必吃我的醋，我哪儿能跟她比呀?”

徐敏说:“话是这么说,可你这个小保姆跟别的小保姆不一样,你条件太好了,也难怪尹音不放心。”

靳小晴还在争取着:“这样吧,徐姐……要不我跟尹音谈谈,我会让她放心的。”

徐敏也寸步不让:“不行,你千万别……别掺和他俩的事……你还是听我的,到靠山集来吧……这样最好。”

靳小晴无话可说了。她放下徐敏的电话,回到房间里,立刻拨通了蓝湘的电话,这可是个紧急情况,一旦她离开了徐家,不是把整个计划都破坏了吗?

没想到蓝湘听了她的汇报,一点儿也没有着急,只是说:“我知道了。”

知道了该怎么办?蓝湘没说,她把电话挂了。

二十六

蓝湘约靳小晴晚上到天姿大酒店见面，这让靳小晴有点儿为难了。按照规矩，保姆也是应该有假日有休息时间的。可是她来到徐家都是一天二十四小时全方位的服务，这个家可以离开她，可是妙妙怎么办？人家亲生的孩子可以由父亲或爷爷奶奶带，可是妙妙这个野种徐家人看了就恶心，谁肯带他？想来想去，她只好求吴雪兰了。吴雪兰听说她要与姨妈见面，便答应得很痛快。靳小晴只能这么说，她能说蓝湘是她的主人吗？这样，靳小晴便把妙妙送到了吴雪兰家，让她帮助带一晚上。在送孩子之前，靳小晴突然想到，吴雪兰曾经非常热情地邀请她去看毛片，靳小晴也答应了，只是后来就忘在脑后了。前两天吴雪兰还打过电话，靳小晴觉得自己做得有点儿欠缺。用着人家想起人家了，平时就把人不放在心上。靳小晴想，这个欠缺一定尽早补上。

蓝湘早已经在天姿大酒店二楼雅座外面的餐桌上等她了。这正是几个月前徐冲和尹音举行婚礼的那家大酒店，她和蓝湘又坐在靠近角落里的那张餐桌上。这个位置很好，既能将自己最大限度地隐蔽起来，又能对上下左右一目了然。蓝湘真会选地方。

现在，楼下的大厅已经改成了舞厅，一支据说是来自俄罗斯的歌舞队正在表演。舞厅周围坐满了人，都是围着一张张小桌团团坐下的。每张小桌上都点着一支红蜡烛，蜡烛是放在一个装着水的玻璃杯里。本来光线就很暗淡，漂在水杯里的烛光就更显得幽然恍惚。

一个服务小姐拿着菜谱走过来。小姐穿着水红的旗袍，民族化，很文明。只是旗袍的开衩实在太高了，都开到大腿上，又服装做得很开，这里面那已穿了的小裤衩都露出来了。

舞台上的灯光又强烈耀眼，电闪雷鸣。而在舞台上穿着比基尼扭动着屁股的姑娘海报上写着是俄罗斯大妞儿，可是靳小晴一眼就看出来了，这几个放荡的姑娘都是新疆人。把烟海人当老土蒙了，连国籍都敢作假。

蓝湘还没有点菜，她的面前只放了一只茶杯，茶杯里则泡着上好的龙井茶。

靳小晴坐下来，胆怯地看了看蓝湘。

一个服务小姐拿着菜谱走过来。小姐穿着水红的旗袍，民族化，很文明。只是旗袍的开衩实在太高了，都开到了大胯上，连里面那巴掌大的小裤衩都露出来了。可见，大酒店的老板为了服务员的服装是煞费苦心的。

蓝湘向靳小晴示意了一下，让她点菜。靳小晴理解，这可不是蓝湘有意玩派。在官场上，点菜可是一种权力，小姐呈上菜单，一定要请最高领导圈点。至少最高领导要点一两个菜之后，别的人才能提建议拿主意。蓝湘让她点菜，完全是为了想让她换换口味，也是犒劳她的意思。蓝湘这个人就是这样，跟你亲热起来如同姐妹，可说翻脸就翻脸。翻起脸来又完全不顾姐妹情义，霸道得像电视剧里的慈禧太后。

靳小晴翻着菜谱，又一个小姐精灵一样地出现了。穿着白色短裤、白色短褂。裸露着两只健美的大腿和粉白的胳膊，而短裤短褂都是纯棉质地，很薄很软，衬托着少女那婀娜的腰身。一股青春的气息扑面而来，像一朵初绽的二月兰。少女是来推销纯生啤酒的，这身装束跟冰凉的啤酒非常协调，在感官上的冲击力是让人难以抗拒的，特别是男人。早在两年前，北京的大饭店里已经出现了这种推销酒水的小姐。据一位从日本回来的朋友讲，这装束、这形态乃至说话的腔调语气跟日本的推销小姐毫无二致。很多人是模仿的天才，又是盗版的高手，特别是在形式上更是能以假乱真，有过之而无不及。

靳小晴是知道蓝湘的脾气的，她给你的利益和权利你是不能不接受的，这也是一种权威，至高无上的权威。所以，靳小晴完全按照自己的口味点了几个菜，点完以后也不再征求蓝湘的意见，就将菜谱还给了服务员。推销小姐及时地补充了服务员的位置，向她们深深鞠了一躬，非常有礼貌地念起了推销经文："两位小姐，请你赏光品尝一下我们的纯生啤酒吧。您工作了一天，一定很累了。一杯凉丝丝的啤酒喝下去，您立刻会觉得身清气爽，沁心透脾，畅快非常……"

靳小晴没有理睬推销小姐，轻声问："蓝姐，您喝红酒吧？"

蓝湘指了指面前的茶杯："我只喝茶。"

靳小晴扭头向推销小姐说："给我来一杯吧。"

推销小姐立刻满面春风，又深深地鞠了一躬："谢谢。"

楼下的歌舞厅里跳起了迪斯科，几乎所有的人都齐刷刷地挤在了大厅中央狂跳起来。或是因为人多地方小，或是眼下的流行时尚，大家狂跳的不再是那种大动作、高技巧的迪斯科，而是一种摇摆扭动，每个人都像一棵卖弄风情的小树，在风雨中原地摇晃。众多的人便形成了一片森林，大多数人还高高地伸出了手臂，使这片森林更加完整，更加形象。森林在音乐的疾风中搅动，几个年轻的姑娘忘情地摇起了头。长发飘飘洒洒，撩拨着周围众多的男性，男人们在飘飘长发中疯狂起来……

楼上洗浴中心的客人们也下来了许多，有的是到二楼用餐的，有的是站在围栏旁边看楼下的疯狂的，也有的干脆按捺不住，也加入了那片摇摆的森林。无论他们是干什么来了，也无论是男人和女人，都是穿着所谓的桑拿服下来的。桑拿服实际就是一件纯棉浴袍，上面无袖，下面很短，左右对折，中间只扎一根带子。要是老老实实地站着，这浴袍穿在身上也还算体面，可是用餐的往下一坐，看热闹的往围栏上一靠，那饱满的春光便从浴袍里哗啦啦地泄漏出来。男人的胸脯子，女人的大腿，都从浴袍上下暴露无遗，甚至中间最该隐蔽之处也露出了伤风败俗的风流。男人里面只穿着一次性的纸内裤，薄薄的一层纸原本就是透明的，再加上身上的水没擦干净，洇湿以后便更是什么都遮挡不住了。更有无耻的男人里面却什么也没穿，还故意将腿跷起来，露阴癖。也有不要脸的女人连个乳罩也不戴，任两只肥白的乳鸽在大庭广众之下咕咕求偶……

菜很快上来了，靳小晴喝着冰凉的纯生啤酒，表面上很惬意，心里却忐忑不安，到现在她还不知道蓝湘约她到这里来干什么。

蓝湘也动了筷子，但几乎什么都没有吃。电话不断地让她将拿起来的筷子放下来。

这里面很乱，蓝湘接的是谁的电话，电话里说了些什么，靳小晴什么都听不见。蓝湘也说得很少，只是说“知道了”“就这样”“按计划进行”之类的话。与己无关，靳小晴的好奇心也有限，懒得浪费精力，她心里惦记着自己的事情。

趁楼下的音乐弱了一点儿，靳小晴往蓝湘的前面凑了凑说：“蓝姐，我该怎么办呀？过两天徐敏就要把我接走了。”

蓝湘说：“你沉住气，着什么急呀？”

靳小晴说：“可是……我要是离开了……”

蓝湘说：“放心，你离不开……”

就在这时候，楼下的音乐戛然而止。几乎与此同时，外面响起了惊心动魄的警笛声。整个酒店里顿时慌作一团，那些穿着桑拿服的男人和女人大概觉察出了什么，纷纷向楼上的洗浴中心跑去。还没容他们蹬上楼梯，一大队荷枪实弹的武装警察便冲了进来，向所有的人高声命令着：“不许动，谁都不许动，原地站好……”

所有的人都呆若泥塑，大酒店变成了博物馆。

靳小晴抬眼看了看蓝湘，蓝湘的脸上露出了神秘莫测的微笑……

很快，几对男女从楼上被武装警察押了下来。男人女人都光着身子，有的只穿着短裤，有的只围了一条床单，还有个女孩儿一丝不挂，赤裸裸的小身子抖成了一团。所有的人都低着头，看不出被抓是什么人。

蓝湘的电话又响了，蓝湘只是对着电话说了一句“好极了”，便挂上了。

警车呼啸着警笛开走了，大酒店里却没有恢复刚才的热闹。人们还都没有从这场突如其来的噩梦中清醒过来，蓝湘却站起了身，对靳小晴说：“你慢慢吃吧，我该走了。”

靳小晴还吃什么呢？她一点儿胃口都没有了，不知道为什么，她心里堆积起了不祥的阴云……

二十七

当靳小晴从吴雪兰那里接了妙妙，慌慌张张回到徐家的时候，出现在她眼前的则是一件更让她震惊的事。

徐文发正对着电话咆哮着："……我再跟你说一遍，无论是谁，就是天皇老子，你也要给我按法律法规办……该拘留拘留，该罚款罚款，该判刑判刑……而且要重判、快判，决不能轻饶……"

徐文发脸色煞白，浑身发抖，连声音都变了腔调。靳小晴急忙将妙妙放进屋里，跑了出来。

徐文发放下电话，身子绵软地向下瘫去。靳小晴慌忙搀住了他，把他扶到沙发上。

徐文发还在呼呼地喘着粗气，嘴唇都发紫了。

靳小晴倒了一杯水，给他端过来："徐叔叔，到底出了什么事？"

徐文发低声地怒吼着："不争气……不争气的东西……"

靳小晴问："您在说谁？是谁把您气得这样？"

徐文发说："还有谁？跟别人我犯得上生这么大的气吗？"

靳小晴猜测着："是徐冲哥……"

徐文发说："嫖娼……丢不丢人……让公安局当场抓到的……还有这么不争气的东西吗？"

靳小晴的眼前立刻闪出了刚才天姿大酒店那惊心动魄的一幕：几对赤身裸体的男女被荷枪实弹的警察押着，非常狼狈地上了警车……难道这几对赤身裸体的男女中就有徐冲吗？

徐文发怎么也不能使自己平静下来，嘴里喃喃地骂个不休：“真不要脸……真不争气……真不是东西……你干点儿什么不好？为什么偏偏要干这丢人现眼的事情……”

靳小晴轻声劝慰着：“徐叔叔，您冷静一点儿，喝点儿水，消消气……”

徐文发又冲靳小晴叫嚷起来：“我冷静得了吗？我的气儿能消吗？这个死徐冲……伤风败俗……臭不要脸……”

靳小晴说：“徐叔叔，您别这样……说不定徐冲哥又是冤枉的。”

徐文发瞪起了眼睛：“什么？冤枉的？都被人家抓了现行，还冤枉……”

靳小晴想起了蓝湘，那些诡秘的电话，那微不可察的笑容，那神秘莫测的安排……可是，她能跟徐文发说什么呢？

第二天早晨，靳小晴刚刚起床，徐文发还在卫生间里洗漱，徐敏便风风火火地闯了进来。

徐文发一惊：“你来干什么？出了什么事？”

徐敏说：“听说弟弟出事了？”

徐文发问：“你听谁说的？”

徐敏忍着性子说：“爸爸，快叫人把弟弟放回来吧。好事不出门，坏事传千里，今天弟弟要是不上班，这丑闻就会传遍整个烟海市。”

徐文发说：“丑闻？我还不知道这是丑闻？他自己要是知道这是丑闻，就不该做这丢人的事。”

徐敏央求着父亲：“爸爸，就算是弟弟错了，您也得先让他出来，回到家里，该打您打，该骂您骂，该教训您教训。”

徐文发又发起了火：“什么？错了？你说得倒轻巧，这是一般的错误吗？这是犯法！他触犯了国家的刑律，就该受到惩罚。我怎么能同意把他放回来呢？再说，这是公安局的事，我能随便干预吗？”

徐敏说：“爸爸，您别瞒我了。昨天公安局局长知道被抓的是徐冲，当即就向您请示，你就是不同意放人。还说他们要放人您就要处分他们……爸爸，我也不瞒您了，是严叔叔说服不了您，才一大早开警车把我接回来的。爸爸，您想想，徐冲跟尹音的关系刚恢复……这事要是让尹音知道了……”

徐文发说：“怎么，你们还想替他隐瞒罪过?”

徐敏说：“别人可以不瞒，对尹音能不瞒吗?”

徐文发说：“纸里包不住火，你想瞒也瞒不住。”

徐敏说：“爸爸，求求您了，您快叫公安局把弟弟放出来吧，趁着现在天还早，这件事还没有在烟海市传开……您就帮帮弟弟吧，就算我求您了……”

有人敲门，这么早，谁呢?

靳小晴主动上前开门，她万万没有想到，站在门外的却是尹音。

尹音默默地走进来，看了看徐文发，又看了看徐敏，似乎想证实着什么。

靳小晴警觉地发现，尹音的手里提着一个鼓鼓囊囊的塑料袋。她还注意到，尹音的眼睛红红的，眼角上还挂着泪珠儿。

徐敏慌了，急忙上前问：“尹音，这么早你怎么来了？徐冲没跟你在一起吗?”

尹音紧紧地盯着徐敏的眼睛，一句话也不说，嘴唇却哆嗦着。

徐敏更慌了：“尹音，你怎么了？跟徐冲吵架了？为什么?”

尹音的眼睛逼近了徐敏：“大姐，我只问你一句话……是不是真的?”

徐敏故作困惑地说：“尹音，你在说什么?”

尹音咬着牙说：“是不是真的?”

徐敏还在竭力掩饰着：“我不明白，尹音，你在问什么?”

尹音叫喊起来：“我问的是徐冲……他去嫖娼……被公安局抓走了……这是不是真的?”

徐敏惊慌地问：“尹音，这……你听谁说的?”

尹音说：“有人给我打了电话……在天姿大酒店……是不是?”

徐敏说：“尹音……不要听那些谣言……肯定又是有人在诬陷徐冲……”

尹音叫嚷起来：“那么徐冲在哪儿？你告诉我，徐冲在哪儿？”

徐敏支支吾吾地说不上来了。

尹音将手里的塑料袋往地上一扔，绝望地说：“告诉徐冲，我一辈子都不想再见到他。”

尹音说完，哭着跑了。

徐敏想追出去，又收住了脚步。

靳小晴看着尹音扔在地上的塑料袋，心里哆嗦了一下。她知道，这里面装的是徐冲送给尹音的礼物，装的是他们的爱情，装的是一对情侣的恋爱历程和刻骨铭心的记忆。他们神圣的爱情就这样被亵渎了，靳小晴觉得身上一片冰凉。

二十八

尹音走了，徐文发还像木雕一样戳在卫生间的门外。这一切太突然了，从尹音进来到尹音哭着跑出去，他一句话也没有说。他能说什么呢？他能像徐敏那样为徐冲打马虎眼吗？正是他的沉默，使尹音判断出了事情的真实和确凿。尹音走了，义无反顾地走了，她不会再回来了。怨谁呢？

徐敏没有再跟他说什么，她走到电话机旁，给公安局局长严松明拨通了电话，要求严松明立刻把徐冲放回来。徐文发在旁边看着，没有制止。

可是，直到中午了徐冲才回来。徐文发上班了，徐敏却一直在等着他。靳小晴很感动，在一个没有母亲的家里，姐姐和弟弟的感情应该是最深的，她有着同样的体会。

徐冲完全被击垮了。他像一棵经历了一场冰雹霹雳的玉米秧，叶烂了，茎折了，根枯萎了，丝丝缕缕，蔫蔫巴巴，还带着满身污泥浊水……他摇摇晃晃磕磕绊绊地走进门，头发蓬乱，眼睛无光，一副失魂落魄的颓败相……

徐敏急忙迎了上去，搀住了他："你回来了……"

徐冲没有理睬徐敏，梦游般地朝自己的房间走去，进了屋，他砰的一声便把门闩上了。

徐敏使劲拍着门："冲，你把门打开，跟姐姐说说，到底是怎么回事？"

屋子里没有声音，看得出来，徐冲不想说。出了这种事，还有什么好说的呢？

徐敏更加着急了："冲，你到底怎么了？是谁给你挖的坑拴的套儿，告诉姐姐，姐姐跟他们拼了。"

屋子里还是没有反应，似乎徐敏的话徐冲根本就没有听见。

徐敏拼命拍起了门："冲，你倒是开门呀。你可别这样，有什么了不起的？你可千万别想不开，你要是有个好歹，姐姐也不活……"

屋子里的徐冲依然默不作声。

徐敏哭了起来："冲啊……你快给姐姐开门呀……姐姐一大早就赶来了……就是怕你想不开……冲啊……你别这样……你这样姐姐难受……妈妈死得早，就咱姐俩相依为命……你可千万听姐姐的话……姐姐求你……快给姐姐开门啊……"

厨房里，靳小晴听着徐敏的敲门声和哭叫声，眼泪止不住淌了下来。人世间，人们最熟悉的是母子之情、父女之情、夫妻之情，可是有谁懂得姐弟之情呢？靳小晴懂得，在这一点上，她跟徐敏一样，心里最牵挂的就是弟弟。弟弟是她一手带大的，她既是姐姐，又是母亲。有一次，弟弟的学校举办了一次作文比赛，题目是《最亲爱的人》。同学们大多写爸爸妈妈，可是弟弟却写的是姐姐。弟弟那篇文章写得很动人，在获奖大会上朗读的时候，差不多所有的人都哭了。弟弟把那篇作文和奖品带回了家，靳小晴也哭了。她对弟弟的爱是无私的，有这么一点儿回报便足够了……

想到这些，靳小晴走了过去，扶住了还在哭叫的徐敏。徐敏也像受了千般委屈一样，伏在靳小晴的肩头上抽泣起来。

靳小晴把徐敏扶坐在沙发上，然后回到徐冲的门外，轻轻地敲了一下门，柔声地说："徐冲哥，你听见姐姐的哭声了吗？你要是听见了，就把门打开，别让姐姐为难了。"

屋子里还是没有动静，徐敏又凑了过来。

靳小晴火了，使劲踢了一脚门，连徐敏都吓了一跳。靳小晴对着徐

徐冲完全被击垮了。他像一棵经历了一场冰雹霹雳的玉米秧，蔫蔫巴巴，还带着满身污泥浊水……他摇摇晃晃磕磕绊绊地走进门，头发蓬乱，眼睛无光，一副失魂落魄的颓败相……

冲的房间喊叫起来：“徐冲，你这是干什么？你还是个男子汉吗？自己惹了祸，却让姐姐着急。你这算什么？胆小鬼，懦夫，窝囊废，你要是还爱你姐姐，就把门打开，你要是不打开，我就让姐姐马上走。告诉你，此时此刻，在这个世界上，除了姐姐，还有更爱你的人吗？姐姐要是走了，看你去找谁……”

靳小晴一边气怒地叫嚷着，一边手脚并用地敲打着门。突然，门无声地开了，徐冲站在了门里，眼睛红红的，脸色枯萎得变了形，嘴唇哆嗦着，脸颊上挂着两行混浊的泪水……

徐敏扑了上去，抱着徐冲呜呜地哭了起来……

二十九

吴雪兰又打来电话，邀请靳小晴到她家里去玩。正好没有什么事情，靳小晴便抱着妙妙去了。

吴雪兰一个人带着孩子住一套三室两厅两卫的大房子，光是那个大厅就有四十多平方米。她那个港商林先生，一年也来不了两个月。就是说，在大部分时间里，都是吴雪兰独守着这套空房的。难怪她寂寞，难怪她五次三番地邀请靳小晴到她家去玩。想到这些，靳小晴就觉得有点儿对不起吴雪兰。可是，吴雪兰长得那么漂亮，又不算笨，干点儿什么不好，为什么偏偏要给人家当二奶呢？当二奶的滋味好受吗？名不正言不顺不说，还让人家戳脊梁骨，更要守活寡，何苦呢？

靳小晴想着吴雪兰，便到了吴雪兰的家。她一只手抱着妙妙，腾出另一只手来摁响了门铃。

门开了一条缝，却不见吴雪兰的人影，靳小晴犹豫着。

吴雪兰从里面叫了起来："快进来呀，我正在给你煮咖啡。"

靳小晴抱着妙妙进了门，又顺手将门关上。当她扭过头来的时候，却让她一下子惊愣住了。端着咖啡壶从厨房里出来的吴雪兰浑身上下一丝不挂，靳小晴只觉得眼前亮起了一道令人头晕目眩的光柱。仔细辨认之后，才明白这光柱是一尊冰雕玉砌的胴体。这洁白美丽的、饱满丰腴的裸体，不要说男人受不了，就是靳小晴都险些被击倒。

靳小晴愣愣地看着吴雪兰，吴雪兰却神态自若。她一边将咖啡放在茶几上，一边招呼着靳小晴坐下。

靳小晴以为吴雪兰刚洗完澡还没来得及穿衣服，可是当靳小晴在沙发上坐下以后，吴雪兰却依然光着身子在靳小晴的对面非常坦然地坐下了。这倒让靳小晴有点儿不好意思了，她想把目光从吴雪兰的裸体上移开，可是吴雪兰正端端地坐在她的对面，躲都躲不开。

吴雪兰反而困惑起来："怎么，你没见过裸体女人吗？"

靳小晴终于忍不住了："你怎么不穿衣服？"

吴雪兰反问着靳小晴："在自己的家里穿什么衣服？"

靳小晴问："你平时在家里都光着身子吗？"

吴雪兰笑了笑，用一种充满哲学意味的语气说："家是什么？家是自己的世界，自己的伊甸园。在伊甸园里，人本来就是不穿衣服的。人穿衣服就是为了伪装自己，就是拿一副假面目给人看。这个世界上之所以这么虚假，就是因为有了这该死的衣服。我们整天在外面装假，回到自己的家里难道还不能真实一点儿？"

靳小晴笑了，笑得依然很困惑。她第一次听到有人这么评价衣服和裸体，她不知道吴雪兰说得有没有道理。可是她总觉得吴雪兰这样光着身子很别扭，很不顺眼，很不自在。是她不自在，吴雪兰倒觉得是非常自在的。

吴雪兰反而大惊小怪地问起了靳小晴："你一个人的时候也穿着衣服吗？"

靳小晴说："当然了，人怎么能光着身子呢？"

吴雪兰又问："睡觉的时候呢？"

靳小晴说："睡觉的时候穿睡衣呀，要不睡衣有什么用？"

吴雪兰愤愤地说："虚伪，这就是人的虚伪。我们的老祖宗发明衣服的时候仅仅是为了御寒，冬天的时候需要穿衣服，夏天有什么必要穿衣服？白天的时候需要穿衣服，晚上睡觉躺在暖暖和和的被窝里，有什么必要穿衣服？"

靳小晴说："不穿衣服我可睡不着。"

吴雪兰说："我跟你不一样，我穿一点儿衣服都睡不着。"

靳小晴说："你先生回来你也光着身子睡觉吗？"

吴雪兰说："傻话，他回来我更得光着了，我不脱他都得给我脱掉。"

靳小晴说："那白天呢？白天你也这么光着身子吗？"

吴雪兰说："不，我才不呢。凭什么让他白看脱衣舞？都说女为悦己者容，还有人说女为悦己者脱。瞎扯淡，女人的身子是属于女人的，不是为男人预备的。这么干干净净的身子让男人那臭眼睛瞄来瞄去，还不把自己腌臜了。"

靳小晴说："我到你这儿来真长见识，听到这么多奇谈怪论。"

吴雪兰说："奇谈怪论？告诉你，句句是真理，一句顶一万句。"

吴雪兰的女儿在房间里睡着了，靳小晴怀里的妙妙也老老实实地不吵不闹。吴雪兰跟靳小晴畅快淋漓地谈着话，一边在屋子里走来走去。不管怎么说，这么一个花瓶形的且闪动着瓷釉般光泽的裸体在靳小晴眼前晃来晃去，她还是不适应。不知道什么时候，吴雪兰把影碟机打开了。靳小晴对面的平面大彩电里，出现了几个像吴雪兰一样赤身裸体的女人。靳小晴突然想起来了，吴雪兰是邀请她来看"毛片"的。那天当着孙小玲的面，靳小晴没有说实话。她说她没有看过"毛片"，生活在大都市里的年轻人，还有谁没看过"毛片"呢？她最早看"毛片"是读大学一年级的时候，是跟几个非常要好的女同学一起躲在一个北京同学的家里看的。不过，那次她们是录像带，信号很模糊，电视机又小，还战战兢兢。现在，吴雪兰放的是她的先生从香港带回来的 DVD 光盘，又是三十四英寸的大彩电。屏幕上的裸体女人清楚得像站在靳小晴面前的吴雪兰。有点儿奇怪的是，屏幕上并没有出现男女交欢的镜头，那些淫秽猥亵的动作都是女人之间做出来的。很显然，这是一部同性恋的片子。屏幕上那些恬不知耻的女人和身边这一丝不挂的女人交相

靳小晴已经下了楼梯，还听见吴雪兰绝望地呼唤着她。她觉得很恶心头也不回地跑去了……

辉映，让靳小晴觉得越发不自在。她想走，又不好意思辞别。

吴雪兰突然问：“你讨厌男人吗?”

靳小晴不解地问：“讨厌男人？为什么?”

吴雪兰说：“你没有被男人伤害过吗?”

让靳小晴怎么说呢？她当然被男人伤害过，叶建平把她伤得还不够惨吗？但是不能因为叶建平伤害了她，她就讨厌男人呀。

吴雪兰又愤愤地说：“别相信男人，千万别相信男人，男人没有一个好东西。”

妙妙偎在靳小晴的怀里睡着了，幸亏他很知趣地睡着了，要不，靳小晴真的怕屏幕上的骚货和吴雪兰的裸体玷污了孩子的眼睛。

吴雪兰说：“把孩子放到床上去睡吧。”

靳小晴说：“不用了，我抱着他就行了。”

吴雪兰却走过来，不由分说将靳小晴怀里的孩子抱过来。尽管靳小晴有点儿不情愿，也不好说什么。靳小晴只好跟着吴雪兰到房间，把妙妙安置在床上。

当靳小晴再一次坐在沙发上看电视的时候，还是觉得别扭。她想提议吴雪兰把电视关掉，还不如她们一起聊聊天。可是吴雪兰却又换了一盘影碟，依然是女人之间的胡作非为。

吴雪兰光着身子凑到了靳小晴身边，靳小晴下意识地向一边躲避着她。

吴雪兰说：“你也真是，光着身子就那么可怕吗?”

靳小晴急忙解释着：“不……不是可怕，我……只是觉得不习惯。”

吴雪兰说：“有什么不习惯的？要不你也脱掉，大家都一样你就习惯了。”

吴雪兰说着，竟然伸手帮助靳小晴解起了她的上衣扣子。

靳小晴慌忙地推着吴雪兰的手：“不不……我不脱……”

吴雪兰不放手：“这有什么？又没有外人，脱掉吧。”

靳小晴央求着说："不不……我不脱。"

电视里发出女人那淫秽的叫声，吴雪兰像受到了巨大的刺激一样，蓦然将热烘烘的裸体朝靳小晴身上压过来。紧接着，那淫荡的嘴唇也向靳小晴伸了过来。靳小晴慌了，她竭力挣扎着，反抗着。吴雪兰喘着粗气，急不可待地说："小晴，我们玩玩吧……我想……想死了……"

靳小晴这时候才意识到，吴雪兰是一个同性恋者。对于同性恋，她原来只是听说过，却从来没有认真地想过这个问题。她一直认为同性恋是极为个别的例子，就像艾滋病一样离她十分遥远。没想到她今天却像噩梦般地落入了一个同性恋者的手里。吴雪兰已经把那只同样发烫的手伸进了靳小晴的怀里，并且十分贪婪地揉搓着靳小晴的胸部。靳小晴拼尽全身的力气，猛地一打挺，将吴雪兰从身上掀翻过来。白羊一样的吴雪兰跌落在沙发底下，靳小晴急忙跳起来，跑进屋里抱起妙妙，逃命般地朝门外冲去……

吴雪兰喊叫着追着她："小晴，别走……求求你别走……"

靳小晴已经下了楼梯，还听见吴雪兰在绝望地呼唤着她。她觉得很恶心，头也不回地跑了……

三十

徐冲真的被打垮了，整整三天了，他躲在屋子里，不吃不喝也不说话，总是蒙着被子躺着。样子像睡觉，他能睡得着吗？徐敏还是不放心，可是又不能总陪着他。她白天到学校给学生上课，晚上便又回来劝说徐冲。徐文发这几天到省城开会去了，幸亏他走了，要不他们父子之间该如何互相面对呢？靳小晴想，男人的问题该由女人解决。徐冲再一次失去了尹音，幸运的是他还有一个姐姐。他可能会永远失去尹音了，却永远也不会失去姐姐。

靳小晴很同情徐冲，更确切地说是心疼。她看见徐冲这样蒙羞辱、受折磨，心里非常难受。大概只有她一个人相信徐冲是无辜的，连徐敏都埋怨自己的弟弟干了一件丢人现眼的事。但是，说徐冲是无辜的她又没有充分的证据。就算有人设好了圈套儿，可是他为什么要到那地方去呢？去了以后又跟那些不要脸的小姐做了什么呢？想到这些，连靳小晴也没有把握了。

徐冲的床头上，摆着靳小晴给他做好的面条儿。已经放凉了，无论怎么劝说，他就是不吃。靳小晴为难了，该怎样劝说徐冲呢？

这天下午，突然来了一个人。年龄跟徐冲差不多，或许比徐冲大一两岁。国字脸，红脸膛，中等身材。穿戴得很体面，样子也很老实。靳小晴给他打开门，见他的手里提着一个塑料网兜儿，里面装着啤酒、罐头、水果之类的东西。靳小晴警觉地问他是谁，他说叫张西平，来看望徐冲的。

徐冲出事以后，没有人来看望过他，连他所供职的单位都没有人来。这让靳小晴深深感到人情的冷漠，为什么那些贪污的、受贿的、渎职的犯了事都有人安慰，唯独犯了这嫖娼的没有人来看望呢？中国人就是这副德行，宁愿沾上一身屎，也不愿沾一点儿骚。有多少男人在外面找小姐，丑事大家有，不露是高手。提起裤子就不认账，不把谁按在床上，谁都会装孙子。谁被抓住了谁倒霉，哪怕你刚刚从小姐的身上爬起来，也有权利祖宗八代地叱骂那被押上警车的嫖客。越是男盗女娼的人越是义愤填膺，骂了别人就伪装了自己。尽管靳小晴对这个来访者充满了好感，但是还不敢贸然将他放进来，只好歉疚地说："徐冲睡着了，请您等一下，我看他醒了没有。"

张西平说："我知道他没睡着，你告诉他我是张西平。"

来访者又强调了一下自己的姓名，这个名字怎么听着有点儿耳熟呢？

靳小晴轻轻地进了徐冲的房间，站在他的床前说："徐哥，有一个叫张西平的人来了。"

徐冲没有动静，似乎是真的睡着了。

靳小晴上前隔着被子摇晃着他："徐哥，你醒醒，有人来了……"

一只手从背后轻轻地拨了一下靳小晴，张西平已经进来了，并冲她摆了摆手。

靳小晴只好离开了徐冲的房间，屋门却有意没有关，她还是没有放松警惕。出于礼貌，靳小晴为张西平泡了一杯茶。当她端着茶再次进徐冲的房间的时候，发现徐冲已经坐起了身，靠在床头上。而张西平却将梳妆台前的椅子拉到徐冲的床头，离徐冲很近地坐下来。靳小晴想，看来这张西平跟徐冲的关系非同一般。

靳小晴看了看徐冲那张枯黄浮肿的脸，关切地说："徐哥，我给您泡杯奶茶吧。"

徐冲依然不说话，靳小晴出去了。

张西平又朝徐冲面前凑了凑，低声说："你家的小保姆真不错，哪儿来的?”

徐冲苦笑了一下，没有回答张西平的话，意思是说，到了这份儿上了，你还有心思打听小保姆。

张西平也笑了:“徐冲，别那么驴脸呱嗒的，有什么了不起的，不就是进了一回看守所吗？说白了，这就如同没留神踩着了一摊臭狗屎。愿意你就刷刷鞋，不愿意就把鞋甩掉，光着脚照样朝前走，怎么了?”

徐冲说:“你说得倒轻巧，出了这么大的事，我还怎么上班？我还怎么面对尹音?”

张西平说:“这跟你上班有什么关系？你又没偷谁没抢谁，没把谁家的孩子扔在井里，怎么了？嫖了。嫖了又怎么了？男人这算毛病吗?”

徐冲说:“你别这么劝我，我可没有你那厚脸皮。这事你不觉得丢人，我可觉得现眼……”

张西平轻蔑地说:“要我说呀，你就是娇气，就是放不下你那公子哥的架子。还是太金贵自个儿，你要是遇上我这么多的事，就不觉得丢人了。要说丢人，谁比得上我。”

徐冲奇怪地问:“你丢什么人了？你又没有嫖娼被公安局抓到。”

张西平说:“你是真不清楚还是跟我装糊涂？整个烟海市，谁不知道石小燕是我爹玩剩下的骚货，他把鲜鱼水菜吃光了，还得我给他刷锅。你说这丢人不丢人?”

张西平提到石小燕这个名字的时候，正好靳小晴端着一杯泡好的奶茶进来。她心里一动，立刻想起了那天在街心公园那个抱着孩子的少妇。这张西平原来是石小燕的男人，怪不得名字这么熟悉呢。靳小晴从孙小玲和吴雪兰的嘴里，可没少听到他和他爹的丑闻。想到吴雪兰，靳小晴心里又一阵恶心。她把冒着热气的奶茶放在徐冲的床头，悄悄地退了出去。

张西平的坦率倒把徐冲感动了。其实，他跟张西平并不熟悉，只是认识，从未交往。张西平搞的是房地产，搞房地产的人跟设计院能不打交道吗？关于张西平的丑闻，他也曾有所耳闻，却从来没放在心上。他不像有些人那样对别人的丑闻津津乐道，当作空虚心灵的填充物。他不空虚，心里也装不下这些无聊的东西。可是，这丑闻从张西平的嘴里说出来，他还是感到震惊的。原来他想，这丑闻也许跟大多数的丑闻一样，哪怕被千万张嘴巴嚼烂了，当事人也会蒙在鼓里。没想到这件事张西平却非常清楚，既然如此，他为什么还要戴这个绿帽子呢？

没等徐冲问，张西平又接着说："你以为我是个傻×对不对？你以为我心甘情愿当王八对不对？这年头谁比谁傻多少呀？马克思说过，天下没有免费的午餐，我最赞成这句话了……"

徐冲无奈地打断了张西平的话："这话是马克思说的吗？"

张西平跟他抬起了杠："怎么不是？除了马克思，谁能说出这么有水平的话？"

是就是吧，徐冲懒得跟他争辩，让他糊涂一辈子吧。

张西平说："别忘了，在我们家，我爹是大老板，亿万家资都在他的名下。这件事我要是不答应，他能任命我给他当总经理吗？我要是像你这样好脸面，那才是真正的大傻×呢。我还有一个哥哥和一个弟弟，我不娶石小燕，他们也会争着抢着娶。就算没有他们俩，只要我爹花钱，买个儿子还不容易，你说是不是？"

徐冲没说什么，道不同，不相为谋。这件事要是换了他，给一座金山也不干。人活着，总该有点儿尊严吧。

张西平看透了徐冲的心思，说："我知道你瞧不起我，说我忒俗、忒贱、忒没出息。可是话又说回来，这年头不俗不贱有出息的人又有几个呢？就拿你们设计院来说吧，有多少人巴结我你知道吗？他们巴结我什么？你们都是大学生、博士生，我连初中都没毕业，你们会瞧得起我？可是我兜儿里有钱，你们瞧不起我还瞧不起我兜里的钱吗？我佩服你，你从来不巴结我。不巴结我，我反倒佩服你。因为我这个人除了几个臭钱什么都没有，你看不起钱，我服你。所以，我愿意跟你交朋友，你低瞧我也好，嫌弃我也好，反正我愿意跟你交朋友，算我巴结你还不行吗？人就是这么怪，巴结你的人你瞧不起，瞧不起你的人你却巴结他。徐冲，你要是认我这个朋友就起来，跟我一块儿喝杯酒。你看，我都带来了，对了，先别喝。刚才你提到尹音，这倒是个麻烦事，她知道了吗?”

徐冲说：“能不知道吗?我还在看守所里，就有人给她打电话了；我人还没回来，她就跟我一刀两断了。”

张西平说：“谁呀，谁这么嘴欠呀?”

徐冲说：“不是嘴欠，是有人害我，故意害我。”

张西平说：“我也觉得奇怪，天姿大酒店从来没有人抄过，你又从来没有到那个地方去过，怎么你一去就出事了呢?”

徐冲说：“很明显，他们就是冲着我去的。”

张西平说：“你到底是怎么进的那个地方?”

徐冲说：“那天我实在是喝多了，糊里糊涂的什么都不记得了。我只记得酒桌上的事，后来怎么从酒桌上去的天姿大酒店，跟谁去的，怎么找的小姐，我的衣服是怎么被脱光的，我统统不记得了。”

张西平说：“这么说你没嫖?”

徐冲说：“我连自己是谁都不知道了，还有能力嫖?”

张西平说：“不行，这太亏了，改天我得给你补一补。”

徐冲说：“行了，这一回我能长一辈子的记性。”

张西平问：“到底是谁请你喝的酒?酒桌上都有谁?还有谁跟你一起去天姿大酒店的?被抓走的又都是些什么人?”

徐冲说：“谁请我喝的酒，你爹请的。跟我喝酒的除了我们设计院的，就是你爹请来的人。”

张西平说：“这么说是我爹给你码的套儿?他为什么呢?”

徐冲说：“我没说是你爹害我，可是我真的不记得是怎么到天姿大酒店去的了。更奇怪的是，跟我一起被抓走的，没有跟我一起喝酒的人，都是些莫名其妙的人。”

张西平说：“这就怪了，不行，我得问问我爹……”

徐冲说：“算了吧，这会儿你问谁都会跟你装傻充愣，谁能认这个账呢？”

张西平说：“行了行了，咱先喝酒吧，这几天你肯定会虚弱，咱不喝白酒，我买来几听啤酒。”

靳小晴突然闯进来，端着一碗热气腾腾的肉丝面，急忙制止说：“不行，徐哥几天没吃东西了，不能让他喝酒，先吃碗面垫垫底儿吧。”

徐冲看着靳小晴手里的肉丝面，感到肚子确实饿了，犹豫了一下，顺从地把碗接过去。

靳小晴冲张西平点了点头，轻声说：“谢谢你。”

张西平感到有点儿不解，谢我什么呢？

三十一

晚上，徐敏又来了，见徐冲不在，慌忙问靳小晴。靳小晴说张西平把他拉走了，说是到外面洗洗澡，放松一下。

徐敏一听就急了："张西平，不就是那个张三水的儿子吗？徐冲怎么跟这种人混在了一起？"

靳小晴说幸亏张西平来了，是他劝说徐冲起床的，是他让徐冲振作起来的。他今天吃了东西，还喝了酒。

徐敏还是不放心："你知道张西平是什么人？吃喝嫖赌，黑白两道，徐冲跟这种人混在一起，不是要破罐破摔吗？不行，他们到哪儿去了？我得把他找回来。"

靳小晴说："我看张西平人并不坏，他跟徐冲的友谊也是真的。"

徐敏火了："你知道什么？他们这是在拉徐冲下水。我怀疑这些圈套儿就是他们那些人设计好了的。你知道吗，像我和徐冲，有这么一个当市委书记的爹，多少人在打我们的主意呀，一不留神就会上他们的当。"

靳小晴还想说什么，但考虑到自己的身份，便闭上了嘴。

徐敏把随身带的挎包往沙发上一扔，便噼里啪啦地敲起了电话："给我呼96796，连呼三遍，家里有急事，速回电话。"

靳小晴端过泡好的茶，柔声说："敏姐，您先喝口茶，喘口气，我这就给您去弄饭。"

徐敏说："吃饭先不着急，等徐冲来了电话，他要是不回来，我马上去找他。”

靳小晴知道徐敏就是这么一个火暴脾气，也不好说什么。

等了一会儿，没听见电话铃响，徐敏又沉不住气，又噼里啪啦地敲起了电话：“96796，家里有急事，速回电话，请连呼三遍……”

打完了传呼，徐敏依然坐卧不安。靳小晴劝了好几次，她才勉强吃了一点儿东西。还好，半个小时以后，徐冲来电话了。徐敏抄起电话，就跟徐冲嚷了起来：“你在哪儿？为什么这么半天不回电话？”

徐冲说：“我在洗浴中心洗澡，BP机放在衣箱里了。”

徐敏说：“那你现在干什么呢？”

徐冲说：“刚洗完澡，我正在穿衣服。”

徐敏说：“你穿完衣服马上给我回来。”

徐冲问：“什么事呀这么急？”

徐敏说：“别管什么事，你给我回来就是了。”

徐冲说：“不行呀姐姐，朋友还请我吃饭呢。”

徐敏说：“你给我回来吃饭，听见没有？”

还没容徐冲再说话，徐敏咔嚓一声把电话撂了。

靳小晴觉得有点儿好笑，还在她上中学的时候，老师就在班里搞过调查。女孩儿都愿意有个哥哥，妹妹在哥哥面前可以撒娇耍赖，可以受到保护，可以占许多便宜；而男孩儿大多愿意有个姐姐，弟弟有了姐姐，没妈妈的等于有了妈妈，有妈妈的等于有了两个妈妈。有妈的孩子是个宝，有妈妈又有姐姐的孩子便是宝中之宝了。有保护、有照顾就会有管制，姐姐对弟弟的专制甚至超过母亲，超过父亲。父母的话可以不听，姐姐要是对弟弟发起脾气来，弟弟一般都会服软的。靳小晴有着深切的体会。

果然，二十分钟以后，徐冲乖乖地回来了。徐冲洗完了澡，完全变成了另一个人，脸色红润，清清爽爽，青春焕发，精神了许多。

徐敏还是不依不饶：“你跟张西平这种人瞎搅和什么？”

徐冲说：“谁跟他瞎搅和了，人家好心好意地来看望我，我不能不识

徐冲又顺从地出来了，徐敏举着毛衣在他身上比划着，又让他穿上试试。

好歹呀。”

徐敏说：“什么好心好意，他过去为什么不来找你？”

徐冲说：“过去我跟他接触不多，没什么来往。”

徐敏说：“我说的就是这个意思，本来没什么来往，现在你倒霉了，突然登门来看望你。我看他是黄鼠狼给鸡拜年，没安什么好心。”

徐冲有点儿不高兴了：“姐姐，你怎么能这样说人家呀？人家巴结我有什么用呀？”

徐敏说：“没用？用处大了。过去都知道你正直廉洁，无懈可击，现在你倒了霉，他们就要拉你下水。告诉你，无论到什么时候，我们都要坚守做人的原则，你可不能破罐破摔。”

徐冲更生气了：“姐姐，你把我看成了什么人？我现在就成了破罐了？真要是这样，你也别理我算了。”

徐敏说：“我可是搞教育的，我遇到的教训太多了。本来是很好的学生，就因为有意无意地犯了一点儿错误，不能正确对待，被坏人钻了空子，一下子就滑下去了。苍蝇不叮无缝的蛋，在这个时候，你可要格外小心。”

徐冲气怒地说：“说来说去，你还是把我看成坏蛋了。”

徐敏说：“谁说你是坏蛋了？”

徐冲说：“你不是说我这蛋有缝了吗？有缝的蛋还不叫坏蛋？”

徐敏说：“有缝可以补上，补上就是好蛋。可你这缝要是被苍蝇叮了，那真的就变成坏蛋了。”

徐冲不耐烦了：“你把我找回来就这事吗？”

徐敏说：“这事还不大吗？我是怕你糊里糊涂地误入歧途，男子汉大丈夫，从哪儿跌倒的得从哪儿爬起来，别遇上屁大的事就萎靡不振，要死要活，至于吗？”

徐冲实在听不进去姐姐的唠叨了，转身进了自己的房间，又砰地把门关上了。

徐敏反而笑了，见弟弟的神态变了，她就放心了。其实，靳小晴心里明白，徐敏的这种叨唠，一半是在教育徐冲，一半也是为了显示一个做姐姐的权威。

徐敏从挎包里拿出一件新买的毛衣，更加居高临下地叫着：“徐冲，你出来。”

徐冲在屋里问：“还有什么事?”

徐敏说：“来，试试这件毛衣合适不?”

徐冲又顺从地出来了，徐敏举着毛衣先在他身上比画着，又让他穿上试试。这是一件手工编织的毛衣，眼下还有谁自己织毛衣呢？徐冲没说话，靳小晴却被感动了。她想，闲着没什么事，也该给弟弟织件毛衣……

三十二

这场风波就算过去了，一切又恢复了平静。通过这件事，靳小晴突然明白了一个道理，没有过不去的坎儿。是啊，遇上事情了，觉得天塌下来了，活不下去了，没脸活了，恨不得立马抹脖子上吊。一时间闹得天昏地暗鸡飞狗跳，好像就要天塌地陷玉石俱焚。结果呢，就像一场疾风暴雨，雷鸣电闪折腾得天翻地覆，风停了，雨住了，云开了，太阳突然冒出来了。无论事情有多大，无论多少人如何要死要活，看热闹的人有几个动心动肝的呢？大多数看热闹的人是幸灾乐祸，看出殡不嫌殡大，看着火不嫌火苗子高。有几个同情的或貌似同情的，也只是说几句不咸不淡的话，陪着你叹息两声，回去人家该吃吃，该喝喝，该乐乐。唉，这就是普罗大众。

就像现在，胡阿姨又在泪水涟涟地跟大家忆苦思甜一样，有谁的同情是发自内心的呢？

对了，胡阿姨外号就叫“忆苦思甜”。靳小晴抱着妙妙刚一走近街心公园，就听到“忆苦思甜”又开始了控诉。

胡阿姨名字叫胡兰兰，陕西合阳人。聚集在街心公园的小保姆们，没有谁知道合阳，如果不是胡兰兰的忆苦思甜，恐怕连合阳这个地名都没有人知道。中文系的女学生靳小晴知道，那是历史悠久文化底蕴非常深厚的地方，早在夏代那里就建立了“有莘国”。大清朝的时候还出过一个赫赫有名的高官：漕运总督张大有。

胡兰兰有一个幸福和励志的少年时光。自隋唐实行科举制度以来，平民要想改变命运和社会地位，只有通过科考进入仕途。胡兰兰的父母是农村的有志青年，他们也希图效仿先贤通过努力读书改变命运。那个特殊的年代粉碎了他们的大学梦，但是他们没有放弃，把全部的梦想都寄托在自己的女儿身上。女儿胡兰兰确实也是个可造之材，天分出众又聪明好学，初中毕业之后，她考上了全县最好的高中。正在她和父母一起雄心勃勃地奔向大好前程的时候，祸从天降。她被人贩子拐骗了。

胡兰兰被卖到一个穷得兔子都不做窝儿的山沟里，嫁给了一个五十多岁的老光棍儿。她给那个老光棍儿生了三个儿子，把那即将绝户断后的人家高兴坏了。

胡兰兰受了多少苦自不必说了，让她最难以接受的是，十三年之后，她被公安机关解救出来，回到了合阳家乡，她的父母却不要她了，生生把她赶了出来。那可是她的亲生父母啊！

胡兰兰的遭遇确实很让人同情，可是她整天价像祥林嫂一样逢人便忆苦思甜，未免也招人厌烦了。

几个小保姆硬着头皮听胡兰兰絮叨着，正愁无法解脱呢，靳小晴抱着孩子来了，呼啦啦地围了过来。

孙小玲夸张地叫喊着："哎哟小晴，你可来了，想死你了。"

吴雪兰说："我们还以为你走了呢，我还说呢，走了怎么不言语一声呢？"

靳小晴说："瞧你说的，我走哪儿去呀？"

石小燕说："不是案子破了吗？这孩子不是徐冲的，还留在徐家干什么？"

孙小玲替靳小晴说："你懂什么，案子破了，只能证明这孩子不是徐冲的，可是孩子的父母并没有找到啊。"

靳小晴不想把大家的注意力集中在她的身上，忙转移话题说："我没来这些天，有什么新闻没有，快给我说说。"

浪浪跑过来："哎，小晴，你学问大，我问你点儿事，你说男人七十了，还能不能干那事儿？"

靳小晴没听明白："什么事儿呀？"

浪浪说："就是男人和女人那点儿事呀。"

靳小晴不高兴了："我说浪浪，你这是怎么说话呢？还我学问大，问我。你问的是什么事儿呀？这种学问我有吗？别忘了我还是个黄花大闺女呢。"

浪浪说："我问的可是科学。"

靳小晴说："对不起，这种科学我没研究过，以后也不想研究。"

鹅鹅鹅说："这种事……你你你就……该该问……吴吴吴……兰……"

吴雪兰火了："凭什么问我呀？"

鹅鹅鹅说："你你你……结了婚……又又又有了……孩子……"

吴雪兰不依不饶："我结了婚怎么了？有了孩子怎么了？结了婚有了孩子就该研究这种学问，你们的思想也太复杂了吧。"

被冷落在一边的胡兰兰有话说了："这种事儿你们也别问吴雪兰了，我懂。"

大伙儿一下子都愣住了，连浪浪都意识到了，她问的话是有毛病的，这不是什么露脸的学问，靳小晴和吴雪兰都躲闪着，胡兰兰倒自告奋勇说她懂，怎么这么不识好歹？大家都想笑，又都忍着不好意思笑。

胡兰兰问浪浪："你问的是不是郑师长？"

浪浪点了点头。

胡兰兰问："他今年多大了？"

浪浪说："虚岁七十一了。"

胡兰兰说："我看他还打太极拳呢。"

浪浪说："何止打太极拳，大早上的去爬山，我都跟不上他。"

胡兰兰说："我告诉你浪浪，男人只要有斗糠之力、跨辙之能，就能往女人身上爬。"

鹅鹅鹅问："啥叫……斗斗斗糠之力……跨跨跨辙之能？"

胡兰兰说："糠就是米糠，一斗米糠，屁轻屁轻的，多说有三五斤；

辙就是车辙，也就是车道沟儿，有一拃宽吧。”

浪浪醒悟了：“你是说，男人只要能背一斗米糠，能迈过车道沟儿，就能干那事儿?”

胡兰兰说：“是啊，就是怎么回事。”

浪浪和鹅鹅鹅听了，相视一笑，走了。

大伙儿都觉得很奇怪，胡兰兰抓住机会，又开始忆苦思甜了。

三十三

徐敏每天都回来，回来后就拉着弟弟出去，常常很晚才回家。靳小晴给他们留好了饭，他们却说在外面吃过了。有时候还买回来大包小包的东西，有吃的有穿的有用的。

徐敏对徐冲的关爱和照顾触发了靳小晴，她想念弟弟了，该给弟弟打个电话了。这天晚上，徐敏走了，徐冲没有再出去，也早早地睡下了。她想，今天正好是星期天，弟弟或许在家。离上次给爸爸打电话的时候又过去半个多月了，爸爸肯定也在盼望着自己的电话。她说过每个星期都要跟家里通一次电话，她记得她是答应过爸爸的。她没有遵守诺言，她感到了愧疚。

弟弟果然在家，而且电话一响刚好是弟弟接的。还没容她说话，弟弟在电话那边便咆哮起来："姐姐，你到底在哪儿呀？你都快把我急死了，你怎么又这么长时间没消息了？到底出了什么事？你到底在干什么？你休学为什么也不告诉我一声？你现在到底在做什么……"

靳小晴拦住了弟弟的话："小雨，你别叫了好不好？你一连气提出那么多问题，到底先让我回答哪个？"

弟弟叫靳小雨，相比之下，靳小雨对靳小晴的感情恐怕比徐冲对徐敏还要深一些，依赖也更大一些。可想而知，这些天得不到姐姐的消息，靳小雨会急成什么样子。靳小晴深深地懂得这一点，因此也更加于心不忍。靳小雨说："姐姐，你先告诉我，你在什么地方？"

靳小晴犹豫了一下说："我还在北京……"

靳小雨很敏感：“不，你肯定不在北京，告诉我，你到底在哪儿？”

靳小晴说：“在不在北京都没关系，我告诉你和爸爸，我现在很好，在一家大公司打工。”

靳小雨刨根问底：“你在哪家大公司，做什么工作？”

靳小晴说：“在一家合资公司，做文秘工作，你知道我是学中文的，我只能做文秘工作。”

靳小雨紧逼不舍：“告诉我，这家公司在哪个城市？”

靳小晴说：“小雨，你别问了好不好，该说的我都说了，该你告诉我了，你的功课怎么样？明年就该高考了，你考虑好报考哪个学校了吗？”

靳小雨说：“我想报考北京大学经济管理学院，明年你要是复学，我还能跟你同学一年。姐姐，你知道我多么想跟你在一个学校读书啊。”

靳小晴把话题放松下来：“我当然知道了，至少你可以自己不洗衣服。”

靳小雨并不否认这一点：“我还可以帮助你呀，比如我给你当保镖。”

靳小晴说：“你考北京大学我同意，可是你得抓紧学习，千万别粗心大意，你的毛病就是不认真。”

靳小雨说：“我知道，我有信心，也有实力。”

靳小晴说：“姐姐相信你的实力，爸爸怎么样？”

靳小雨没有上她的当，继续逼问着：“你先别急着让爸爸说话，我提出的问题你一个都没有答复我呢。姐姐，我知道，你现在至少背了三十万元的外债。这可不是一个小数目，这么多的钱你靠打工能还上吗？姐姐，你得跟我说实话，你在用什么方法赚钱？你不告诉我，我不放心，每天躺在床上我都在想你，你到底在干什么？你要是不告诉我，我这样担惊受怕，肯定会影响学习的。到时候我要是考不上北京大学，你可别怨我。”

靳小晴说：“你是在威胁我？”

靳小雨说："就算是吧，你应该接受我的威胁，向我说实话。"

靳小晴想了想说："这样吧，小雨，姐姐是欠人家的钱，是在打工还债。但是没有你想象的那么可怕，也没有你想象的那么艰难。我只告诉你一句话，姐姐赚钱，一没干犯法的事，二没干丢人的事。这你总该放心了吧？"

靳小雨说："你就不能跟我说得具体一点儿吗？求求你了姐姐，我的好姐姐。"

靳小晴说："够了，我只能说这些了。快让爸爸接电话吧……"

靳小雨说："那把你的电话告诉我，有事我好找你呀。"

靳小晴抱歉地说："不行，小雨，我会经常打电话给你和爸爸的，我的电话不能告诉你。"

靳小雨知道姐姐的脾气，只好说："你不告诉我，我也有办法知道。爸爸，你来跟姐姐说吧……"

靳小晴跟爸爸通完电话，刚要把手机收起来，发现手机又振动起来。她心里一惊，凭感觉知道这电话是蓝湘打来的，她按下了通话键。

蓝湘的声音很严厉："你刚才在跟谁通电话？"

靳小晴心里一震，准是刚才蓝湘打来电话她占着线。她不敢撒谎，只好说："我离开家好几个月了，跟弟弟通了个电话。"

蓝湘说："我不是告诉你，不许给任何人打电话吗？"

靳小晴胆怯地说："对不起……"

蓝湘说："别忘了，我的话就是命令。就是你想跟家里通电话，也要事先跟我请示，你明白吗？"

靳小晴说："明白，我下次一定先请示你。"

蓝湘更加专横地说："没有下次了，下不为例，记住了？"

靳小晴说："记住了。"

蓝湘说："那好，知道我为什么给你打电话吗？"

靳小晴说："我该向您汇报……"

蓝湘说："用不着你汇报，你这会儿自己该干什么，明白吗？"

靳小晴一时有点儿困惑，没说什么。

蓝湘在电话那头叫起来："马上，马上给我滚到徐冲的床上去！"

靳小晴听到这句话，心里又像挨了一个霹雳。蓝湘的电话啪地关上了……

三十四

在靳小晴根深蒂固的观念中，女人永远是一个等待者。结婚之前，等待男人来追求，来上门求婚，为什么叫“待字闺中”呢？结婚以后，男主外，女主内，男人在外面闯世界，女人总是焦灼地等候在家里，为什么叫“离恨做成春夜雨”呢？有了孩子以后，望子成龙到外面成就大事业，又希望子女常回家看看，要不怎么叫“临行密密缝，意恐迟迟归”呢？

靳小晴从中学到大学，总是校园里的佼佼者，身边也不乏追求者，当然得逞的只有叶建平一个人。然而她从来也没有追求过别人，不是目中无人，这种事她连想也没想过。现在，她要追求徐冲了，不是她要追求的，是蓝湘命令她追求的。确切地说，这不能叫追求，应该叫送货上门。从行为上这跟卖淫女差不多，都是主动地把自己送到男人面前。所不同的是，卖淫女不选择对象，只要能赚到钱便谁的床都可以上，而她是有一个专门对象的。这比卖淫女还要难，卖淫女有多个主顾，一个不行，还可以卖给另一个。而她只有这么一个主顾，这桩生意只能成功，不能失败。还有一点不同的是，卖淫女收钱，她白送。不对，她没收钱吗？她只是没有收徐冲的钱，可是这笔卖身的钱蓝湘早就付给她了。

没有别的选择，她只有服从蓝湘的命令，滚到徐冲的床上去。可是，她怎么才能到徐冲的床上去呢？她在想办法，想办法的时候自然便想到了浪女人、贱女人、骚女人的一些手段。看来，当一个放荡的女人也不容易，不仅需要勇气，还需要技巧。

一个很简单的办法就是按照蓝湘所说的，直接滚到徐冲床上去。徐冲这会儿正躺在床上，也许睡着了，也许正在辗转反侧。她可以敲门进去，穿着睡衣，或者像吴雪兰那样赤身裸体地进去，直截了当地钻进徐冲的被窝儿。这样行吗？这不是一个彻头彻尾的娼妓吗？你靳小晴当回娼妓也未尝不可，因为你答应过蓝湘，卖淫也干。可是，徐冲刚刚因为嫖娼被公安局抓起来，现在还余悸未消，她要是这么赤裸裸地钻进徐冲的被窝儿还不把他吓神经了？

还有一个办法就是诱惑，怎样诱惑呢？这可是一个大难题。靳小晴没有追求过男人，更没有诱惑过男人，诱惑男人的手段她一招一式都不会。谁会，真该跟她去学两招儿。

直截了当地送上门不行，诱惑又不会，那该怎么办呢？靳小晴绞尽脑汁地想着。为了违心地跟一个男人通奸而着急，这对于靳小晴来说，简直是滑天下之大稽，荒天下之大唐，冒天下之大不韪。

无论如何，靳小晴也要把自己送到徐冲的床上去，这是命令，蓝湘的命令。蓝湘的命令是不能违抗的，她不是怕蓝湘，只是因为她们之间是有契约的。人是应该遵守契约的，尽管这是个自我牺牲的契约。更何况，她不后悔，没有这个契约，父亲早就不在人世了。用自己的牺牲换来父亲宝贵的生命，值得。

但是，遵守契约就要服从蓝湘的命令，蓝湘现在让她滚到徐冲的床上去，她怎么办？

靳小晴别无选择，只有想办法上徐冲的床。可是，徐冲的床是那么容易上的吗？

靳小晴给妙妙盖好了被子，打开床头灯，默默地下了床。床头上有一个梳妆台，大镜子里现出了她那无奈的身影。她穿着乳罩短裤，在柔和的灯光里，这是一个多么青春、多么有活力的躯体啊！可是它还是个女儿身，还是个从来没有被男人开发过的处女地。她跟叶建平一年多的恋爱中，也只是停留在接吻抚摸的阶段。叶建平想要，多次向她提出过要求，并且还举了许多例子，谁跟谁同居了，谁跟谁流产了，谁跟谁有

黑暗中，她看见徐冲坐在客厅的沙发上，那轮廓显得很孤独，很寂静、又很虚幻。

了第一次……叶建平羡慕那些人而她却不，她懂得女人最该珍惜的是什么。你把自己的贞操轻易地给了男人，就等于将自己的尊严与人格廉价处理了。这是一笔无法退货的交易，是一个巨大的冒险。靳小晴不愿意冒这个险，倒不是因为这些，实在是因为她固守着从大别山带来的根深蒂固的传统观念。现在想来，她有些后怕，她幸亏没有把自己的第一次交给叶建平。

现在，她要把自己的第一次交给徐冲了。徐冲是她什么人呢？什么人也不是，什么人也说不上。只是因为蓝湘让她这么做，那么，她爱徐冲吗？说得上爱吗？

那她反感徐冲吗？不，一点儿也不。非但不反感，甚至还有诸多的好感。徐冲正直，他跟徐敏一样，是在严格的家教下成长起来的，没有那些公子哥的狂傲与自命不凡。他也不像那些玩世不恭的年轻人那样随便与放纵，他很规矩，很懂得生活。从他对尹音的感情上看，他又是一个很重情义的人。这样一个男人，把自己的第一次给他，也该自足了。更何况蓝湘已经为自己的贞操预付了三十五万元的订金，还有什么可抱怨的？

她不反感徐冲，那么徐冲反感她吗？不，绝不会。她不希图徐冲爱她，也不奢望徐冲能娶她，她只希望徐冲能接受她，能将一笔不那么光彩的交易进行得愉悦一些、浪漫一些。想到这里，靳小晴下意识地按了按自己的胸部。她的胸部不大，但很饱满，很结实，很有弹性，像还没有熟透的青苹果。就这样滚到徐冲的床上去，能行吗？徐冲会不会把她赶出来，骂她是个骚货、浪货、贱女人？顾不得许多了，即使是狼窝也只好硬着头皮去闯了。

她从床头拿起睡衣，套在了身上。这是一件纯棉的睡衣，质地很柔软，很薄，穿在身上很舒服。谢天谢地，这睡衣还是叶建平给她买的。三百一十二元，是她二十二岁生日的时候送给她的。这价钱是睡衣上的价签写着的。按照叶建平的学识，应该懂得送给人家礼物要把价签取掉的。他没有这样做，他大概想让靳小晴知道他为她花了多少钱，这大概只有上海的小男人才做得出来。但是靳小晴没有在意，农村的孩子懂得受人恩惠要记住的。这是叶建平送给她的最贵重的礼物，现在想来，鬼知道他花多少钱买来的。价签上的价格算数吗？她的生日是7月22日，正是北京的酷暑季节。在叶建平的宿舍里，只有他们两个人。叶建平央求着她穿上这件睡衣试一试，她答应了。那是叶建平第一次看见她的裸体，疯狂地抱着、吻着、揉搓着，但是她仍然没有把自己给他……

这件睡衣确实很性感，叶建平算是费尽心机了。吊带很细很长，腋下裸露得很多；又很短，差不多在膝上二十公分处；还薄，近乎透明，连乳罩上的印花都看得清清楚楚……还要乳罩吗？一股热浪几乎将她冲击得昏厥过去，她眼睛一闭，便把乳罩扯了下来。一对不安分的乳房像两只调皮的小鹌鹑，从睡衣的袖口处探出头来，向外面窥视着。这睡衣实在太刺激了，要是规规矩矩地站着不动，还能把乳房遮盖住。稍一动作，不春光外泄才怪……

靳小晴不允许自己再犹豫了，人在最关键的时候就应该是大无畏的。就像玩蹦极，眼睛一闭就跳了下去。跳了也就跳了，你要是不闭眼睛，就永远不会迈出这一步。

她猛地一转身，心里说，徐冲啊徐冲，我这一百来斤就交给你了，随你怎么处置吧……她勇敢地走了出去，义无反顾，像玩蹦极那惊心动魄的一跳。推开屋门，穿过客厅，径直朝徐冲的房间走去。这一刻，她几乎什么都没有想，脑子里一片空白。然而，当她走到徐冲卧室门口的时候，两条腿却像钉子似的钉住了。她想举起手来敲门，可是那只胳膊像是灌满了铅，沉重得怎么也抬不起来。

“有事吗？”

一个声音从身后响了起来，靳小晴浑身一颤，差点儿喊出声来。

黑暗中，她看见徐冲坐在客厅的沙发上，那轮廓显得很孤独，很萎靡，又很虚幻。

她努力使自己镇静下来，慢慢朝徐冲走去。

徐冲又问了一句：“有事吗？”

靳小晴想打开灯，却一时摸不到墙上的开关。

徐冲没有再问，好像也没有朝她这边看。

靳小晴已经站在了徐冲面前，黑暗中她好像觉得勇气大了一些，颤声说："徐冲哥，你怎么在这儿?"

徐冲说："睡不着，我想在这儿坐一会儿。"

靳小晴又朝前移了移脚步："徐冲哥，你饿了吧，我给你弄点儿吃的吧。"

徐冲干巴巴地说："不，我不饿。"

靳小晴尽可能让自己的声音充满了温柔："冲哥，我给你泡杯茶吧。"

徐冲依然冷冷地说："不，我不想喝茶。"

靳小晴又朝徐冲的跟前挪了挪，她的光腿差不多已经要触到徐冲的膝盖了："冲哥，你睡不着，我陪你说说话吧。"

徐冲决绝地说："不，不用，我想一个人待会儿。"

靳小晴无话可说了。

三十五

靳小晴静静地仰卧在床上，一动不动。可是她的内心翻江倒海般地折腾着。想想刚才自己荒唐的举动，她脸上火烧火燎地灼热。这叫什么事儿呀？有这么不要脸的吗？三更半夜，一个黄花大闺女，给一个男人送上门去，人家拒收了。我靠……她使劲捶着自己的胸口，真他妈的丢人。继而，她觉得很委屈、很屈辱，胸口堵得慌，想哭，又哭不出来。眼泪却小泉眼般地涌了出来。

许久许久，她就这么默默地躺着，静静地流泪。

心情平息下来之后，她依然睡不着。心里乱糟糟的，杂七杂八的事情毫无章法地搅动着，半点儿睡意都没有了。

她坐起身来，靠在床头上，不由自主地打开了笔记本电脑。

已经凌晨三点多了。她第一次发现，这么晚了，居然还有人在微博的世界里逛荡着，谁这么有精神头儿啊？

既然上来了，总得说点儿什么。

她想起了白天在街心公园里的一切，立即兴奋起来。

浪浪照顾的是一位退休军官，一个很威严又很随和的老人。他姓郑，大家都叫他郑师长。他总是不厌其烦地解释说，其实我是副师长，占了姓的便宜。你说巧不巧？我们的师长姓傅，大家都叫他傅师长。我们这个师长不服气，总是抱怨。我说，你把我调走就是了。可是他又舍不得我离开他。哈哈哈……

鹅鹅鹅照顾的是一个老太太，姓罗，退休前是个护士长。大家都叫她罗医生，她也不厌其烦地跟人家解释，我不是医生，我是护士。有人说叫护士不顺口，也显得不够尊重。她说，在医院里，大家都叫她罗主任，她当过护理部的主任。于是乎，大家都叫她罗主任了。

浪浪和鹅鹅鹅整天价在一起嘀嘀咕咕，原来这俩丫头想把郑师长和罗主任撮合在一起。郑师长和罗主任常常在街心公园见面，见了面也打招呼也聊天，可就是不怎么黏糊。皇帝不急太监急，两个丫头总是想方设法地牵线搭桥。每天早上和晚上，街心公园的大爷大妈都兴致勃勃地跳广场舞。郑师长看着不顺眼，罗主任也嗤之以鼻，两个人终于有了共同点。

靳小晴还想写一条胡兰兰，见私信栏在闪动。打开一看，原来是晓风残月。

晓风残月："怎么还没睡？"

靳小晴没说实话："睡了又醒了，你呢？"

晓风残月："我失眠。"

靳小晴："为什么失眠？"

晓风残月："想事情。"

靳小晴："想什么？"

晓风残月："你相信爱情吗？"

靳小晴："也信，也不信。"

晓风残月："信什么？"

靳小晴："我相信人世间总会有刻骨铭心的爱情。"

晓风残月："那不信呢？"

靳小晴："因为我没有遇见。"

晓风残月："说得好。"

靳小晴："你呢？你相信爱情吗？"

晓风残月："我不信。"

靳小晴："说说理由。"

晓风残月："如果爱情是自私的论点能够成立，那么恋爱的双方都是自私的。自私的双方不但对第三方是自私的，而且对于对方也应该是自私的。"

靳小晴："还有一个论点，爱是奉献，不是索取，这应该怎么推论？"

晓风残月："这个论点我不同意。"

靳小晴："为什么？"

晓风残月："因为我没有遇见。"

靳小晴："你还没有遇见宇宙大爆炸呢？难道你也不相信宇宙？"

晓风残月："你厉害，I 服了 you！"

三十六

又经过了一场磨难，生活逐渐朝着正常化的方向发展，靳小晴觉得。尹音跟徐冲已经彻底断绝了关系，靳小晴问过徐冲，徐冲说没有再找尹音。他觉得尹音是不会原谅他的，就算是原谅了，心里也划出了一道伤痕。带着这种伤痕过一辈子，是非常可怕的事情。徐冲悲观地说："听天由命吧，也许我们两个本来就缘分不够。"人承受灾难的能力是惊人的，人对痛苦和不幸的遗忘也是惊人的。这就是人的生存本能。

徐文发从省城里开会回来更忙了，他始终没有跟徐冲说什么。这件事他似乎忘记了，又似乎从来就不知道。他曾经跟靳小晴说过，难得糊涂，有时候不糊涂也得装些糊涂。人要是不犯糊涂，什么事情都认真，那简直就会走投无路。

笼罩在徐家屋顶上的灾难一点儿一点儿地淡化了，首先是徐文发的情绪好了起来，他经常回来用餐，而且总是事先打电话跟靳小晴打招呼。靳小晴也尽可能将菜饭做得可口一些。更让靳小晴感到亲切的是，徐文发在吃饭的时候，总是让靳小晴跟他一起上餐桌。靳小晴懂得当保姆的规矩，总是以孩子为借口躲开，等徐文发吃完了，她再一边收拾碗筷，一边躲在厨房里自己填肚子。

这一天，徐文发吃完了饭，坐在客厅里看中央电视台的《新闻联播》。孩子睡着了，靳小晴在房间里看书，徐文发把她叫了出来。

靳小晴为徐文发的茶杯里添了一点儿水，便在他旁边的沙发上坐下来："徐书记，你叫我有事？"

徐文发看了看靳小晴，没说话，眼睛还在盯着电视。

靳小晴紧张起来，是自己做错了什么，徐文发要炒她的鱿鱼呢，或者徐文发发现了什么，要向她提出质疑呢？

她就这么尴尬地坐着，直到《新闻联播》播完了，又看完了本地区的天气预报，徐文发的眼睛才从屏幕上移开："小晴啊，咱俩该谈谈了。"

靳小晴特别喜欢徐文发叫她小晴，感到特别亲切，像是听到了父亲的声音。父亲就这么叫她，从小就这么叫她，也是这种腔调，这腔调中有一种血缘间的亲情，又充满了一种父辈的慈爱。可是，徐文发要跟她谈什么呢？她的心紧张得跳了起来。

徐文发问："你来了有半年了吧？"

靳小晴小心地说："六个月零七天。"

徐文发说："难为你了。"

靳小晴心里一热，没说什么。

徐文发停了一会儿，接着说："你是在我们最困难的时候主动到我家来了，不难想象，如果没有你，我们将怎样渡过这难关。你帮助我们解脱了困境，我该感谢你。可是，直到今天，我没有向你说过一句感谢的话，你知道为什么吗？"

靳小晴看着徐文发，没有说话。

徐文发说："原因很简单，因为我从来就没有把你当作外人。从你进我们家门的第一天起，更确切地说，从我见到你的第一眼开始，我就把你当成了我们家庭中的一员。人就是这么怪，你跟他交往了一辈子，也总是格格不入。而有的人一见面，你就会把她当成亲人。你有这种体会吗？"

靳小晴点了点头，很感动。

徐文发又说："你点头了，这说明你同意我的看法。可是我要跟你谈的不是这些，我想说的是，你没有把自己当成家里人，你始终跟我们划清界限，把自己当成外人。"

靳小晴想解释："徐书记……"

徐文发伸手制止了她："等一下，你这么称呼我，就说明你还是把我当成了外人。这是在家里，不是在场面上，记住，以后无论在家里还是在场面上，都不许你叫我徐书记。"

靳小晴为难了："那……我该称呼您什么呢？"

徐文发说："叫声叔叔你不吃亏吧？我跟你父亲的年龄也差不多吧。"

靳小晴笑了，有点儿羞涩："那……我以后就叫您徐叔叔。"

徐文发说："还有，不仅仅是称呼的问题。比如说，每次我让你跟我一起吃饭，你都借故躲开，是怎么回事呢？"

靳小晴说："我……我毕竟是个保姆嘛。"

徐文发提高了声音说："对，很对。根子就在这里，你总是把自己当成保姆，所以才觉得我们之间是不平等的。你是保姆，是伺候主人的；我是主人，是使唤你的。你知道吗？小晴，我今天想跟你说几句心里话，很内心的话。徐冲的母亲死了十多年了，你知道没有女人的家是很难很难的，我们早就该雇用一个保姆，很多人都劝过我，办公室的人还几次把保姆带进家里来，我都没有同意，你知道为什么吗？"

靳小晴摇了摇头。

徐文发说："你不知道，你当然不知道，没有人知道，我跟谁都没有说过。我今天愿意告诉你，因为我母亲就是一个保姆。先是奶妈，后是保姆。我也是从农村来的，朱元璋的老乡，你知道那是一个很穷很穷的地方。我母亲为了养活我们兄弟四人，刚生下我就到省城去给人家当奶妈去了。我跟你说，我这辈子只吃了四天的奶，是我奶奶用面糊把我喂大的。我母亲进了那家当保姆，一直当了二十三年。直到我参加了工作挣了工资才把我母亲接回来。你知道吗？我母亲当保姆的时候，我到她的主人家里去过，每次去她都把我藏在厨房里，不让主人家的人看见我。我母亲在那个家里，什么都做，累得腰都弯了，但是从来没有在饭桌上吃过一顿饭，总是跟他家的猫狗一起躲在角落里吃饭……这要是在新中国成立前，我母亲给地主资本家当保姆，受到这样的待遇也就罢了，那本来就是一个人吃人、人压迫人的社会嘛。你知道吗？我母亲是在新社会给人家当保姆的，而且这家的主人还是一个高级干部……更让人难以接受的是，这位领导的母亲还曾经在一个地主的家里当过保姆……当然，那会儿不叫保姆，叫用人，或者叫下人……他以为，保姆就是用人，就是下人。而主人就应该像那个地主一样不把用人下人当人……要真是这样，你参加革命干什么？难道革命胜利了，你就取代了那个地主吗？你就心安理得地使唤人、压迫人、不把人当人看吗？我真的不明白……我上小学五年级的时候，老师让我们做一篇作文，叫‘我的理想’。我在那篇作文里写道，我的理想就是自己挣钱养活我妈，不再让我妈给人家当保姆……”

徐文发说得很动感情，靳小晴被深深地震撼了。在没有到北京读大学之时，她总是把一个高级干部看得非常神圣，高不可攀，深不可测。就是到北京以后，同学们藐视权贵，传说许多高级干部的私生活，她也只是听说而已。她从来没有跟徐文发这样的高级领导接触过，在她的眼里，这一层的领导依然是与众不同的，是尊贵无比的。可是今天，徐文发却像老朋友似的跟她说了这么多贴心的话，这不仅让她感动，更让她震惊。她眼泪汪汪地看着徐文发，竟一时不知道该说什么好了。

徐文发看着她：“小晴，我跟你说这些，你明白什么意思吗？”

靳小晴说：“我很……感动。”

徐文发说：“我只想说一条，就是只要你是共产党员，不管是普通党员还是高级干部，你就必须承认，人与人之间是平等的。这是马克思主义的基本原理。如果你不承认这一条，无论你是普通党员还是高级干部，你都不是一个马克思主义者，你都不配当共产党员。”

靳小晴的心里像火一样燃烧起来，她看着徐文发，觉得她面前的这位领导者是那样的可亲可敬，那样的崇高尊贵。而让她感到崇高尊贵的，恰恰是他人人应该平等这个普通又普通的主张，这个人人都懂得的信条。

徐文发问：“看过《简·爱》吗？”

靳小晴说：“看过。”

徐文发问：“还记得简·爱说的那句话吗？‘我们的精神是平等的，你我都要通过坟墓走到上帝那里去’……这话说得多好啊，多少年来我一直默默地念着这句话。简·爱不是一个马克思主义者，但是她的人人平等的观念却是那么强烈。一个人职位有高低，一个人财产有多寡，一个人生活有贫富，但是作为一个人，一个人的基本人格却不能有高低贵贱。你说对吗？小晴。”

靳小晴听了这些肺腑之言，突然说了一句令她自己也没有想到的话：“徐书记……不，徐叔叔，如果有人像您这样向我宣传马克思主义，恐怕我早就写入党申请书了。”

听了靳小晴的话，徐文发却沉默了……

靳小晴紧张地看着徐文发，心里有点儿奇怪。他把我叫出来，就是为了说这些吗？

徐文发朝前探了探身子，拿过自己的手包，从里面取出一个小卡片：“小晴，我记得你曾经说过，你是因为父亲有病才休学出来打工的。我答应过要帮助你，早就该帮助你。因为忙，还因为一些别的原因，一直拖到今天。这是两万元钱，我存在一张牡丹卡里了。密码是你来我们家的日期，很好记，也正是徐冲结婚的那天，这一天谁都不会忘的。你先拿这些钱给你父亲治病吧。”

靳小晴一下子慌了：“不，不行……徐叔叔……”

徐文发严肃地问：“为什么？”

靳小晴说：“我……我不能白用您的钱……”

徐文发说：“怎么是白用呢？你来我们家半年了，你的贡献还小吗？”

靳小晴说：“不……那也不行……我在您家干，您已经给我工资了……”

徐文发说："那点儿工资太少了，我早就答应过要给你加工资的，就算是补发吧。"

靳小晴说："不行，真的不行。就算您要给我补发工资，也不应该给我这么多。"

徐文发说："上不封顶，下不保底，该给多少工资我说了算，拿着吧，什么都别说了。"

靳小晴还是不同意："徐叔叔，您的好心我领了，我谢谢您，我替我爸爸谢谢您。可是，这钱我还是不能要。"

徐文发的脸沉下来："你看，刚才我已经批评你总把自己当成外人了。我没说错吧，小晴，你要是相信我这个叔叔，觉得我做你的叔叔还够格，就把这笔钱拿起来。也不提什么工资不工资，就算是叔叔给你的还不行吗？你要是不拿这笔钱，也好，我知道你的态度了。今后呢，你是保姆，我是东家，咱们就是纯纯粹粹的东伙关系，或者叫劳资关系。一切按照规矩办，按照协议办，这你满意了吧？"

靳小晴无话可说，她瞪着两只眼睛看着徐文发，想听着徐文发继续说下去。可是徐文发却什么也不说了，眼睛专注地看起了电视。这件事他就算是处理完了，处理完了的事情就没有必要再啰嗦了。徐文发的领导风范又表现出来了。

靳小晴很尴尬，沉默了半天才屈身将那张牡丹卡拿过来，红着脸说："徐叔叔，我听您的。这钱就算是我借您的吧，您可以从我的工资里扣，也可以等我有了钱一次还给您……"

徐文发笑了："这就对了，什么事都有个轻重缓急。现在什么最急，给你父亲治病最急。处理一件事情，要知道什么是目的，什么是手段。给你父亲治病是目的，而挣钱也好借钱也好都是手段，明白了吗？"

靳小晴点了点头，非常顺从地听着徐文发的谆谆教诲。

徐文发也在靳小晴的顺从中得到了极大的满足，高兴地说："这样吧，你准备一下就走。给你父亲找一家最好的医院，钱不够你再跟我说，我再帮助你想办法。”

靳小晴一下子愣住了：“您是说……让我走？”

徐文发说：“你出来半年多了，该回去了。别的都可以等，你父亲的病不能等。”

靳小晴急忙说：“徐叔叔，这钱我收下，我寄回去就行了。我家里还有弟弟，弟弟十八岁了，什么事情都能干了。”

徐文发说：“你父亲病得那么厉害，你怎能不回去呢？这里的事情不用你操心，我已经安排好了。”

靳小晴惊慌地说：“不……徐叔叔，您是不是想辞退我？”

徐文发说：“哪儿的话，我怎么会辞退你呢？我是说现在正好有个机会，徐敏一直闹着要调回来，我一直没同意。头两天他们学校的校长又找到我，说徐敏身体也不大好，总是来回来去地跑也影响工作，她要是不调回来明年就安排她下岗了。既然人家学校不那么需要她了，我还拦着干什么？回来就回来吧，她一边联系工作，一边可以照顾一下那孩子。你回去给你父亲治病，等你父亲身体康复了你就回来。”

徐文发说得在情在理，可是靳小晴回去不回去不是她自己说了算，也不是徐文发说了算。蓝湘不开口，靳小晴能回去吗？靳小晴又为难了，情急之中她差点儿把实话说出来。她想告诉徐文发，父亲的病已经治好了，在北京协和医院治的。她出来打工确切地说应该是挣钱还债，而不是父亲等着她挣钱治病。可是，她终究没有把这些话说出来。一个人说了谎话，一定要记住，要始终口径一致。就是什么时候想纠正过来，也要有非常充足的理由和非常可靠的说法。靳小晴来徐家的时候，说的是休学挣钱为父亲治病的，现在改口徐文发能相信吗？可是，不相信怎么办呢？

靳小晴镇定了一下自己，用商量的口气说：“这样吧徐叔叔，我先把钱给家里寄回去，家里要是需要我再回去也不迟。要是我突然走了，怕徐敏姐应付不了。妙妙这孩子越大越不好带了，还有那么多的事情，我真的不好离开。您说呢，徐叔叔？”

徐文发想了想：“你说的也确是实情，可是就苦了你了。这样吧，你先跟家里联系一下，需要走什么时候走都可以，别顾及太多。”

事情就这么定下来了，靳小晴心里又一块石头落地了。

三十七

妙妙长得很快，也很健康，又白又胖，已经可以在床上到处爬了。靳小晴格外小心，平时总是将他放在带围栏的小床里，生怕掉在地上。

白姐依然每天来给他喂两次奶，风雨无阻，从来没有耽搁过。按照口头协议，靳小晴每月要付给白姐六百元奶水钱。这笔钱都是她自己出的。徐家每月给靳小晴八百元，这是她刚进徐家的时候谈好的价钱。这八百元钱除了给白姐六百元以外，剩下的几乎都搭在徐家过日子里了。徐家人在过日子上都是粗线条的，没有人计较钱，给她的钱就随她用，完全信得过她。靳小晴这样做觉得很坦然，很舒服。她已经从蓝湘那里拿到报酬了，按理就不应该再从徐家领工资了。实际上，她是在给蓝湘打工，而不是在给徐家打工。如果不是蓝湘的兴风作浪，徐家怎么会有这么多的麻烦？没有麻烦要她这个保姆干什么？

正是出于这种愧疚，靳小晴从来没有跟徐家人提起过为妙妙请奶妈的事。奶妈是你靳小晴请的，不是徐家请的，也不是徐家人让你请的。你请奶妈喂的是妙妙，而妙妙跟徐家没有任何关系，凭什么还跟徐家要钱？

做了母亲的女人没有别的话题，除了孩子还是孩子。妙妙不是靳小晴的孩子，可是喂养了半年也堪称是半个母亲了；白姐用自己的奶水把妙妙喂得又白又胖，更可以说是妙妙的半个母亲了。

两个女人加起来，妙妙就有了一个完整的母亲。从这个意义上说，妙妙也是幸运的。

靳小晴和白姐在一起的时候，话题从来没有离开过妙妙。一个孩子又有什么好说的，可是她们却有说不完的话。今天的孩子和昨天的孩子有什么两样，可是她们居然能看出今天妙妙比昨天长大了那么一点点儿。说话是说话，靳小晴总是利用白姐到来的时候多做一点儿家务。孩子大了睡得少了，总是缠人。靳小晴见白姐来了，就把妙妙交给白姐，自己洗衣服做饭收拾屋子。这一切都做得很自然，一边干一边不断地进屋来跟白姐说几句话。白姐很大度，从来没有抱怨过什么，这让靳小晴非常感动。

更让靳小晴感动的是白姐对妙妙的感情。白姐每天来喂奶都非常准时，差不多是下班以后跑着来到徐家的。不知道她是因为奶胀得难受，还是迫不及待地想见妙妙。进了门，顾不上跟靳小晴说一句话，就径直奔向房间，一边慌忙将妙妙抱在怀里，一边语无伦次、呶呶不休地说："哟哟哟……我的宝贝……宝贝儿子，饿了吧……想妈妈了吧……快来，妈妈喂你……妈的心肝宝贝，快吃呀，快吃奶快长大，长大快来孝敬妈……"

喂完了奶，白姐又给妙妙洗澡。其实每天晚上靳小晴都给妙妙洗澡的，可是白姐不放心，非要再洗一遍不可。她还不让靳小晴动手，亲自端盆倒水，调整水温。然后一边抱着妙妙洗澡，一边还叨念那老掉了牙的歌谣：洗洗沟，做知州；洗洗蛋，做知县；洗洗屌，一辈子无忧又无愁……洗完了，擦干了，白姐就把妙妙放在床上，浑身上下地察看着，抚摸着，亲吻着，吻他的小脸蛋儿，吻他的小屁股儿，吻他的小脚丫儿，吻得妙妙咯咯地笑着。白姐也笑，笑得没了正形："瞧我这儿子，长得多可人啊……这小屁股真结实，长大了能当大将军……这脚丫儿真大，大脚板儿，大心眼儿，走南闯北当大官……这蛋蛋儿真大，大蛋蛋儿占九妻，一妻生九崽儿，九九八十一……再瞧俺这大眼睛，大眼睛，黑眉毛，骑高马，坐蓝轿，后有护兵，前有开道……"

白姐的信口开河、胡说八道，常常惹得靳小晴想笑。什么乱七八糟的，妙妙有那么厉害吗？有那么好的命运吗？能活下来就阿弥陀佛了。

丢丢儿本是薄小晴的孩子，可是喂养了半年也堪称是半个母亲了；白姐用自己的奶水把丢丢儿喂得又白又胖，也可以说是丢丢儿的半个母亲了。两个女人加起来，丢丢就有了一个完整的母亲，从这个意义上说，丢丢儿也是幸运的。

有时候，靳小晴觉得白姐是疯了，爱妙妙爱疯了。爱到最后，不知道该怎么爱了。疼没好疼，爱没好爱。竟然用手指头戳着妙妙的小屁股，骂起了粗话：“你妈的毛，你妈的眼儿，你妈的屁股点红点儿……”

白姐骂够了，就教妙妙说话：“儿子，叫妈，叫声妈……儿子说话总是先叫妈的……叫啊，儿子，叫妈……”

妙妙也真争气，居然啊啊地发出了类似于“妈”的声音。白姐高声答应着，手舞足蹈地欢呼起来：“哎呀儿子，你会叫妈了，我儿子会叫妈了……妈可真的没白疼你……儿子，好儿子，孝顺儿子……小晴，我的儿子会叫妈了……”

白姐爱妙妙，靳小晴当然高兴。妙妙本来是个弃婴，现在有人疼爱了。这是妙妙的幸运，靳小晴也有成就感。一个女人最大的成就莫过于带大一个孩子，尽管这个孩子未必是自己的，与生俱来的母性让她们使然。然而，有时候非常奇怪，靳小晴听到白姐说的一些胡言乱语，心里又有点儿不舒服。特别是听到白姐在肉麻地叫着“心肝宝贝”的时候，特别是听到白姐一口一个“我的儿子”的时候，靳小晴的心里总是酸酸的。妙妙是她带大的，理应是她的儿子，怎么成了你的“心肝宝贝”了？怎么成了你的儿子了？

然而这种不快只是稍纵即逝，靳小晴还是很感激白姐的。在这个家里，除了闹闹，没有人喜欢妙妙，甚至都没有人看他一眼。靳小晴总是觉得，讨厌妙妙就是不尊重她，至少不尊重她的付出。孩子是无辜的，大家都这么说。可是又有谁把孩子当成无辜者去关怀、去照顾呢？现在有了白姐，靳小晴似乎找到了同盟，找到了知音，找到了检验自己价值的参照系数。这让她心里充满了安慰。

可是有一次，白姐的表现让靳小晴震惊了。那时候她正在厨房里忙活着，白姐一个人在房间里给妙妙喂奶。白姐给妙妙喂奶，妙妙的嘴不闲着，她的嘴也闲不住，总是雨后的蛤蟆似的呱呱叫着。靳小晴已经习惯了，一边干家务，一边有意无意地听着白姐鼓噪着，心里面很踏实。

突然之间听不到白姐的声音了，房间里很寂静，连妙妙啊啊的声音也听不到了。靳小晴端着面盆轻轻地走过来，房间的门半掩着。靳小晴顺着门缝朝里面看着，白姐紧紧地搂着妙妙，眼神愣愣的，两行热泪顺着她那苍白的脸颊流淌着……

靳小晴心里一紧，没容多想，就闯进屋里，关切地问："白姐，你怎么了?"

白姐"啊"地叫了一声，险些撒手将妙妙摔下来。她呆呆地看着靳小晴，像是做了一件罪恶的事情被当场抓住了一样，脸上露出了一副乞求饶恕的表情。

靳小晴更加不解地问："白姐，你到底怎么了?"

白姐依然没有缓过神来，依然傻子似的看着靳小晴。

靳小晴慌了，放下手里的面盆，要把妙妙从白姐的怀里接过来。

谁知道白姐却像受了惊吓一样，惊恐地躲避着，紧紧地护着妙妙，不让靳小晴碰孩子，嘴里还喃喃地说："不……不……你不要碰他……这是我的……"

靳小晴叫嚷起来："白姐，你在说什么呀?"

白姐的嘴里依然嘟囔着："我的孩子……我的孩子……"

靳小晴摇晃着白姐的肩头："白姐，你到底怎么了?"

白姐终于清醒过来，她缓缓地站起身，冲着靳小晴尴尬地笑了笑，把妙妙放在床上。

靳小晴追问着："白姐你……你没事吧?"

白姐深叹了一口气："没……没事。"

靳小晴理解地问："你刚才……是不是……想起了自己的孩子?"靳小晴记得，第一次在超市里见到白姐的时候，白姐曾经说过她的孩子死了。

白姐啊啊着，没有回答靳小晴，却转身走了……

望着白姐的身影，靳小晴鼻子一酸，眼泪也忍不住流淌下来。女人真可怜，失去孩子的女人更可怜，靳小晴想。

三十八

可怜之人必有可恨之处，这话是谁说的？不记得了。

靳小晴抱着妙妙来到街心公园，大家正在义愤填膺地声讨胡兰兰。胡兰兰像那个年代被批斗的走资派那样，正在人群里，低着头，接受着各种指责和质问。

靳小晴用孩子的身子碰了碰吴雪兰，又用下巴努了努站在人群里的胡兰兰，小声问："怎么回事？"

吴雪兰愤怒地说："胡兰兰真他妈的不要脸，整天价装作苦大仇深的样子，原来却是个臭婊子。"

原来胡兰兰照顾的是一个老画家，说老也不算太老，六十多岁吧。这个画家姓菊，菊花的菊，有这个姓吗？不知道。可是他的名字又看不出姓菊来，叫天下一品菊。据说他是名扬四海的大师级的人物，从北京来的，可是开口说话又是河南味儿。他身上头衔很多，一张普通的名片印不下，他的名片是三张连在一起的，都是国家级别的，还有世界的亚洲的等等。据他自己说，北京很多重要场所，还有领导人的家里，都挂着他的画。他的画在美国欧洲和香港的拍卖行，起拍价都几百万几千万。

这个画家很怪，长头发大胡子，中山装平底布鞋，脖子上挂着一个响葫芦，谁也不知道他的响葫芦里装着什么。他也常常到街心公园来，出来的时候，右胳膊上挎着一根龙头拐杖，左胳膊上挎着胡兰兰。他在小保姆中间走来走去，眨巴着那双滴溜溜的小眼睛打量着每一个人。如果是夏天，他的眼睛就在人家裸露的大腿上扫来扫去。他说他在用画家的眼睛发现美。美是到处都有的，对于我们的眼睛，不是缺少美，而是缺少发现。他说这句话是伟大的罗丹说的，可是听他说话的口气，罗丹并没有他伟大。

吴雪兰故意逗他："既然美是到处都有的，您的眼睛为什么光盯着女人的大腿呀?"

菊画家用极其权威的口气说："世间最美的是什么，是女人。女人是上帝最得意的作品，是神来之笔。可是人类总是违背上帝的意志，非常残忍地掩盖女人的美。画家的使命就是发现女人的美，表现女人的美，把女人的美充分展现在上帝面前……"

没有人被菊画家的高谈阔论震慑住，这些小保姆虽说都是从农村来的，可眼界和见识早就非同寻常了。

石小燕说："什么发现女人的美，不就是揩女人的油吃女人的豆腐吗?"

浪浪说："什么画家的使命，就是要流氓的合法外衣。"

孙小玲说："就像那些当官的，干坏事的时候还说代表人民的利益。"

菊画家也是好面子的，受到奚落之后就会三五天不到街心公园来。等在家里憋不住了，又会出来"发现女人之美"。

没有人到菊画家的家里去过，他都把自己打扮成上帝的特使了，谁还敢高攀呢?再说，他的房子是租的，原本也算不上他的家。

至于胡兰兰在菊画家的家里，无非是照顾菊画家的饮食起居，很正常，谁也没有多想。

直到浪浪的嫂子来了，菊画家才露出了真面目。

浪浪的嫂子下岗了，想出来打工，就出来投奔浪浪。浪浪只是一个小保姆，当然也想给嫂子找个保姆的工作。胡兰兰说，菊画家还想再找一个保姆，并且说工资高。

浪浪问："一个月多少钱?"

胡兰兰说："反正我的工资是每月一千二百元，就算比我少，也少不了多少。"

浪浪一听就张大了嘴巴，菊画家还真是财大气粗。一般的保姆，每月大多六百元。孙小玲七百元，靳小晴八百元，是因为人家在大官家里。胡兰兰居然一千二百元，比别人高出了一倍。乖乖。

浪浪很高兴，浪浪的嫂子更高兴。

应聘的时候，是浪浪陪着嫂子去的。

菊画家见到浪浪的嫂子，两只眼睛就像 X 光一样里里外外地扫描起来。浪浪的嫂子长得很丰腴，皮肤白皙水灵。菊画家很满意，当即答应每月工资一千二百元，跟胡兰兰一样。浪浪的嫂子当即笑了，嘴巴都合不拢了。

就在菊画家扫描浪浪嫂子的时候，浪浪也开始扫描菊画家工作室的环境了。

这是一室一厅的房子，如同许多新开发的小区一样，房子讲究客厅大卧室小。大客厅被一张很大的画案占据了，四周还堆放着乱七八糟的杂物。小卧室里放着一张很大的床，差不多把整个卧室都塞满了，进门就上床，连个转身的空间都没有。床上的被子和枕头散乱地摊开着，显得脏兮兮的。

浪浪心里一悸，脱口问："你们怎么睡？"

菊画家一愣："什么怎么睡？"

浪浪问："你卧室睡哪儿？"

菊画家指了指卧室里的床："就睡这儿呀。"

浪浪又问："你请我嫂子来当保姆，让她睡哪儿？"

菊画家说："就睡这儿呀。"

浪浪指着胡兰兰问："那么她呢？"

菊画家说："我这床是加长加宽的……"

浪浪气得浑身发抖，啪的一巴掌抽在菊画家的脸上。还没容菊画家反应过来，浪浪拉起嫂子，逃跑似的走了。

晚上，靳小晴将菊画家的事情发在微博上，引发了一场轩然大波。下面的评论和带有评论的转发以及私信，把靳小晴忙得都看不过来。

这个不要脸的画家是谁呀？

人肉他，把他暴露在光天化日之下。

画坛上的败类。

什么画家，就是个骗子。

书画界这类骗子贼多。

纯粹是个大流氓。

应该报案，按卖淫嫖娼论处。

对，法办他。

我说诸位，人家你情我愿，又没强迫谁，碍你蛋疼了？

你情我愿也不行，这是性交易，是法律明文禁止的。

那么我问你，“包二奶”算不算性交易？

“包二奶”和“陪床保姆”不是一回事。

怎么不是一回事？

为什么当官的有钱的可以明目张胆地“包二奶”，画家就不能找“陪床保姆”呢？

要我说，“包二奶”比“陪床保姆”严重多了。“包二奶”不仅涉嫌性交易，还涉嫌违反“计划生育”。

同样是性交易，一次一结账的算卖淫嫖娼；一月一结账的算道德败坏；一年一结账或不定期结账的是时尚风流大本事……

三十九

天渐渐地凉下来，这个北方的海滨城市似乎更能敏锐地感觉到气候的变化。一场秋雨过后，秋风带着逼人的寒气铺天盖地地横扫起来。大街上银杏的叶子开始飘落下来，在刺眼的阳光下，像飘着满天的金币。这金币把小城搅乱了，使人们提前领略到了深秋的寒凉，慌忙地增添着御寒的衣服。

坐在阳台上，看着满天飘落的叶子，一股无法遏制的悲伤袭上心头。她突然想哭，想痛痛快快地哭一场。可是哭又没有理由，没有理由能哭吗？

她知道不该哭，可是泪水却不由自主地流了下来。很汹涌，而且来得很突兀，让她心里一点儿准备都没有。好在家里面没有人，连妙妙也睡着了。泪水是你自己的，你想流泪就流吧，让它流个够吧。没有人让你哭，可也没有人不允许你哭，想哭就哭吧。

泪水从眼窝儿里流下来的时候是热的，不一会儿便被冷风吹凉了。冰凉的泪水在她的脸颊上爬行着，像一条条讨厌的小虫子。她不管它，放任它就是放任自己，她想。

泪水流净了，像是把积郁已久的块垒排放出来了一样，她心里畅快了许多。泪水已经在她的脸上干枯了，形成了一条条土色的泪痕。

靳小晴渐渐地平静下来，平静下来的靳小晴开始平静地思索起来。半年多了，一场噩梦也该醒了。这到底是怎么回事呢？是上天的安排，还是自己的命运使然？

在整个过程中，她都是非常被动的。她像一只迷失了方向的羔羊，被一个人领着朝前走。浑浑噩噩，恍恍惚惚，如梦如幻。她不知道领着她的是谁，也不知道她要被领向何方。但是，她知道，她只能跟着这个人朝前走。朝前走才有出路，朝前走才能寻觅到一条活路。半年过去了，她还不知道要到哪里去。现在想来，这一切都是那么神秘，那么不可思议，而又那么宿命。她是学文学的，她曾经梦想着当一名女作家。在近几个月的微博写作中，她更加深刻地体会地了写作对她的重要，也更加坚定了将来当一个作家的决心。在学校里，她也曾试着写过小说，是一部中篇，写的是大学生活的中篇小说。她认识一个作家，北京来的，叫秦桑。她是在自己的家乡认识他的，那时候他在大别山的桃花冲体验生活，在她家吃过饭，还采访过父亲。她把自己的小说给秦桑看了，秦桑说她的作品空洞无物，并让她写一些自己熟悉的生活。她是大学生，难道大学生活还不熟悉吗？她有点儿不服气。秦桑说，熟悉却不独特，没有新鲜感。她哪儿有什么独特的生活呢？

现在好了，半年的经历比她二十几年所有的经历还要多，还要独特，谁能有这样的遭遇和巧遇呢？她同宿舍有一个叫郑准的女孩儿，是个济南姑娘，两个人是很要好的朋友。郑准为了给母亲治病，曾经做过卖身的打算。但是最后关头，她还是没能闯过去。不是缺乏勇气，而是母亲的死阻止了她。可是她却是幸运的，为了父亲她卖了身。卖身却没有失身，她只是失却了自由，失去了自我，却没有失去贞操。

当年郑准是准备向一个大款男人卖身的，而她却把自己卖给了一个女人。这岂止是独特，简直就是传奇。她应该把这传奇的经历记录下来，将来有一天给秦桑看看，看他还说不说自己没有独特的生活。

秋天很美，秋风让人很振奋。一股激情从心底翻涌出来，惊涛骇浪般地撞击着她的胸口。她再也忍不住了，转身进屋，从背包里翻出一个本子。这是一个绿色硬壳笔记本，是郑准送给她的生日礼物。郑准是个诗人，诗人总是很浪漫的。她同时买了两个本子，一个是红色的，一个是绿色的。红色的留给了自己，绿色的便给了她。笔记本的扉页上写着

萧小晴坐在阳台上，看着满天飘落的叶子，一股无法遏制的悲伤袭上了心头。

这么几行诗一样的题词：记录下自己的脚印，它们会变成两行树，我在自己的红森林里等候你，那里有一幢白色的小木屋……

屋子里很安静，妙妙这一觉睡得很长。靳小晴完全沉浸在绿色的道路上，一株一株地植着树，枝繁叶茂的小树迎着秋风摇曳着，向未来的那片红森林招手……

不知不觉，天已经暗了下来。她是趴在客厅的矮柜上"植树"的，那里临着阳台的窗子，屋子虽然黯淡，却从窗口尚能飘洒进一片灰蒙蒙的晚照。她坚持着，懒得去开灯。光线越来越暗，一个巨大的黑影遮住了窗户，太阳西落，何必如此匆匆？可是那黑影却越来越大，且越来越近。她觉得不对，猛地抬起头来，站在她面前的黑影竟然是徐冲。她"啊"地叫了一声，下意识地捂住了那绿色的笔记本……

徐冲有点儿不好意思，歉疚地说："我看你写得很专注，不忍心打扰你。"

靳小晴说："你是什么时候进来的？怎么没听见门响？"

徐冲说："你太专心了，我还故意撞了一下门，你居然没听见。"

靳小晴笑了笑，站起身来："你饿了吧，我去做饭。"

徐冲说："不，不用，你写你的，我不打扰你了。"

靳小晴说："也没什么，闲着没事瞎写着玩。"

徐冲说："你是不是在写诗，真的要写诗，可得给我看一看。我猜你肯定会写诗。"

靳小晴说："哪儿呀，我要是会写诗……"

徐冲等着她说下去，她却闭上了嘴。会写诗又怎么样，还不是照样到你家来当保姆？靳小晴将绿色笔记本合起来，转身朝自己的房间里走去。

徐冲叫住了她："小晴……有件事……"

靳小晴疑惑地看着他："什么事？"

徐冲说："你也可以不答应。"

靳小晴说："有话就直说吧，别这么吞吞吐吐的。"

徐冲说：“晚上有个 Party，一个朋友订婚，家庭聚会……”

靳小晴没有理解：“那又怎么样？”

徐冲说：“我想邀请你……跟我一起去。”

靳小晴有点儿吃惊：“你请我跟你去参加 Party，那孩子怎么办？”

徐冲说：“一会儿我姐姐回来，我跟她说好了，她愿意帮助你照看孩子。只是……我得跟你说明白……”

靳小晴问：“什么？”

徐冲说：“这个 Party 因为是专门为朋友订婚开的，所以要求参加 Party 的人都要成双成对，为的是取个吉利，你明白我的意思吗？”

靳小晴的脸烧了起来：“你是说……让我……”

徐冲急忙解释说：“不不，不是真的……是临时性的……只是请你作为我的女友参加……你要是在意……不，这好像没什么……”

靳小晴突然想到了蓝湘给她的任务，故意大方地说：“你别为难了，能做你的女朋友，是我的荣幸，就是怕给你丢人。”

徐冲激动起来：“哎呀，你答应了。什么给我丢人？我要是能把你带出去，能把他们全震了。小晴，谢谢你，真心地感谢你……”

靳小晴也激动起来，如果不违背蓝湘的命令，非要向徐冲献身的话，最好能够浪漫一些。她偷眼看了一下徐冲，徐冲高高的，很壮实，很英俊，又很斯文。向这样的男人献身，自己并没有吃多大的亏……她的心瑟瑟发起抖来，又一次感到了秋意的寒凉。

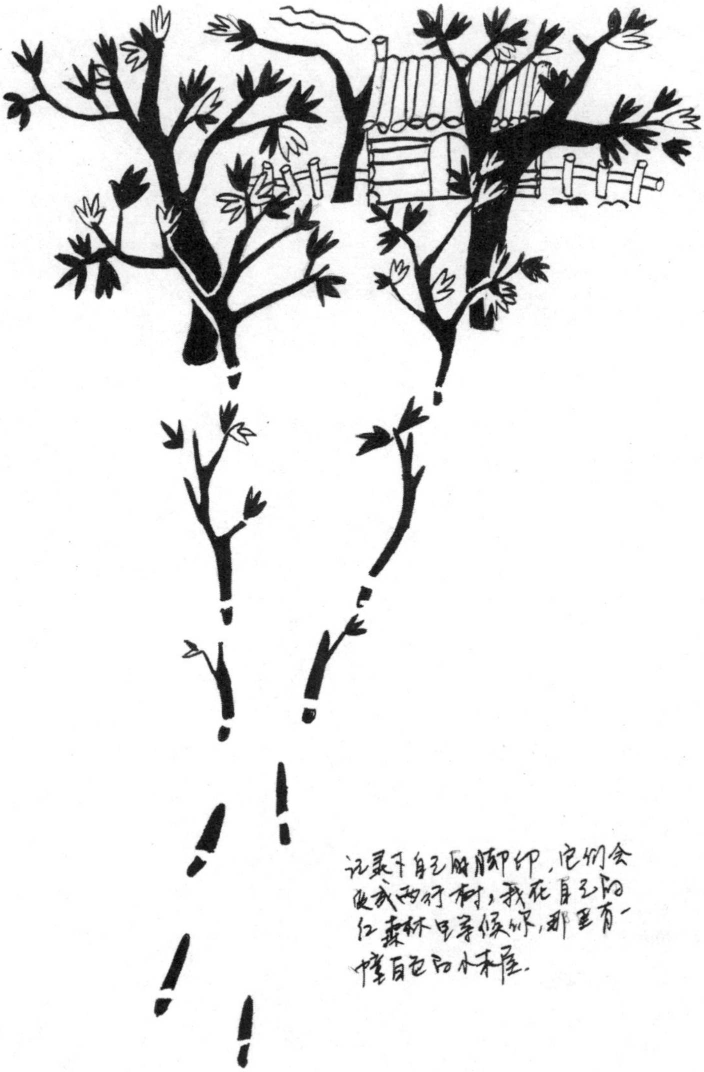

记录下自己的脚印，它们会变成两行树，我在自己的红森林里等候你，那里有一幢白色的小木屋。

四十

靳小晴没有想到，烟海市还有这么高雅的地方。这家叫作海天大厦的酒店在滨海开发区，冯明哲的订婚 Party 就在海天大厦顶层的多功能厅里。冯明哲是烟海市人大主任冯万林的公子，一个刚刚从美国拿回博士桂冠的野心勃勃的年轻人。只因为冯明哲是个洋博士，与他订婚的又是香港实业家黄富暖的女儿黄良子，所以他的朋友们便投其所好，选择了这么一个充满洋味的地方。

这个多功能厅不大，有一个小舞台，小舞台上挂着大屏幕投影电视。有一个小酒吧，酒吧里多是洋酒和啤酒，没有白酒。有二十几个座位，是围在一起的沙发座。再有就是播放间、休息室、化妆屋什么的。最美的是灯光，一种暖暖的充满了柔情蜜意的光线不是从吊顶灯上射出来的，而是从四面八方流溢出来的。让每一个人都感受得到这温馨的沐浴，又让每一个人都觉得这灯光只是为了他或她预备下的。

最让靳小晴感兴趣的是多功能厅的外围是一条长廊，走在长廊里，透过那落地玻璃，既能远观烟海市区，又能俯瞰滨海开发区的全景。

在烟海市，滨海开发区可谓是大名鼎鼎。靳小晴最先还是从孙小玲的嘴里听到的，后来便又有各种各样的传闻。而传得最多的还是关于那六百亩地的竞争。开发区已经初具规模，一片片的现代化工厂，一幢幢高层大楼，还有一排排的商店，一条条绿色隔离带，以及五颜六色的霓虹灯……

靳小晴感到很奇怪，她这么突然地接受了徐冲的邀请，一点儿都没觉得紧张。而且跟徐冲也没有陌生感，他们像是一对老朋友，很自然、很熨帖地走在一起。甚至像一对真正的恋人，与恋人在一起的感觉靳小晴已经很陌生了。他们是乘坐出租车来的，一路上信口闲话，很快就到了海天大厦。更让靳小晴感到吃惊的是，从出租车里出来，靳小晴便很自然地挽住了徐冲的胳膊。徐冲也没有拒绝，他也很大方地让靳小晴挽着。他们挽着穿过大堂，挽着上了电梯，又挽着来到了多功能厅的走廊里。透过玻璃窗他们兴致勃勃地朝外面看着，靳小晴突然问："那六百亩地在哪儿？"

徐冲一愣："什么六百亩地？"

靳小晴说："就是许多开发商都拼死争夺的那六百亩地，据说人脑袋都要打出狗脑子来了。"

徐冲更茫然了："有这事？我怎么不知道？"

靳小晴说："你可真是书呆子，这么大的事你都不知道？"

徐冲轻蔑地说："这事好像应该归政府管，我操什么心？"

靳小晴说："这六百亩地的事可在烟海市都吵开了锅……"

"没错，不知道这六百亩地，就算不上一个烟海人。"一个声音在背后响了起来，靳小晴下意识地放下了徐冲的胳膊，这才回过头来。

答话的人是张西平，蛇一样缠绕在他身边的竟然是浓妆艳抹的石小燕。两个女人在这儿见面了，都大吃一惊。靳小晴想，这张西平那么恨他的父亲，那么瞧不起石小燕，却还能以正宗夫人的名义将她带出来参加这隆重的聚会。大丈夫能屈能伸，看来张西平是个能成大事的人。

石小燕见到徐冲，夸张地叫嚷起来："哎呀，徐冲哥，可难得见到你，今天怎么这么有兴致呀，难得难得，一会儿我一定请你跳个曲子。今天嫂子屈尊，女的请男的跳舞……"

听到石小燕这装嫩作嗲的浪话，靳小晴差点儿笑出声来。什么呀，又叫徐冲哥，又自称嫂子，乱不乱呀？又要请徐冲跳舞，又说屈尊，傻不傻呀……

见自己的老婆跟徐冲套磁，张西平也朝靳小晴凑过来，热情地朝窗外指着："你看见了吧，这片大楼后面有一座小山坡，山坡下面是个海湾，那六百亩地就在那片海湾上面。依山面海，寸土寸金之地。"

靳小晴"啊"地感叹了一声："怪不得呢，确实是个好地方。"

张西平说："你知道现在炒到多少钱一亩了？"

靳小晴问："多少钱？"

张西平伸出了三个指头。

靳小晴惊讶地说："三十万！那这六百亩地不是要两个亿了吗？"

张西平说："什么三十万，是三百万。"

靳小晴伸了一下舌头："我的天啊，那不是将近二十个亿了吗？"

张西平说："就算你把二十个亿拍在这儿，也很难把这六百百亩地拿到手。"

靳小晴问："为什么？"

张西平说："为什么？都争红了眼，就像你刚才说的，人脑袋都要打出狗脑子来了……"

靳小晴跟张西平谈着话，石小燕还在跟徐冲起腻："徐冲哥，赶明儿我请客，你肯不肯赏光呀？"

徐冲不善于在女人面前耍贫嘴，只好老老实实地说："我这个人不喜欢交际。"

石小燕更加放肆地说："你不喜欢跟别人交际，还不喜欢跟我交际吗？我知道你跟西平是铁哥们儿，你们经常在一起交际干吗总甩着我，你这叫重友轻色……"

靳小晴忍不住看了看石小燕，又想笑。

张西平敏感地说："看见了吧，比我还没文化，把我的脸都丢尽了。"

靳小晴装作没听懂张西平的话，没有搭腔。

一个小个子男孩儿跑过来："徐冲哥，大姐请你们进去……"

靳小晴心里一动：大姐是谁呢？

石小燕又不知深浅地张罗起来："大姐叫咱们哪，快走吧。"说着，便挽住了徐冲的胳膊。

张西平一把将石小燕抓过来："你别在这儿添乱了，人家徐冲有女朋友。"

靳小晴脸上一热，张西平拉着石小燕走了。

徐冲很绅士地等着靳小晴，又主动把胳膊伸过来。

靳小晴挽着徐冲朝多功能厅门前走去，一股突如其来的幸福感让她头晕起来。

门里面，并排站着一对年轻人。男人西装革履，女人粉红长裙，他们也挽在一起，怀里抱着鲜花，向每一个进门的客人鞠躬行礼。不用问，这一定是冯明哲和他的未婚妻黄良子了。

在这对情侣的旁边，还有一个引人注目的人物。三十多岁，高高的个子，一头秀发，穿着大红的连衣裙。她长得并不漂亮，却很会打扮，保养得也格外好。一看就知道是一个"大姐大"式的人物，这难道就是所谓的大姐吗？

大姐朝徐冲迎过来，徐冲恭恭敬敬地叫了声"大姐"，又将靳小晴介绍给了她："这是靳小晴，我的女友靳小晴。"

大姐微笑着打量着靳小晴："好啊你徐冲，真有眼力，一派大家风范，肯定是名门闺秀。小晴，好好玩，改天大姐专门请你。"

靳小晴被这位大姐不可一世的气度压下去了，本来当她听到大姐夸她是名门闺秀的时候，就想当即告诉她，她根本不是什么名门闺秀，而是从大别山来到徐家当保姆的。她受不了别人这种误会，甚或是有意嘲讽。她不想承担"假冒伪劣"的罪名。可是，这位大姐是不让人说话的，这个世界上是有一种垄断话语权的人。只许自己说话，不许别人说话，不给别人说话的机会。这样，她的话就是结论，就是真理，就是命令。靳小晴有点儿讨厌这个大姐了。

尽管有座，却没有人坐。入乡随俗，洋俗。吃的是自助餐，喝的是洋酒。每个人都端着盘子或酒杯在大厅里走动着，边吃边喝边与人谈笑周旋。

靳小晴一边给徐冲往盘子里夹着菜，一边悄声问："这位大姐是谁?"

徐冲说："她叫秦小芹，是秦副市长的女儿。"

靳小晴立刻想起了孙小玲和孙小玲身上穿的那件高档睡衣，长嘘了一口气，怪不得呢。

相识的互相寒暄着，不相识的互相介绍着。多功能厅里聚集了十几对情侣，没带旅伴的只有大姐一个人。这也许是她的特权，但是没有情侣的她并不寂寞，许多人都抢着巴结她，讨好她，奉承她。她对每一个人都指指点点、飞扬跋扈。好一个威风的大姐。渐渐地，靳小晴弄明白了。聚集在这里的都是烟海市有根有底有背景的人物，多是权贵的子女，少有暴发户的后代。后者的代表人物是张西平，尽管有石小燕恬不知耻地巴结，还是没有什么人理睬张西平。他见谁都点头，见谁都问好，见谁都发名片，一副奴颜婢膝的可怜相。

除了以秦小芹为中心，受到巴结最多的就是徐冲了。巴结徐冲，沾光的自然是靳小晴了。无论男人或女人，都跟靳小晴亲热得不得了，好像有多年的交情或前世的缘分一样。靳小晴没有被这些奉承冲昏了头脑，这更进一步证明了她的推断。他们是冲着徐冲来的吗？肯定不是，如果徐冲的父亲不是烟海市的第一把手，徐冲能进这个门吗？他恐怕比张西平还不如。至于夸她的那些漂亮话，更是廉价得一文不值。

冯明哲带着他的未婚妻黄良子走过来，向徐冲和靳小晴敬酒致谢。

徐冲问冯明哲："你还走不走了?"

冯明哲说："不走了，就在烟海市发展了。"

徐冲说："烟海市有什么好发展的?"

冯明哲说："风水轮流转，现在海外学子很多人都想回来。国外竞争太激烈，没点儿真才实学不行，远没有国内的机会多。要不怎么叫'海归派'呢?"

徐冲说："你不是拿到博士学位了吗？怎么说没有真才实学呢?"

冯明哲说："我这点儿水儿你还不清楚？要是在国内，不要说博士，我连个像样的大学都考不上。国外就不同了，吃喝玩乐就混个博士当当。我这就是到国外镀镀金，撕张虎皮糊弄老百姓的。”

靳小晴觉得冯明哲很老实，老实的人是最可爱的。她最看不起那些从国外回来这也看不惯那也看不惯牛皮哄哄装腔作势的人了。她对冯明哲有了好感，说话也随便了一些，直率地问：“你回来准备做什么？”

冯明哲说：“啃草皮。”

靳小晴没听明白：“啃草皮？啃什么草皮？”

冯明哲说：“先下手的把大树都砍光了，后下手的把小树都砍没了，再后来的把灌木丛都削掉，现在只剩下草皮了。我要是再不回来，恐怕连草皮都没有了，那时候只有在土里刨食吃了……”

冯明哲说完这句话，意味深长地看了看靳小晴。

冯明哲有兴趣地问：“靳小姐在哪儿高就呀？”

靳小晴说：“我在徐冲家当保姆。”

冯明哲笑了：“精彩，非常精彩。”

靳小晴认真地说：“真的，我说的是真话，就是在徐冲家里当保姆。不信你问他。”

“还用问吗，当然是保姆了，是专门照顾徐冲的保姆嘛。”说话的人是秦小芹。她端着酒杯走过来，跟他们围成了一圈儿。

靳小晴见秦小芹过来，越发认真起来：“大姐，我真的是徐冲家的保姆，我还认识您家的保姆，叫孙小玲，黑龙江鹤岗人，不错吧？”

秦小芹见靳小晴对自己家的保姆这么清楚，惊奇地看她，半天才点了点头：“对了，我想起来了，听说过，听说过徐叔叔家来了一个了不起的保姆。当时我还不信，一个保姆能有什么了不起的呢？现在看来还真的了不起。你是从哪儿来的？”

靳小晴说：“从大别山来。”

秦小芹摇着头说：“不，不可能。跟大姐说实话，要不徐冲什么时候欺负你，大姐可不管。”

真好笑，她总是把自己当成救世主。靳小晴说：“我在北京读书。”

黄良子却惊叫起来："是嘛，你在北京哪个大学读书？"

靳小晴说："我在北京大学。"

黄良子高兴起来："哇噻，北京大学，你在哪个系？"

靳小晴说："中文系。"

黄良子一下子跳起来："咱们是同学哎，我是经济系的。"

一时间，靳小晴成了晚宴上的中心。十几对情侣都围了上来，质疑的、惊诧的、赞叹的不绝于耳。

"天呀，你能从大别山考上北京大学，真了不起。"

"北京大学，那是中国的最高学府，我做梦都不敢想考北京大学，才女，绝对的才女。徐冲，你可真有眼力……"

"你不在大学读书，到我们烟海市来干什么？还当保姆？"

"是体验生活吧？对了，中文系的高才生都想当作家，作家需要深入生活。"

"到市委书记家深入生活，还以当保姆的名义，哇噻，这个创意就值一百万……"

听着这些似是而非的议论，靳小晴一点儿也不觉得难堪，还有几分得意……

四十一

灯光暗了下来，音乐响起。晚宴结束了，人们纷纷围坐在沙发上。穿着大开衩旗袍的服务员送来了饮料，有咖啡，有茶，还有果汁什么的。

靳小晴和徐冲一起坐在靠近窗户的一张茶几上，石小燕想凑过来，张西平见冯明哲带着未婚妻走过来，立刻拉着石小燕让开了。

石小燕很不高兴："怎么了，就许他们跟徐冲坐在一起，难道我们就没有资格？"

张西平气怒地说："不服气怎么着？你还就没资格！"

石小燕说："平时他们花钱的时候，都哥们儿长哥们儿短地哄着你，现在你又成了三孙子了？"

张西平说："我本来就是三孙子，从来就没有当过爷。有人装孙子的时候我是爷，可那爷不是我，是我手里的钱，你懂吗？"

石小燕哪儿懂这些，噘着嘴说："没见过你这么窝囊的，手里有钱，犯得上巴结他们吗？都他妈一鼻子俩耳朵，谁也没比谁多长四两……"

张西平火了："闭上你这张臭嘴，老娘儿们家家的知道什么呀，找个没人的地方凉快去。"

石小燕扭着屁股朝吧台走去了，张西平掏出烟来，怅怅地来到走廊里。

有人拿起麦克风讲起话来，居然不是秦小芹，代表全体来宾向冯明哲和黄良子表示祝贺。谁呢？天呀，这个掩映在阴影中的女人居然是石小燕。

灯光暗了下来，音乐响起。晚宴结束了，人们纷纷围坐在沙发上。穿着开衩旗袍的服务员送来了饮料，有咖啡，有茶，还有果汁什么的

石小燕大言不惭：“为了祝贺冯明哲和黄良子幸福订婚，我代表我的先生张西平给他们献上一首歌，希望大家喜欢。这首歌的歌名是：想你的时候在黄昏……”

没有人鼓掌，连一声呼应都没有。

小个子男孩儿跑到秦小芹身边，像惹了天大的祸等待受罚一样低着头弯着腰。

秦小芹果然发火了：“谁让她点的歌儿？”

小个子男孩儿说：“她自个儿点的……”

秦小芹嚷着：“你是干什么的？”

小个子男孩儿说：“对不起大姐，我……我刚才净忙活收拾东西了……”

秦小芹说：“整个的吃货，这么点儿事都办不好？”

小个子男孩儿说：“要不，我把她撵出去？”

秦小芹不耐烦地说：“你别扫大伙儿的兴了，就当听猫叫春吧。”

小个子男孩儿说：“那就让她唱？”

秦小芹说：“她不是已经唱上了吗？张西平呢？把他叫来。”

小个子男孩儿说：“张西平走了，陪她丢不起这人。”

秦小芹说：“这张西平也是，好几次了，我不让带她来，他还总把她带来，丢人现眼的东西。”

徐冲为张西平分辩：“你不是说这次每个人都要带上自己的老婆或女友吗？”

秦小芹不客气地说：“石小燕到底算他老婆还是算女友？”

徐冲无话可说了。

石小燕果然唱了起来。平心而论，石小燕唱得并不差，甚至还有点儿水平。音域很宽，音色也不错，只是她故意唱得很肉麻，便真的像猫叫春了……

石小燕唱歌的时候没有人给她献花，歌唱完了也没有人给她鼓掌。大家都有意地臊着她，没想到她的脸皮还真厚，唱完了以后还说了声谢谢，谢谁呀？

秦小芹命令小个子男孩儿不许再唱歌儿，直接放舞曲。舞会就这样不明不白地开始了。

第一个请靳小晴跳舞的却不是徐冲，而是那个小个子男孩儿。这大概有点儿不合规矩，靳小晴面对着向她弯腰行礼的小个子男孩儿，求救般地看着秦小芹。秦小芹却不看她，顾自拉着徐冲进了舞池。靳小晴无奈，只好被小个子男孩儿牵了起来。

小个子男孩儿的舞跳得很规范，大概受过一点儿专业训练。

靳小晴问他：“你叫什么名字？”

小个子男孩儿说：“人家都叫我德国黑贝。”

靳小晴吃了一惊：“德国黑贝，那不是狗吗？”

小个子男孩儿说：“对啊，我就是狗，怎么了？”

靳小晴更加吃惊了，怎么还有这么无廉耻心的人？

小个子男孩儿说：“你觉得奇怪是不是？他们都嫉妒我，所以才这么侮辱我。但是我不觉得这是一种侮辱，我觉得挺光荣，我愿意。我就是德国黑贝，怎么了？”

靳小晴大惑不解：“谁嫉妒你？他们为什么嫉妒你？”

小个子男孩儿说：“他们看见大姐对我好，信任我，什么事都让我干，当然他们就眼红了。”

靳小晴有点儿明白了，难道这条德国黑贝是秦小芹豢养的？她豢养这条德国黑贝干什么呢？给她看家护院，给她保镖护卫，给她助威助福，还是干别的什么？

小个子男孩儿说：“我知道你叫靳小晴，是徐哥的‘情儿’。”

靳小晴追问了一句：“你说什么？”

小个子男孩儿说：“我说你是徐哥的‘情儿’，你不否认吧？像徐哥这样的人，身边有几个‘情儿’是很正常的。”

靳小晴突然将小个子男孩儿的手一甩，厉声说：“告诉你，你愿意当黑贝当你的黑贝，你不拿自个儿当人，最起码要把别人当人。”

靳小晴怒气冲冲地离开了小个子男孩儿，回到座位上去了。

小个子男孩儿知道自己惹了祸，赶忙追过来，一个劲儿地向靳小晴说好话："姐姐，我错了，我这张臭嘴，我不懂事，我不是人，我……"

靳小晴更加怒不可遏："滚一边去，我不想再见到你。"

这时候，舞曲结束了，徐冲跟秦小芹也从舞池里回来了。秦小芹见小个子男孩儿在靳小晴面前唯唯诺诺、嬉皮笑脸，又见靳小晴的脸色很难看，便猜出了什么，厉声问："你又胡吣什么了？"

小个子男孩儿急忙抽打着自己的嘴巴："我该死，我这张臭嘴，得罪小晴姐姐了，姐姐恕罪……"

秦小芹厌烦地挥了挥手，小个子男孩儿倒退着逃了出去。秦小芹说："有些人呀你就不能把他当人，你越拿他当人，他越说驴话，办驴事，因为他从来就不是人。"

靳小晴算是开了眼界了，原来林子大了真的什么鸟都有。秦小芹明明知道他不是人，为什么还把他留在身边呢？难道她真的就是为了养一只宠物？

灯光亮了，有人点起了歌儿，是冯明哲和黄良子。与石小燕形成鲜明对照的是，两个人刚一上台，人们就哗啦啦地鼓掌欢迎起来。歌声一响，便立即有人上前献花。

徐冲朝靳小晴身边凑了凑，抱歉地说："对不起，让你受委屈了。"

靳小晴笑了笑，表示没什么。

徐冲又说："你想唱歌吗？"

靳小晴摇了摇头："我很少唱歌，你呢？"

徐冲说："我也是，这种场合我也很少来。"

靳小晴问："这些人你都熟悉吧？"

徐冲说："多是从小一块儿长大的，说熟悉也熟悉，可是又没有什么来往。"

靳小晴又问："那个德国黑贝到底是谁？他跟大姐到底是什么

关系?”

徐冲说:“我就知道他姓潘,潘师傅的儿子。”

靳小晴问:“哪个潘师傅?”

徐冲说:“哦,潘师傅是市政府的小车司机,一直给秦小芹的爸爸开车的。”

靳小晴明白了,德国黑贝的爸爸是伺候秦小芹的爸爸的,那么德国黑贝是伺候秦小芹的。子承父业,伺候人也传辈,这也难怪。

不知道什么时候,秦小芹已经上了台,大概是为了弥补刚才德国黑贝带给靳小晴的不快,她将靳小晴隆重地推了出来:“各位兄弟,今天我们聚在这里,除了为冯明哲和黄良子庆祝订婚以外,我们还非常高兴地认识了靳小晴。她是徐冲的女友,是来自北京大学的高才生,大家都看见了,她是一个很漂亮、很有档次的女孩儿。让我们欢迎她给我们唱个歌儿好不好?”

一呼百应,全场热烈地鼓起掌来。靳小晴刚说完她不喜欢唱歌,就被点了名,而点名的又是这里的“大姐大”。她不好拒绝,便大大方方地走上了台。等掌声停息了,靳小晴说:“真对不起,我刚刚跟徐冲说完我不喜欢唱歌,也唱不好,怕扫了大家的兴。这样吧,我在这儿给大家朗诵一首诗,是一首我非常喜欢的诗。”

卡拉OK之风从东瀛刮到中国,便立刻生根发芽并且开了花。从大江南北到长城内外,从大都市到小乡村,直到每一个小小的家庭,卡拉OK像从国外引进的水葫芦似的疯长起来。人们也都争赶着时尚一般地追逐着卡拉OK,谁都没有想到,在中国这片古老的土地上,竟然埋藏着那么多的歌星。如果一个聚会要是没有卡拉OK,简直就像一桌丰盛的宴席上没有酒一样。久而久之,唱卡拉OK成了天经地义的事,成了人人都必须具备的现代技能。有人说现代人要具备四种技能,会英语、会电脑、会开车、会唱卡拉OK。最容易普及的大概要算是卡拉OK了,无论你是革命的老干部,或是农村的小乡长,或是专家教授研究生,只要卡拉OK点到谁,几乎没有人说不会唱、不喜欢云云。靳小晴居然说她不喜欢也唱不好，她是北京大学的学生吗？怕又是冒牌货吧。好在靳小晴拒绝了唱歌说给大家朗诵诗，这更让人觉得新鲜。朗诵诗，在这个小城市里诗歌总是跟标语口号或大批判联系在一起，那难道也是艺术吗？土得掉渣了，这年头还有诗吗？还有诗人吗？

靳小晴酝酿了一下情绪，抑扬顿挫地朗诵起来：

如果我爱你——
绝不像攀援的凌霄花，
借你的高枝炫耀自己；
如果我爱你——
绝不学痴情的鸟儿，
为绿荫重复单调的歌曲；
也不止像泉源，
常年送来清凉的慰藉；
也不止像险峰，
增加你的高度，衬托你的威仪……

开头这么几句，立刻将所有的人都镇住了。他们从来没有想到，居然还有这么美丽的诗，还有这么贴切的诗。这诗分明是靳小晴送给徐冲的，但她却没有说。靳小晴爱徐冲，还说“不愿借你的高枝炫耀自己”。高，太高了，太有才华了。大学生就是大学生，北大就是北大，没什么好说的，服气吧。徐冲真他妈有造化，谢了牡丹，又开了海棠，刚失去尹音，又来了这么一个靳小晴。尹音已经够让人眼红的，靳小晴又比尹音强似百倍。

一阵掌声过后，大厅里安静下来，靳小晴继续朗诵着：

我必须是你近旁的一株木棉，
作为树的形象和你站在一起。

根，紧握在地下，
叶，相触在云里。
每一阵风过，
我们都互相致意，
但没有人，
听懂我们的言语……

欢呼声又响了起来，只有冯明哲一个劲儿地摇头。他真想站起来告诉大伙儿，听诗朗诵也要像听交响乐那样，是不能随便鼓掌的，更不能大声叫好。要等朗诵结束了，再热烈地鼓掌。他们还不懂得起码的文明，他为他的家乡兄弟感到有点儿难堪。难堪是难堪，这些话却没有说出来。他要是说出这些话，恐怕就更难堪了……

靳小晴的诗依然紧紧地抓住着人们的心，每一句都是那么新鲜，又那么准确，这诗是谁写的？是靳小晴自己写的吧？

你有你的铜枝铁干，
像刀，像剑，
也像戟；
我有我红硕的花朵，
像沉重的叹息，
又像英勇的火炬。
我们分担寒潮、风雷、霹雳；
我们共享雾霭、流岚、虹霓。
仿佛永远分离，
却又终身相依。
这才是伟大的爱情，
坚贞就在这里：
爱——

勤小晴被掌声和鲜花包围了，她自己也没有想到，一首诗居然有如此大的艺术魅力。

不仅爱你伟岸的身躯，

也爱你坚持的位置，足下的土地。

靳小晴被掌声和鲜花包围了，她自己也没有想到，一首诗居然有如此大的艺术魅力。她自己更没有想到，她偶然跟着徐冲出来，却使自己获得了如此巨大的成功……

她快步回到座位上，她猛然看到，徐冲的眼睛里闪着盈盈的泪光……

四十二

靳小晴很激动，徐冲更是激动。是秦小芹开车送他们回来的，秦小芹亲自开着车，前面坐着德国黑贝，这让靳小晴觉得有点儿恶心。徐冲和靳小晴坐在后面，从一上车开始，他们的手便紧紧地握在了一起，一直没有松开过。

秦小芹一直把他们送到家门口，两个人上楼的时候都没有松开过手。大概很晚了，当他们打开门的时候客厅里只亮着一盏壁灯。徐文发和徐敏都睡了，妙妙怎么样？靳小晴突然想到孩子，有点儿不放心了。徐冲拉着靳小晴的手打开了自己的屋门，靳小晴心里颤抖起来。他要把她拉进自己的房间吗？到房间以后会怎么样？靳小晴想逃避，却又强烈地希望这一切早点儿发生。这是蓝湘的命令……她又想到了蓝湘。

然而，徐冲却没有让靳小晴进屋，屋门打开以后，徐冲便转过身来，双手扶着靳小晴的肩头，真诚地说："小晴，谢谢你。"

靳小晴也冷静下来："该说谢谢的是我。"

徐冲说："谢谢你的诗，也谢谢你让我过了一个非常光彩的夜晚。"

靳小晴不想离开徐冲，所以她的身子没有做出任何分开的暗示。徐冲反而不知道该怎么办了。

靳小晴轻声问："冲哥，你高兴吗？"

徐冲说："当然，非常高兴。"

靳小晴大胆地抬起了头，两只燃烧着火光的大眼睛辣辣地看着他。徐冲被看得发毛了，两只扶着靳小晴肩头的手臂都颤抖起来。

靳小晴将嘴唇凑到徐冲的下巴下，更加轻柔地说：“我愿意陪你，徐哥，永远……”

一个滚热的浪头将徐冲击昏了，他一把拉过靳小晴，火烫的嘴唇朝靳小晴压下来。靳小晴热烈地呼应着，热吻使他们窒息得喘不过气来……

很久很久，徐冲才松开靳小晴。但是，靳小晴所盼望的事情却没有发生，徐冲放开靳小晴以后，身子便自然地离开了她，并且非常得体地说：“晚安，做个好梦。”

靳小晴说：“我会梦见跟你在一起。”

徐冲说：“我也会……”

靳小晴呆呆地站在徐冲的门口，等徐冲进了屋她还舍不得离去。徐敏的房间门响了，靳小晴急忙朝自己的房间走去。

徐敏关切地问：“玩得好吗？”

靳小晴说：“很好，妙妙怎么样？”

徐敏说：“没事，早就睡下了。我回来以后，你可以多陪陪徐冲。”

靳小晴顺从地说：“我听你的，敏姐。”

徐敏说：“厨房里还有饭，你们自己热热吃吧。”

靳小晴说：“我们已经吃过了，你早点儿睡吧，一会儿我收拾就行了。”

靳小晴失眠了，她很兴奋。回想着今天晚上的一切，她越发无法平静下来。她洗完了澡，连乳罩也没有穿便躺在了床上。床是让人休息的地方，也是折磨人的地方。她突然想起了吴雪兰，大白天的她竟然在屋子里赤身裸体。而她一个人睡觉的时候都要戴上乳罩，报上说女孩儿睡觉时是不该戴乳罩的，戴乳罩容易患乳腺增生甚至乳腺癌。可是，不戴乳罩怎么能睡觉呢？特别是她长这么大几乎从来没有一个人单独享用过一个房间，在家里要跟弟弟住在一起，在学校要跟同学共居一室。现在，倒是有了一个单独的房间，可是还有妙妙这么一个小生命，而且是雄性的。她不是忌讳这个小生命，而是这个小生命的事情实在是多。夜里要喂奶，要换尿布，要无缘无故地哭闹。他一折腾，靳小晴就得起来，甚至出去。出去就许碰到别人，还是戴着乳罩方便一些。这会儿，裸露着胸部的感觉很好，很温馨，很舒服，也很刺激。她不由自主地朝门口看了一眼，不会有人偷看吧？

不知道什么时候，靳小晴迷迷糊糊地睡着了。她做了一个奇怪的梦，一条小河边，是家乡的小河吗？河水清澈透底，不知道怎么了，她居然裸着身子把自己浸在那清澈的小河里。清泉跳动着从她的身上奔流而过，调皮地抚摸着她的胸部，暖暖的，痒痒的，又很惬意。天呀，不是清泉，是一条鱼，一条摇头摆尾的金翅鲤鱼。这条鱼停在了她的胸部，温柔地摸索着，又张开那小嘴唇，叼住了她的乳头，贪婪地吮吸着……难道鱼也好色吗……她猛地惊醒了，床头灯还没有关，她睡着的时间并不长……她的胸部依然有一种暖洋洋的异样的感觉……她低头一看，是该死的妙妙……

她侧身朝妙妙躺着，右臂拢着妙妙的小枕头。而妙妙紧紧地依偎在她的怀里，一只小手紧紧地抓着她的左乳，而小嘴却在有滋有味地吮吸着她的右乳。

她笑了，心里骂了一句：这个小色鬼。骂完之后，她的脸便发起烫来，她轻轻地拍打了一下妙妙的小脸蛋儿：委屈你了，你不是小色鬼，应该是小饿鬼。白姐的奶是还没吃够，又来吃我的奶……妙妙似乎知趣地将她的乳头吐了出来，她发现自己的乳头硬硬地挺了起来，小小的乳头也变得红红的，她的心剧烈地跳动起来……一种异样的渴望像火一样地燃烧着，烧得她想喊，想笑，想干点儿什么……

一个声音在头顶上响了起来，她以为是幻声或者是虫鸣鼠叫。可是这声音越来越清晰，分明是从门外传进来的，还很轻，像是指尖儿敲击出来的声响。她倏地欠起身来，轻声问："谁？"

外面果然有人，是徐冲。她下意识地拉过被角，盖在自己的胸部。

徐冲在门外解释说："我见你房间里还亮着灯，还没睡吗？"

靳小晴的心狂跳起来，连声音都不属于自己的了："啊……没……

还没，你呢？”

徐冲说：“我也没睡着，失眠……”

他也失眠了，为什么？

徐冲站在门外没有走。

靳小晴眼睛一闭，颤声说：“门没闩，你进来吧……”

她闭着眼睛，紧紧的。她听到了开门声，那个熟悉的躯体进来后的转身声、关门声，都是轻轻的，微不可察的。她又听到……是嗅到……她是嗅到了一种气息，男人的气息……是身体的味道，是喘息的味道，这味道越来越浓烈，浓烈的味道刺激着她，她窒息得透不过气来……她没有勇气睁开眼睛，她觉得盖在胸部的被角已经被掀开了，整个胸部又暴露在了这柔和的灯光下……她等待着，一股排山倒海般的潮流奔涌过来，将她淹没了……

一切都过去了，似乎什么也没有发生。她有些失望地睁开了眼睛，徐冲站在自己的床前，确切地说是站在她的背后。她感觉得到他的气息，但是他却在与她半米之隔的地方停止了脚步。被角依然盖着自己的胸部，但是她的后背却裸露在徐冲面前。徐冲的目光落在她的后背上，她的后背火烫起来……一个声音在命令着她：快滚到徐冲的床上去……又一个声音在规劝着她：向他献身吧……她不知道哪里涌来的一股勇气，腾地转过身子，朝徐冲扑了过去。

她听到了一声发自心底的呻吟，不是她的，而是徐冲的……徐冲把她抱了起来，朝门外走去，朝另一个房间走去……

四十三

靳小晴一直处于一种亢奋之中，也可以说是幸福。幸福的感受太宽泛，是一个弹性很大的词。要表达此间靳小晴的心情，她找不到一个更合适的词。这个最高学府学中文的才女，也有词穷的时候。怪哉。管他呢，反正很好。爱的感觉很好，做爱的感觉很好。缠绵很好，疯狂亦很好，心与心的撞击很好，身体与身体的撞击更好。她与徐冲是缠绵还是疯狂？

一阵狂风暴雨过后，到处残枝败叶，河破山崩，摧残与被摧残的快感酣畅淋漓。她软软地依偎在徐冲的胸脯上，香腮上的汗水与徐冲身上的汗水融合为一体，散发出一种醉人的气味儿。她身子软绵绵的，心里却满满的，装的都是很珍贵和美丽的东西。她眼睛酸酸的，想哭，想默默地流泪。但是，泪水却始终没有流下来。她突然觉得有点儿异样，抬起头来朝徐冲看去，徐冲的脸颊上却挂满了泪水。她没有说话，朝徐冲上面移了移身子，伸出舌头舔着徐冲脸上的泪水。徐冲把手放在她的头上，制止了她。她还想，徐冲的泪水咸咸的，还有一点儿苦涩。徐冲说话了，声音很重，每一个字都包含着千斤的分量：“小晴……”

靳小晴“嗯”了一声，这一声其实根本没有发出来，只是她想应答，没有真的通过声带把这信息传出来。

但是徐冲听到了，听到了靳小晴的回答。徐冲继续说，声音沉沉的，涩涩的：“没想到……我真的没想到。”

靳小晴抬头看着他，听着他说下去。

徐冲说：“没想到你……是个处女……难道你……没谈过恋爱？”

靳小晴还是没说话，她不知道该说什么。

徐冲果决地说：“我要娶你！”

“啊……不！”这一次靳小晴清晰地表达出来，几乎连想都没有想，便条件反射般地拒绝着。

徐冲腾地坐起来，扳过靳小晴的头：“为什么？”

靳小晴没有说什么。

徐冲问：“难道……难道……你不爱我？”

靳小晴伸出粉白的手臂，轻轻地抚摸着徐冲的脸颊。

徐冲更加认真起来：“告诉我……你到底爱不爱我？”

靳小晴轻声地说：“爱……我爱……”

徐冲问：“为什么说得这么没底气？告诉我，你到底爱不爱我？”

靳小晴看着徐冲，泪水汩汩地流了下来。

徐冲慌了：“小晴，你怎么了？你到底怎么了？”

靳小晴无声地抽泣起来。

徐冲坐起身，将靳小晴紧紧地搂在怀里。

靳小晴也紧紧地搂住了他，两只胳膊箍着徐冲的腰部，像是生怕徐冲逃走一样。

徐冲将火烫的嘴唇贴在靳小晴的耳朵上，喃喃地说：“小晴，我爱你……”

靳小晴浑身哆嗦了一下，这是人世间最美妙、最珍贵、最动人心魄的声音。是上帝的福音，是苍天的启迪，是亘古的呼唤。可是，这爱……靳小晴能接受吗？

徐冲的语气充满了企盼：“小晴，告诉我，你为什么不能嫁给我，是信不过我？”

靳小晴说：“不，你是一个既能以身相许，又能以心相许的男人。”

徐冲问：“这么说你不爱我？”

靳小晴说：“我爱你……非常非常爱……这辈子能得到你的爱，我死而无憾了……”

徐冲说：“那为什么？难道你有男朋友了？”

靳小晴沉吟了一下，点了点头。

徐冲困惑地说：“不……这不可能……你如果有男朋友，为什么……为什么不把第一次献给他……”

靳小晴说：“冲，我可以不回答你的话吗？”

徐冲说：“别的什么问题你都可以不回答，但是你一定要答应我，我想娶你，永远跟你在一起……”

靳小晴说：“我已经回答你了，这不可能。”

徐冲说：“不管你想不想回答，可我想知道，你为什么不能嫁给我？”

靳小晴说：“如果你非要逼着我回答，我只能告诉你：我不配，我不配做你的妻子，也不配接受你的爱……因为……”

徐冲紧逼着问：“因为什么？”

靳小晴狠了狠心说：“因为我……对不起你。”

徐冲说：“这我就更不明白了，此话从何说起呢？”

靳小晴说：“我不愿意在你面前说假话，我说的都是真话。”

徐冲固执地说：“我要求你做出合理的解释，小晴，我是认真的。”

靳小晴轻松地说：“冲哥，有两句歌词你知道吗……不求天长地久，只求一时拥有……”

徐冲吃了一惊：“你在跟我玩……不……不是……玩世不恭的女孩儿我见过……她们不像你……你不像她们……我知道，你也是认真的……小晴……你心里有事……一定是很重要的一件事……我知道你不愿意跟我说……我也不逼你……可是我得告诉你……从今天起我要追求你，向你求婚，直到你答应了为止……我不会放弃的……小晴……你明白吗？”

任徐冲再说什么，靳小晴都不再说话了。她知道自己无话可说，有话也不能说。她只是默默地抚摸着徐冲，用温情脉脉的抚摸代替难以言表的心境，用柔软而纤细的手指回报徐冲那火一样的爱情。为了抚慰和转移徐冲的急切，也为了一种与生俱来的欲望，她大胆地抚摸着徐冲最敏感的部位。心里却喃喃地说，只好这样，只能这样，我要这样。

徐冲又冲动起来，疯狂地翻过身来，将靳小晴压在下面。靳小晴热烈地响应着，配合着，心里嘶鸣着：冲哥……我爱你……冲哥……对不起……

四十四

靳小晴做了，既是按照蓝湘的命令做的，又是心甘情愿做的。都说甘蔗没有两头甜，世界上居然有两全其美的事。感谢上帝，感谢蓝湘，也感谢徐冲。

奇怪的是，蓝湘却没有再来电话追问她。在她没做之时，蓝湘每天都在逼迫她，命令她立刻滚到徐冲的床上去。可是当她真的滚到徐冲的床上并与徐冲滚成了一团以后，蓝湘却不闻不问了。难道蓝湘知道了，蓝湘似乎有无数只眼睛，什么事情都瞒不过她。这房间里有监视器吗？在高科技无孔不入的今天，任何事情都有可能发生。高科技是最没有人性、最摧残人性的魔鬼了。世界一切生命中，人是最愚不可及的。他们总是绞尽脑汁发明出一些魔鬼用来毁灭自身。漫无边际地想着，电话居然振动起来，心灵感应吗？

靳小晴连想都没有想，便接通了手机，她轻松地甚至有点儿自豪地要向蓝湘表功。令人惊异的是，电话里却传出了一个男人的声音。这声音那么熟悉，又那么可怕，谁呢？

“你难道连我的声音都听不出来了吗？”

靳小晴非常恼火：“你到底是谁？快说。”

“你让我找得好苦，你跑到哪儿去了？为什么回避我？到底出了什么事？”

靳小晴听出来了，这是叶建平的声音。她第一个反应就是，他是怎么知道我的电话的？其他的一切，她几乎都没有顾得上想。

令人惊异的是，电话里却传出一个男人的声音。这声音那么熟悉，又那么可怕，会是谁呢？

叶建平嘤嘤地哭泣起来，靳小晴并没有丝毫感动。她觉得这个人已经非常陌生了，陌生得好像从来就没有认识过，与她毫无关系。

叶建平像一只被遗弃的小兽一样哀鸣着："小晴，你回来吧……没有你我活不了……你在哪儿……快告诉我……我去接你……你不能退学……不能……我跟学校说好了……你回来继续学习吧……我让你失望了是吗……你到底为什么离开我……你快回来吧……"

咔嚓一声，靳小晴把电话挂断了。

电话又响了起来，靳小晴看了看知道还是叶建平的电话，就直接按下了拒绝接听键。

电话又顽强地响了起来，靳小晴一怒，索性把电话关了机。

门外响起了急促的敲门声，天呀，叶建平找上门来了吗？

靳小晴没有动，敲门声越来越响，伴随着的还有急促的叫喊声："小晴，小晴，快开门……"

靳小晴听出来了，这是孙小玲的声音。她来干什么？出了什么事？

靳小晴打开门，孙小玲衣衫不整，气喘吁吁，一副气急败坏的样子。

孙小玲结结巴巴地说："小晴，快帮帮我……帮帮我……"

靳小晴也慌了："你慢慢说，出了什么事？"

孙小玲说："秦小芹这个臭婊子，真她妈的不是玩意儿。吃人饭不屙人屎，喂不活的白眼狼……"

靳小晴打断了孙小玲的愤怒："你先别骂人，到底怎么了？"

孙小玲说："她妈的，秦小芹这个臭婊子，她把我开了……"

靳小晴问："开了，什么开了？"

孙小玲说："开了就是开了，给我炒了鱿鱼，她不用我了，让我自找饭辙，自谋生路……她妈的，你说可气不可气……"

靳小晴问："她到底为什么不要你了？"

孙小玲说："你还问我，还不是因为你？"

靳小晴茫然了："因为我……我怎么了？"

孙小玲说："谁知道你跟她说了些什么？她像审贼一样地审我……"

靳小晴说："审你什么？"

孙小玲说："审我怎么跟你认识的，都跟你说了些什么，都在哪儿见过面……"

靳小晴突然想起来了，那天在冯明哲和黄良子的订婚晚宴上，她确实跟秦小芹提起过孙小玲。这有什么，难道给孙小玲惹祸了？

孙小玲说："也不完全怪你，我也是个大傻×，不跟她说实话就好了。心想，我怕啥呀，又没干违法乱纪的事，实话实说呗。结果我把约你到我家来玩的事说了，她一听就火了，立马就把我开了……她妈的……"

靳小晴也急了："这……这怎么办呀？"

孙小玲说："怎么办？反正咱不能伸着脖子让人宰。这年头，屄的怕横的，横的怕愣的，愣的怕不要命的，不要命的怕身上背着人命的……"

靳小晴真受不了孙小玲这不得要领的谩骂和泼妇式的唠叨，她再一次拦住话茬儿问："你到底想怎么办呀？"

孙小玲还是按照她那简单而又琐碎的思维说："咱光脚的还怕穿鞋的？她那些骚事浪事腌臜事，都在我手里捏着呢……你知道德国黑贝的事吗？我都没跟你说过，够对得起她的了。我对她那么仗义，她却跟我翻脸无情。许她不仁，就许咱不义，兔子急了还咬人呢，姑奶奶就是那么好欺负的吗……还有他爹的那些事……"

靳小晴说："碍着她爹什么了？人家她爹可是市政府的领导。"

孙小玲说："狗屁，啥领导，贪官一个。贪污腐败，收礼受贿，省里来人都查不出来。为啥查不出来，那是他们根本就没认真查，查谁查不出来，要是他们找到我……铁证如山……"

靳小晴更急了："你到底要说什么呀？"

孙小玲这回简单干脆了："我要找徐书记，徐书记在家吗？"

靳小晴吃了一惊："你找徐书记干什么？"

孙小玲说："有把的烧饼在咱手里攥着，我先掰一块给他尝尝。"

靳小晴仍然是丈二和尚摸不到头脑："小玲，你到底想干什么呀？"

孙小玲说："我举报呀，政府不是号召举报吗？"

靳小晴问："你举报谁呀？"

孙小玲说："我举报秦向东！"

靳小晴叫了起来："你举报秦向东干吗？人家可是副市长。"

孙小玲说："我举报的就是副市长，你开门让我进去，我要找徐书记。"

靳小晴为难了："徐书记没在家……真的。"

"谁说我不在家，放她进来。"徐文发的声音在背后响了起来。

靳小晴急忙拉开门，闪身让孙小玲进来。

想不到孙小玲倒胆怯了，她怔怔地看着徐文发，进也不是，走也不是。

徐文发亲切地招呼着她："进来，进来谈。"

孙小玲移动着脚步犹犹豫豫地走进来，靳小晴急忙回到自己的房间里去了……

四十五

靳小晴急于要与蓝湘联系，她同时有几件重要的事情要跟蓝湘汇报。没想到她刚打开手机，叶建平的电话便打过来。她又啪的一声把电话关上了。可以想象，叶建平一直在打她的电话，没日没夜地打。要是过去，有人对她这样的痴情，她不知道该会怎样感动呢。现在，她只觉得讨厌，讨厌这个不知好歹的上海小男人。他还有脸问她怎么回事，难道你不知道吗？

她突然想到了弟弟，她只用自己的手机给家里打过电话。第一次是父亲接的，安然无恙。后来弟弟又接过一次电话，再后来她还打过，一次是弟弟接的，一次是父亲接的。可是，她从来没有将自己的电话告诉过父亲和弟弟。弟弟倒是要过她的电话，被她拒绝了。可是她记得弟弟说过一句话："你不告诉我，我也有办法知道……"

她又打开手机，趁着叶建平的干扰还没有过来，抓紧拨通了家里的电话。接电话的正好是弟弟，一听到她的声音，弟弟就高兴地叫起来："姐姐，你好吗，你又好长时间没有来电话，爸爸又不放心了。对了，叶建平找到你了吗……"

靳小晴一激灵，此事果然跟弟弟有关："小雨，你告诉我，叶建平怎么知道我的电话的……"

靳小雨没说话。

靳小晴急了："听见没有，小雨，我的电话号码是不是你告诉他的？"

靳小雨为难地说：“他天天来电话，在电话里痛哭流涕……还说找不到你……他就不活了……”

靳小晴火了：“你怎么相信他的鬼话？”

靳小雨说：“可是……他那么执着……我也不能不相信呀……”

靳小晴说：“那你是怎么知道我的电话的？”

靳小雨说：“你不告诉我……我就安了一个来电显示……”

靳小晴暴怒了：“浑蛋……你怎么能这样？我要是能把电话告诉你，还用你费这么大的事吗？”

靳小雨说：“姐姐……你别生气……我也有点儿后悔了……”

靳小晴了解弟弟，他从小就好抖机灵耍小聪明，经常把简单的事情复杂化，最后捅了娄子又后悔。可是，他是自己的亲弟弟，就算全怨他，又能把他怎么样呢？靳小晴为了惩罚弟弟，没说完就把电话挂了。

正在这时候，电话铃又响了起来。靳小晴看了看号码，既不是蓝湘的电话，也不是叶建平的电话，谁呢？她不顾多想，就按了 OK 键。电话里马上传来了痛哭流涕的哀求声：“小晴，求求你千万别挂电话，你听我说话，听我把话说完。我不能没有你，没有你我也不活了……小晴，我已经做好了自杀的准备，我只想临死之前再见你一面……请你相信我……”

我凭什么相信你呢？靳小晴烦透了，发狠地把电话关掉。

当她再一次把手机打开的时候，手机里马上传来一条短消息：把手机打开，跟我联系。

没落款，从短消息来源上她知道是蓝湘发来的。从这语气上看，蓝湘肯定是生气了。

她急忙拨通了蓝湘的电话。

蓝湘在电话里跟她吼了起来：“你的手机为什么总关着？”

靳小晴愣住了。

蓝湘依然叫喊着：“问你话呢，你的手机为什么不开？”

靳小晴只好说了实话：“蓝姐，我的手机号码被人家知道了？”

蓝湘急着问：“谁？谁知道了？”

靳小晴说：“是我以前的男友。”

蓝湘问：“是你告诉他的？”

靳小晴说：“不是，是我弟弟。”

蓝湘说：“这么说你把电话告诉你弟弟了？”

靳小晴说：“也没有。”

蓝湘紧逼着：“那他是怎么知道的？”

靳小晴说：“他在家里的电话上安了个来电显示……”

蓝湘愤怒了：“谁让你用这手机给家里打电话的？这手机是为了你工作用的，不是让你跟家里联系的，更不是让你谈情说爱的。明白吗？”

靳小晴老老实实地说：“明白，蓝姐。”

蓝湘怒斥着：“明白你还这么做？”

靳小晴说：“再不了，我保证。”

蓝湘说：“你把这手机里的卡扔掉，马上再换一张卡，然后把新卡的号码用短消息发给我。”

靳小晴答应着：“是，蓝姐。”

蓝湘又说：“你不给家里打电话也不行，家里不放心，你也放心不下。这样吧，买卡的时候顺便办一个隐秘电话号码的手续，这样你再给别人打电话，你的号码就不会显示出来了……”

靳小晴感动得鼻子都酸了，蓝湘这个人就是这样。她训起人来没鼻子没脸，一点儿面子都不留。可有时候还总是为你着想，而且想得很周到细致。蓝湘是个好人，靳小晴更加坚信了这一点。但是，好人为什么又要折磨好人呢？他们之间到底有什么深仇大恨呢？

蓝湘的口气温和了一些：“记住，只在必要的时候再给家里打电话，报个平安就行了。千万不能给别人再打电话，包括你的男友。”

靳小晴解释说：“他是我以前的男友，我跟他早就断了。”

蓝湘生硬地说：“这个我不关心，我只想问你一件事。前些天，大约一个月以前，徐文发的汽车司机给他送过一套书，你知道吗？”

靳小晴一时没想起来：“书，什么书？”

蓝湘说：“是一套很厚的书，精装本。”

靳小晴问：“是《二十四史收藏本》吧？”

蓝湘说：“对，你见过？”

靳小晴心里一动：“我记得，那书是交给我的，我帮助徐书记放在书房里了。”

蓝湘说：“是你放进他的书房的？他打开过那套书没有？”

靳小晴说：“我不知道……大概没有打开过。”

蓝湘问：“你怎么知道他没有打开过？”

靳小晴说：“那套书一直放在书架和写字台之间的空隙里，好像他从来没有动过。”

蓝湘在电话里下着命令：“你现在就到他的书房去，找到那套书……”

靳小晴拿着电话朝徐文发的书房走去，好在徐文发一家人都非常信任她，从来不锁任何一个房门的：“蓝姐，那套书还在这儿，上面已经落满了灰尘，看来他是没动过……”

蓝湘又命令着：“你把那套书拿起来。”

那套书很沉，靳小晴放下电话用两只手提起来，放在旁边的椅子上，然后又拿起手机：“好了，蓝姐，我把书拿起来了。”

蓝湘问：“你仔细检查一下，那套书的箱子开口处是用不干胶条粘上的，你看看有没有被撕过的痕迹？”

靳小晴仔细看了看：“蓝姐，不干胶条儿好好的，没有被撕过的痕迹。”

蓝湘不放心：“真的没有吗？你再好好看看。”

靳小晴又仔细地看了看：“真的没有，不干胶条儿上也有灰尘，没有人动过。”

蓝湘说：“那好，你把那书在原来的地方放好。”

靳小晴又放下手机，将书放回原处。

蓝湘问：“放好了吗？”

靳小晴急忙拿起手机说：“放好了。”

蓝湘说：“行了，你从他的书房里出来吧。”

靳小晴举着手机出了徐文发的书房。下一步，靳小晴知道蓝湘该问什么了。想到她将回答蓝湘的问题，她莫名其妙地紧张起来。但是当她听到蓝湘的问话的时候，却让她更紧张了。

蓝湘问：“孙小玲跟徐文发都说了些什么？”

啊……孙小玲来找徐文发，她是怎么知道的？这正是靳小晴要向她汇报的重要情况啊……她也太神通广大了……既然她这么有神通，还要她靳小晴干什么？

蓝湘又不耐烦了：“问你话呢，孙小玲都跟徐文发说了些什么？”

靳小晴慌忙说：“我……我没听见。”

蓝湘问：“是没听见，还是没听？”

靳小晴说：“是……没听。”

蓝湘问：“你为什么不听？”

靳小晴说：“我在看孩子……”

蓝湘又吼叫起来：“我把你派到徐家，就是让你去看孩子吗？找个只会看孩子的保姆，需要我花三十多万吗？”

靳小晴知道理亏，忙说：“蓝姐，我记住了。”

蓝湘啪的一声把电话挂了。

靳小晴举着手机发起呆来，她怎么没有问跟徐冲上床了没有？难道她已经知道了？

四十六

什么叫幸福？幸福就是一家人围在一起吃一顿团圆饭，这是一个电视广告里说的。徐文发对这句话感触最深了，他是有了这深刻的感触之后才想起这句话的。

这顿晚饭就是很好的佐证，一家人亲亲热热地围坐在一起，还有说有笑。这个家庭很久没有笑声了，靳小晴这顿晚饭也做得很可口。徐文发喜欢靳小晴做的饭，连总不着家的徐冲近几天也按时回来吃晚饭了。真是难得。还有徐敏，她正在联系往城里调。现在哪个单位都裁人，让谁帮助安排工作都是难为人家。徐文发第一次觉得对不起女儿，要是早些同意她调回来，何必这么费劲呢？

想到这里，徐文发开始关心起女儿来了："徐敏，你调动的事怎么样了？"

徐敏情绪很好，这是个喜怒哀乐都挂在脸上的人。徐敏说："差不多了，文化局张局长答应把我安排在图书馆工作。"

徐文发说："图书馆？那不是改行了吗？"

徐敏又有点儿不高兴了，说："现在教师队伍人多出来了，许多人都改了行。许别人改，就不许我改吗？"

徐文发的脾气也格外好了起来，急忙解释说："我不是不同意你改行，我不是怕你想不通吗？"

徐敏说："我干吗想不通？我很愿意，我从小就想到图书馆工作。要不是您当初非要让我献身党的教育事业，我就考武汉大学的图书馆系了。”

徐文发点着头说：“这就好，只要你没有思想包袱就好。”

听着徐文发跟徐敏的对话，靳小晴跟徐冲对视了一下，心领神会地笑了笑。自从那次徐文发批评靳小晴没有把自己当成这个家里的人以后，靳小晴就跟他们一起用餐了。只是妙妙大了，没有人陪他的时候他总是又哭又闹。靳小晴就把妙妙放在小车里，推到餐桌旁边。在这个家庭里，这也是一项重大的进步。妙妙可以名正言顺地来到餐桌旁了，非但没有人反对，还习惯靳小晴一边吃饭，一边往妙妙的嘴里塞东西了。妙妙也受宠若惊，总是啊啊地给唱着歌儿，给这死气沉沉的家庭带来了热闹非凡的人气……

难受的是徐冲和靳小晴，两个有情人总是觉得很压抑。徐冲在桌下踩了一下靳小晴的脚，靳小晴怕被人发现，慌忙躲开了。靳小晴趁人不注意，将一块鸡大腿夹进徐冲的碗里，徐冲也只好佯装不知，低着头不敢投来感激的目光。

靳小晴有时候要下厨房，譬如加个菜添个汤什么的。徐冲总是找借口溜进厨房。靳小晴在水管子旁边洗菜，他非要挤过来洗手，为的是挤过来的一瞬间朝靳小晴的脸上狠狠地吻一下，靳小晴要是躲闪不及，徐冲还会朝她的胸部摸一下……

只有大家都吃完了饭，回到房间以后，他们才能关上门热烈地亲吻。时间还不能过长，徐文发和徐敏还在客厅里面，说不定什么时候就会叫他们。当然，夜深人静之后，当徐文发和徐敏酣然入梦之后，两个年轻人便疯狂地拥抱在床上。夜晚，是永远属于爱情的，也是永远属于年轻人的……

这一天吃完晚饭，徐冲又找借口要带靳小晴出去。说有一部美国大片，爸爸和姐姐都不喜欢，靳小晴难得忙了这么多天了，也该休息休息了。徐冲近来总是为靳小晴争取休息的权利，徐敏没得说，她高兴的时候让她干什么都答应。徐文发却说话了：“今天不行，小晴不能出去，你们俩人也不能留在家里。我看电影还是你们姐俩去看吧。”

徐冲问："为什么？"

徐文发说："我有事。"

徐冲问："跟靳小晴有事？"

徐文发说："是公事，我约了客人来，靳小晴得帮助我接待客人。"

徐冲见父亲的精神好起来，竟然开起了玩笑："不是相亲吧？"

徐文发也没了脾气："是相亲又怎么着？我没这个权利吗？"

徐敏说："谁说您没这个权利？我们天天盼都盼不来呢，您要真的是相亲，我跟徐冲都在家伺候着。"

徐文发说："得了得了，你们都走吧，十点以后再回来，别给我添乱。"

一家人高高兴兴谈笑风生，靳小晴心里却嘀咕开了：他要请什么客人呢，还不让两个儿女知道？不想让儿女知道为什么不回避自己呢？

八点刚过，门铃响了。靳小晴正在厨房里收拾碗筷，徐文发亲自去开的门。

进来的是副市长秦向东，靳小晴在电视里见过他。两位领导者像是久别重逢的老朋友那样热烈地握手，高声地寒暄。官场上大概讲究的就是这一套，说不定他们下午还在一起，这会儿见面了，至于这么夸张吗？要是他们同屋的室友在另外一个地方见了面，顶多会拳脚相加，而绝不会这么装腔作势。

徐文发拉着秦向东在沙发上坐下来，又大声招呼着小晴泡茶。其实，这时候靳小晴已经把茶泡好了，正在给秦向东放在茶几上。在靳小晴看来，秦向东确实有一副官相，只是这官相不大像是清官。肚子那么大，还圆，高高地突出在胸前。脑袋是椭圆的，上面尖，下面坠，还留着那么引人注目的小平头，这更突出了浑身上下无所不在的脂肪。看全身，像一个两头小中间大的巨无霸枣核儿。光看上半身，又像一个肥肉堆积起来的陀螺……靳小晴只是心里觉得秦向东的形象滑稽可笑，脸上可没有露出半点儿不恭。

秦向东看了看靳小晴，关切地说："你就是靳小晴吧？嗯，不错，很好，确实很好……”

靳小晴不知道秦向东所云，只是点了点头。

秦向东居然客气地说：“来，坐，坐嘛。”

靳小晴慌忙说：“不不，我还要喂孩子……”

徐文发却说：“秦叔叔让你坐，你就坐嘛，跟秦叔叔说说话。”

靳小晴只好侧着身子在秦向东对面的沙发上坐了下来。

秦向东依然在认真打量着靳小晴，并且不断地向靳小晴发问：“听说你在北京读书？”

靳小晴说：“我休学了，出来打工。”

秦向东说：“我听说了，是打工挣钱给你父亲治病对吧？”

靳小晴点了点头：“是这样，我家在大别山里面，很穷。”

秦向东感叹地说：“不容易……不容易啊……你父亲难得有你这么孝顺的女儿。”

靳小晴没说什么。

秦向东又问：“你父亲的病怎么样了？”

靳小晴看了徐文发一眼：“多亏了徐叔叔帮忙，已经治好了。”

徐文发惊讶起来：“治好了？这么快。”

靳小晴只好撒谎说：“到省城的大医院一查，是良性的，根本不需要做手术。”

徐文发说：“你看是不是，有病还得到大医院去看。要是让那些乡村医院胡乱开刀，不定会出什么乱子呢。”

秦向东又问：“家里还有什么人呀？”

靳小晴说：“还有一个弟弟，已经上高中了。”

秦向东问：“学习好吗？”

靳小晴自豪地说：“很好，明年也准备考北京大学呢。”

秦向东惊叫起来：“了不起，真了不起，一个山村的孩子，有这么远大的理想。你们家要是出两个大学生，还是北京大学的学生，肯定会是大新闻的，电视台会作为重要新闻报道的。”

靳小晴有点儿不好意思了。

秦向东问："这么说你也要回学校读书了？"

靳小晴说："是这样。"

秦向东有点儿遗憾，继而又问："你父亲身体不好，能养活你们两个大学生吗？何况又是北京大学的学生。要知道，现在读大学可要花一大笔钱呢。"

靳小晴说："我再有一年就毕业了，毕业后就能挣钱供我弟弟上大学了。"

秦向东说："这一年恐怕也很难熬吧？"

靳小晴说："我们可以申请助学贷款，银行很支持的。"

秦向东一脸的失望，忍不住转头看了看徐文发。徐文发也是一副爱莫能助的表情。

靳小晴侧坐在沙发上，心里很不是滋味儿。他们相约有事，为什么让我在这儿受罪呢？为什么又一个劲儿地打听我呢？见秦向东不再问话，她悄悄地站起身来，很适时得体地离去了。

原来这里面确实是另有原因的。秦向东有个儿子，叫秦小凡，是个很聪明、很求上进的孩子。几年前也考上了大学，不是什么重点大学，而是省城的一所普通大学，学的是经济管理系。这在烟海市的干部子女当中已经很不错很争气了。没想到命途多舛，莫名其妙地患上了青光眼，而且非常严重，不到半年两只眼睛几乎完全失明了。在秦小凡读大学的时候，身边总是花团锦簇。他的眼睛出了毛病以后，便都离开了他。这对他的刺激很大，他一直不相信自己的眼睛治不好，一直住在省城的大医院里。治来治去，三年多了，一点儿起色都没有。秦向东开始为儿子的未来着急了。总得给儿子娶个老婆呀，儿子还这么年轻，总不能跟父亲一辈子吧？娶个老婆就等于娶个保姆，儿子现在成了残疾人，就算有人羡慕秦家的地位，那些有文化又长得漂亮的城市姑娘恐怕也不甘心伺候一个残疾人。于是，秦向东跟老婆商量，最好就是给儿子找个农村姑娘。农村姑娘哪儿去找，最好从小保姆当中选择，选好以后先到家来当小保姆，算是考察实习，合格了再提出做儿媳妇的事情……本来他们已经选中了孙小玲。孙小玲模样挺漂亮，又聪明能干。考察一年多了却总是定不下来，原因是秦小芹通不过。秦小芹说孙小玲太有心计，太厉害，将来肯定是个叛逆，有弟弟受罪的时候。在秦向东的家里，女儿是当大半个家的。秦小芹不但在外面是“大姐大”，在家里也是个说话占地方的姑奶奶。既然秦小芹不同意，秦向东只好另择人选了。听说徐文发家里来了个大学生的小保姆，又天资秀丽，聪明贤惠，秦向东便动了心，几次提出要到徐家来看看，但是徐文发却一直没有表态。在徐文发的眼睛里，靳小晴是一个胸怀大志、目光高远的姑娘。她只是暂时遇到了困难，渡过这道难关，靳小晴依然是前途无量的。不要说嫁给你那个残疾儿子不行，就是徐冲向她求婚，她也未必答应。就是说，徐文发一直不想促成这件事，可是今天却突然约秦向东来“相亲”了，这到底是为什么？

这里的微妙也只有徐文发自己知道。徐文发从孙小玲那里已经掌握了秦向东受贿三十万元的证据，但是他不想将这件事捅到检察院去。为官这么多年，徐文发深知一条，只有傻瓜和野心家才拿自己的部下开刀呢。能保一个人就保一个人，救一个人是一条路，得罪一个人是一堵墙。谁都有马失前蹄的时候，你有权的时候把人都得罪光了，轮到你倒霉的时候不破鼓乱人捶才怪。当你有权有势的时候，大家都捧着你，围着你，把你当成唯一，当成救世主，似乎没有你天真的就塌了。其实，你今天整这个，明天整那个，大家心里不定怎么恨你呢。恨你就盼着你下台，你迟迟赖着不下台，就盼着你死，盼你得绝症，盼你出车祸，盼你遭暗杀。徐文发常常想，人盼人死这是多么可怕的事呀，是多么阴毒又多么不人道呀！可是，你总是占据着整人的位置，盼你下台你下不了台，不盼你死还能盼什么？怕别人盼着自己死，就得给人多办点儿好事。至少不让人觉得你对他是个致命的威胁。基于这个宗旨，徐文发想挽救秦向东。此事不能在办公室谈，在办公室谈就有点儿公事公办的味道了，只能在家里谈。于是，徐文发便以答应秦向东来相看靳小晴为名，约他来到了家里。

明明知道秦向东失望了，徐文发还是故意问："怎么样？相中了吗？"

秦向东摇了摇头："不是我相得中相不中的问题，是人家同意不同意的问题。我看这姑娘在你这里是韬光养晦，勉从虎穴暂栖身。将来……用不了多长时间，她就会展翅高飞并且鹏程万里的……咱儿子是只癞蛤蟆，还是把这只天鹅放飞吧。"

徐文发笑了笑："干吗那么悲观呀？"

秦向东说："不是悲观，是自知之明。"

徐文发说："既然你主动放弃了，我也不好说什么了。反正我的任务算是完成了，好在这件事只有天知地知你知我知，没造成什么影响。就算什么都没有发生，过去了。"

秦向东说："我还是要谢谢你，你让我亲自来考察，要是贸然地托人提亲，不定要出多大的丑呢。"

徐文发说："你的事完了，该说我找你的事了。"

秦向东问："你找我还有别的事？"

徐文发说："当然，很重要的一件事。"

见徐文发的态度严肃起来，秦向东心里也打起了鼓。

徐文发更加严肃地说："你我共事多年，彼此的脾气都知道，彼此的毛病也都知道。你比我胆子大，也比我有魄力，更比我资历深。上级让我当第一把手，也多亏了你帮衬。我这不是客套，是心里话……"

秦向东说："心里话就更不应该客气了，咱俩谁跟谁呀，谁当第一把手还不是一样，我可从来没有不平衡过，一点儿都没有。"

徐文发说："我知道你没有，所以我更加敬重你，也应该更加为你负责任。我这个人慎重是慎重，可是不会藏着掖着，说话办事喜欢直来直去，这你是知道的。"

秦向东紧张起来："老徐，有什么话你就直说吧，我扛得住。"

徐文发说："那好，我也懒得兜圈子。那我问你，你最近是不是收了人家三十万块钱？”

秦向东心里一哆嗦，努力镇静着自己：“三十万元钱，什么钱？”

徐文发说：“就算是‘红包’吧，妈的，这‘红包’也大了点儿。”

秦向东更加慌了：“徐书记，您……您这消息是从哪儿来的？”

徐文发已经注意到了，秦向东开始叫他徐书记，并称呼他“您”了。他看了看秦向东，与人为善地说：“你别管我这消息哪儿来的，有没有这么回事吧？”

秦向东开始出汗了：“您说的是什么钱，谁送的‘红包’？”

徐文发说：“这么说给你送‘红包’的还有别的人？”

秦向东开始软了：“没……没……徐书记……也许我……我记不起来……您能提醒我一下吗？”

徐文发也不难为秦向东了，直截了当地说：“香港林老板给的，三十万元……你好好想想吧。”

秦向东低下了头。

徐文发催促着：“想起来了吧？我没有冤枉你吧？”

秦向东抬起头来，研究着徐文发的表情，试探着说：“徐书记……您……您不是也有一份吗？”

徐文发险些跳起来：“你说什么？我也……有一份？”

秦向东小心地说：“那次……在海天大厦……林老板请客……”

徐文发不解地问：“是呀，我记得……请客怎么了？”

秦向东说：“林老板每人送了一套书……”

徐文发说：“是呀，那书我收下了。孔乙己说盗书不能算偷，那么收书也不能算受贿吧？”

秦向东问：“那书您看了吗？”

徐文发说：“那么厚的书，只有等我退休以后再看了。”

秦向东说：“可是，徐书记……那书里有钱……”

徐文发像是被火烫了一下：“什么？你说那书里有钱？”

秦向东说：“不信，您把那书拿出来看看……”

徐文发高声喊着："小晴……"

靳小晴急忙跑过来："什么事，徐叔叔？"

徐文发说："我书房里有一套书，是我一个月以前拿回来的，你见到了吗？"

靳小晴说："您书房里有那么多书，我不知道您说的是哪一套。"

徐文发说："就是那套《二十四史收藏本》，你见到了吗？"

靳小晴心里一动，她白天刚刚奉蓝湘的命令查看过。这么说，这套书里真的有问题？

徐文发说："你到我的书房里找一找，原封不动地拿出来。"

还用找吗？靳小晴到了书房里就把那套沉重的书搬了出来，摆在了徐文发和秦向东面前的茶几上。

徐文发对秦向东说："你说的就是这套书吗？"

秦向东说："没错，就是这套书。您一直没打开？"

徐文发说："你看看我打开过没有？"

靳小晴大概明白了即将发生的事情，替徐文发说："徐叔叔确实没打开过，您看这上面都是尘土。还有这不干胶条儿还粘得好好的……"

秦向东果然伸手摸了摸，确信这套书从来没打开过。

徐文发对靳小晴说："你把这套书打开。"

靳小晴犹豫着。

徐文发催促着："快打开呀，让我们也开开眼界。"

靳小晴鼓起勇气说："徐叔叔，这恐怕不好吧。只有您两个当事人，万一这书里有什么……"

秦向东首先醒悟了："啊……小晴说得对……我们两个都是当事人，到时候说不清，真的说不清，最好能找一个证明人……"

徐文发也想到了事情的严肃性，他略略沉吟了一下，便将公安局局长严松明的电话拨通了。

二十分钟以后，严松明火疾火燎地来到徐文发家。

徐文发简要地说明了事情的来龙去脉，再一次让严松明查看一下这套书是否被打开过。

严松明很专业地看了看：“我证明，这套书从来没有打开过。”

徐文发说：“那好，就借你公安局局长的手用一用，你把它打开吧。”

严松明跟靳小晴要了一把剪刀，很快，书箱被打开了。箱里根本没有什么书，都是一叠一叠的人民币……严松明数了数，一共三十万元。

徐文发对严松明说：“像这样的书，秦副市长的家里还有一套，你一会儿跟秦副市长回家，把这两笔赃款都收在你的公安局。”

严松明问：“那林老板怎么办？要不要我们向检察院申请，以行贿罪逮捕他？”

徐文发挥了挥手：“先不要打草惊蛇。”

秦向东站起身，要带着严松明去自己的家里。

徐文发对秦向东强调说：“林老板这么煞费苦心，是冲着滨海开发区那六百亩地来的。这给我们敲起了警钟，我们那六百亩地一定要公开招标，任何人都不许暗箱操作。”

秦向东激动地说：“我明白，我马上让人准备公开招标的意见。”

严松明看着秦向东，微不可察地笑了笑。靳小晴发现，这笑容里充满了嘲讽，也充满了疑惑。

四十七

严松明跟着秦向东走了，徐文发像完成了一项巨大的工程似的松了一口气，又同时感觉到筋疲力尽。靳小晴给他端来热好的牛奶，是一种巧克力牛奶，香气诱人。

徐文发真诚地说：“小晴，谢谢你。”

靳小晴有点儿奇怪：“您谢我什么？”

徐文发说：“刚才是你提醒了我们，把严松明叫来，让他把书打开，稳妥多了。看来，你还很成熟，很懂政治，很有政治头脑。”

靳小晴差点儿笑出来，她懂什么政治，有什么政治头脑？这只不过是一种为人处世的感觉罢了。要说成熟嘛，也许有这么一点点儿。经过这传奇般的经历，她是觉得自己成熟了许多。至少，她不再相信叶建平的鬼话了。

徐冲和姐姐徐敏回来了，徐文发回到自己的房间休息去了。他没有叮嘱靳小晴什么，但靳小晴知道该怎么做。她不会将今天晚上的事情说出去的，对谁都不会。

徐敏去了卫生间，徐冲迫不及待地将靳小晴按在沙发上，一边饿鬼似的亲吻着她，一边将手伸进她的衣襟里面。男人是怎么回事，偷吃了禁果之后，都变得这样贪婪吗？她一边迎合着徐冲的渴求，一边用力推着徐冲：“快起来，姐姐马上就出来，会让她看见的。”

徐冲说：“看见怕什么？她早晚会知道的。”

靳小晴说：“不行，你爸爸也会出来的。”

徐冲说：“我本来也不想瞒着他。”

卫生间的门响了，徐冲还是很及时地放开了靳小晴。

靳小晴洗完了澡，回到自己的房间，刚躺在床上，徐冲便溜进来。徐冲只穿着一条短裤，直接爬到了靳小晴的床上，伸手就扒着她穿着的睡衣。靳小晴觉得枕头下的手机振动起来，这是她新换的手机，只有蓝湘一个人知道号码，这电话肯定是蓝湘打来的。靳小晴挣扎着说：“冲哥，你先回去，等我把妙妙安排好就到你屋里去好吗？”

徐冲已经等不及了，央求着说：“晴，好妹妹，就一下……”

靳小晴明白，这时候绝对不能可怜男人，坚决地说：“不行，你就再坚持一会儿不行吗？”

徐冲说：“我真的忍不住了……”

靳小晴严肃起来：“徐冲，你总也得替我想想吧。”

徐冲停止下来。

靳小晴又温和地说：“去吧，先回你房间去，我马上就来。”

徐冲说：“那你可得快一点儿，我坚持不了多长时间。”

靳小晴戳了一下徐冲的脑门，嗔骂着：“馋猫，就欠不让你吃到嘴。”

徐冲很不情愿地出去了。

靳小晴怕徐冲再回来，起身闩上门，又伏耳朝门外听了听，这才接通蓝湘的电话。

蓝湘在电话里厉声说：“靳小晴，你可要按我的命令行事。”

靳小晴说：“蓝姐，我知道。我已经……”

蓝湘抢着说：“你已经跟徐冲上了床是不是？”

靳小晴惊讶地问：“你怎么知道？”

蓝湘说：“听你说话的口气还听不出来，我至于那么笨吗？喂，你们到底是谁主动的？”

靳小晴要邀功，说当然是她主动的。但是，这话从嘴里说出来就变成了另外的意思："啊……是他……"

蓝湘问："你是说徐冲追求的你？"

靳小晴"嗯"了一声。

蓝湘笑了："不错嘛，挺有魅力嘛。"

靳小晴转移话题说："蓝姐，我有重要的情况要向汇报。"

蓝湘问："什么情况？"

靳小晴说："也许你已经知道了。"

蓝湘不耐烦了："别卖关子了，快说吧。"

靳小晴说："刚才……"

蓝湘立即把她的话打断了："要是刚才的事，你就不用说了。"

靳小晴尽管已经估计到了，但还是很惊讶："您知道什么事了？"

蓝湘没回答靳小晴的话，又问起了另一个问题："徐冲爱你吗？"

这话让靳小晴觉得难以回答。

蓝湘逼问着："徐冲到底爱不爱你？"

靳小晴犹豫着，不知道该说什么好。

蓝湘又问："他是只想跟你玩玩，还是认真的？"

靳小晴说："我觉得他是认真的。"

蓝湘说："是你自己觉得，还是他承诺过什么？"

靳小晴说："他说……他要娶我。"

蓝湘惊叫起来，显得非常兴奋："啊……真的？你答应他了？"

靳小晴说："没有……"

蓝湘说："为什么？为什么不答应他？"

靳小晴为难地说："蓝姐，您知道……我不能……"

蓝湘问："为什么不能？"

靳小晴说："我……我跟他上床是您……我怎么能……"

蓝湘提高了声调："我让你答应他，你必须答应他，这是命令。"

靳小晴不高兴了，反驳蓝湘说："蓝姐……您不能这样命令我……

我们是有协议的。”

蓝湘说：“我就是按协议命令你的。”

靳小晴胆子大起来：“您知道……我们的协议时效是一年……我要是嫁给他……可就是一辈子了。”

蓝湘说：“我让你答应嫁给他，又不是真的嫁给他，这并没有违反我们的协议吧？”

靳小晴说：“可是……我不愿意欺骗他……他失去尹音已经很痛苦了……”

蓝湘说：“就是要欺骗他，我现在命令你欺骗他。骗得越真越好，越像越好，这是我的复仇计划中的一个重要环节，你必须严格按照我的命令做。”

靳小晴无话可说了。

蓝湘沉吟了一下，又叮问了一句：“这对于你来说，并不困难吧？”

靳小晴只好说：“不困难……我照办就是了。”

蓝湘的语气缓和下来：“给家打电话了吗？”

靳小晴说：“没有……”

蓝湘说：“你的手机不是办了隐蔽来电功能了吗？该打就打吧，别惹麻烦就行。”

靳小晴说：“谢谢蓝姐。”

蓝湘的语气越来越像是聊起了家常：“读过《三国演义》吗？”

靳小晴说：“读过。”

蓝湘说：“什么时候读过？”

靳小晴说：“还是读初中的时候。”

蓝湘说：“不行，那就再读一遍吧！你手头有书吗？没有就出去买一套，我给你报销。”

靳小晴茫然了，不知道蓝湘说的是什么意思。

蓝湘的语气又生硬起来：“我再强调一下，两条：一要答应徐冲，至

靳小晴斜靠在床头上，呆呆愣愣的，半天缓不过气。

少在表面上跟他真心相爱，爱得越深越好，让他着迷，让他离不开你。第二，要重读一遍《三国演义》。”

蓝湘说完，也不等靳小晴回答，就啪地将电话挂了。

靳小晴斜靠在床头上，呆呆愣愣的，半天缓不过气来。蓝湘的葫芦里到底卖的是什么药呢？不管装的是什么药，这肯定是一服毒药。这毒药是预备给徐冲的，而且还要通过她的手塞进徐冲的嘴里，置徐冲于死地。

电话又响了起来，还是蓝湘的。

靳小晴刚按下接听键，就听到了蓝湘的声音："卡哇伊小保姆的微博是不是你？"

靳小晴惊得说不出话来。

蓝湘提高了声音："问你话呢。"

"蓝姐，您……也有微博？"

"少废话，卡哇伊小保姆是不是你？"

"是……"

"马上关掉。"

没等靳小晴说话，蓝湘又把电话关上了。

靳小晴这才记起来，自从与徐冲有了肉体关系之后，她就再也没有上过微博。性爱既可以让人奋不顾身，又可以让人无暇旁顾。

屋门动了一下，又轻轻地发出了敲击的响声。徐冲等不及了，又来找她。可是，她的身子像是一下子放进超低温里冻僵了，甚至连一点儿知觉都没有了。

四十八

妙妙病了，发烧。靳小晴是后半夜才发现的，当她从徐冲的房间里悄悄溜回来的时候，看到妙妙小脸蛋儿通红，张着小嘴儿大口大口地喘着气，像一条离开了水的鱼。用手一摸，妙妙的额头火炭般地烫手。靳小晴急了，急忙跑进徐冲的房间里，把徐冲叫了过来。徐冲二话不说，抱着妙妙就往外走，说是赶快送医院。

靳小晴说："就是送孩子去医院，你也得穿好衣服呀。"

徐冲这才发现，他跟靳小晴都半裸着。

到了医院，徐冲又去挂急诊，又找医生，又交费，楼上楼下跑得满头大汗。

靳小晴心里突然一阵感动。妙妙到徐家半年多了，徐冲和徐文发从来都没有正眼看过这个孩子。这个孩子像一个不祥之物留在徐家，徐家不能不留，留下又是一块心病。靳小晴从来没有埋怨过徐家父子对妙妙的冷落。这能怨他们吗？这个倒霉的孩子给他们带来了多大的麻烦。

没想到现在妙妙病了，徐冲却像对待自己的孩子一样上心着急。是为了孩子，还是为了靳小晴，抑或是徐冲天性的善良？不管因为什么，靳小晴都感谢徐冲，她心里更坚定地相信，徐冲是个好人，是个值得女人以身相许的人。能以心相许吗？靳小晴不敢想下去了……

医生诊断妙妙得的是急性肺炎，需要住院治疗。等将一切手续都办齐了，输液瓶挂在妙妙的床边的时候，天已经亮了。

靳小晴和徐冲一夜都没有睡，前半夜陷在爱河里劈波斩浪，后半夜为了妙妙手忙脚乱。当一切平静下来的时候，才觉得疲倦像潮水似的将他们淹没了。徐冲靠在孩子的病床边，靳小晴坐在他的对面。两个人像一对尽职尽责的年轻父母，守护着生病的孩子。

靳小晴心疼地说："你快回去睡一会儿吧。"

徐冲说："不，还是你回去睡吧，我是男人，我扛得住。"

靳小晴说："那你不上班了？"

徐冲说："没关系，我可以请假。"

靳小晴问："你请假说什么？"

徐冲说："我就说孩子病了，冠冕堂皇的理由。"

靳小晴看着徐冲笑了一下："人家准会问你，谁的孩子，你怎么说？"

徐冲调皮地说："我就说是你的孩子，不，咱俩的孩子。"

靳小晴说："这么说你认下这个孩子了？"

徐冲说："认不认的，咱先演习演习，反正以后咱们会有自己的孩子的。"

靳小晴心里一热，轻轻地打了一下徐冲："讨厌，谁跟你有孩子？"

就在靳小晴向前朝徐冲伸手的时候，徐冲一把将她揽在了怀里。靳小晴顺势依偎在徐冲的胸膛前，再也不想起来了。两个人就这样相依相偎地搂抱在一起，很快便进入了梦乡。他们太累了。天刚刚发亮，夜班的医生还没有交班，医院里静悄悄的。

不知道过了多久，他们被一声叫喊惊醒了："起来起来起来……"

徐冲和靳小晴同时醒来，发现吊在妙妙床前的输液瓶已经光了，一个中年女护士正在换药。

中年女护士是见不得不把孩子放在心上的父母，更见不得在大庭广众之下卿卿我我的男女。她一边换着药瓶，一边大声训斥着："有你们这样当父母的吗？孩子输着液，你们却跑到这儿睡觉来了，还搂在一起，像话吗？这是医院，不是你们家，在你们家也得顾及别人吧？真是的。"

靳小晴不好意思地说："对不起，我们太累了，折腾了一夜……"

中年女护士还是不依不饶地说："折腾一夜？这一夜都折腾什么了？肯定不是照顾孩子吧？要是把心思放在孩子身上，至于等孩子烧到40℃再往医院送吗？年轻人，得懂得节制。那玩意儿是盐坛子，不是蜜罐子，贪多了留神齁着。就算你们不怕糟蹋身体，也得有点儿羞耻之心……"

直到这时候，靳小晴才听出了中年女护士这些训斥里的刻毒和不敬。她的脸一下子红了，恨不得找个地缝钻进去。

徐冲却沉不住气了，不是为自己，而是为了靳小晴。他觉得如果这个中年女护士光说他一个人，他还能忍受，现在用这么恶毒的语言侮辱他和靳小晴，他再也忍不住了，冲着中年女护士说："阿姨，您说的是什么意思呀？我怎么听不明白呀？"

中年女护士的脸色更难看了："听不明白，我看你们是装糊涂。阴天下雨不知道，自个儿干了些什么还不知道？"

徐冲的火气在心里燃烧着："我们干什么了？"

中年女护士说："干什么了？还用我提醒你们吗？在病床上就搂成一团睡觉，这是光彩露脸的事吗？"

徐冲说："就算不光彩不露脸，也算不上丢人吧？您是护士，管的是照顾病人，还管得着我们相亲相爱吗？"

中年女护士瞪了徐冲一眼："相亲相爱？这是相亲相爱的地方吗？"

徐冲还想说什么，靳小晴使劲拉了一下他的胳膊，强迫他闭上了嘴巴。徐冲气得脸都紫了。

中年女护士换完了药，开始填写看护档案，她弯腰看了看挂在床头上的病例卡片，嘟哝着："徐妙妙，这算什么名字？"

徐冲忍不住说："名字怎么了？他就叫徐妙妙。"

中年女护士说："爱叫什么叫什么吧。你的姓名？"

徐冲说："您问我的姓名干什么？"

中年女护士说："孩子住院必须登记家长的姓名、住址、电话，要不出了问题我们找谁去？你是孩子的父亲就得登记你的姓名。”

徐冲赌气说：“我不是孩子的父亲。”

中年女护士又瞪起了眼睛：“什么？你不是孩子的父亲？原来这孩子不是你的？”

徐冲后悔也来不及了，他心里再有气，干张着嘴说不出话来了。

靳小晴急忙说：“登记我的名字吧……”

中年女护士怀疑地看着靳小晴：“你是谁？”

靳小晴暗自咬了咬牙说：“我是孩子的母亲。”

中年女护士追问着：“那孩子的父亲呢？”

靳小晴又使劲咬了咬牙说：“出差了。”

中年女护士这一下算是抓到了把柄，用那种极尽轻蔑的眼光审视着徐冲和靳小晴，看了半天，才从鼻子里发出了报复般的一声：“哼……相亲相爱？趁着孩子父亲出差的时候你们相亲相爱，还理直气壮……行，新潮，真新潮，我算服气了。”

任凭中年女护士再说出如何恶毒的话，徐冲和靳小晴也无法反驳了。千屈万辱，只好咬碎了牙往肚子里咽了。再说，妙妙毕竟在人家的医院里，还得求人家治病救命呢，不忍行吗？

四十九

白姐急坏了。

这一天上午，她从超市下班以后，又像往常那样，捧着两只鼓胀的乳房，急不可待地朝徐家跑去。到了徐家，并没有像往常那样她只要一按门铃靳小晴就立刻为她把门打开。她按完门铃，等了半天门还没有开。她以为靳小晴在卫生间或者忙别的什么没听见，便又按了一遍。还是没有人开门，她将耳朵贴在门缝上朝里面听着，什么动静也没有。有孩子的家庭永远是不安宁的，总会发出这样或那样的声响来。于是，她又按了一遍门铃，她的心开始慌起来。难道里面没人？孩子呢？靳小晴呢？

她等不及了，啪啪地敲起了门，还是没有人搭腔。她更加惶恐起来，一种不祥之兆像冰雹一样朝她头顶上砸来。她一边更加用力地敲着门，一边朝里面喊叫着："小晴……小晴……"

里面没有声音，她大叫起来："小晴……小晴……你在哪儿……孩子在哪儿……"

里面还是没有动静，白姐哇哇地哭号起来："孩子……我的孩子……我的孩子……孩子……"

白姐发疯般地哭叫着，开始时还有些节制，越来越心惊肉跳，便越发失去了理智。她想象着，肯定是出了事，出了大事。是徐家把孩子送走了，还是靳小晴把孩子拐骗了。她听到过许多有关小保姆拐卖主人孩子的案件，这太可怕了。靳小晴是那种人吗？谁知道呢？这年头，画人画虎难画骨，知人知面不知心。笑模样都露在脸上，坏主意都藏在心里。白姐一边猜测着一边哭号着，越猜测越觉得可怕，越觉得可怕哭号得越厉害。到了后来，她简直控制不住自己，天灾人祸似的呼号起来："孩子……我的孩子……我的孩子……"

没有人理睬她，这是一幢领导干部居住的机关楼。平时都上班了，家里很少有人。就是有人也没有多少好事者，不像农村人或小市民阶层那么好管闲事。有人或许也会在房间里听见这撕心裂肺的号叫，但都置若罔闻，多一事不如少一事。

徐敏回来了，她刚刚从文化局张局长那里拿到商调通知，马上就可以回靠山集中学转关系了。见有一个女人在自家的门前大哭大号，她心里咯噔一沉，不知道又有什么灾祸降临了。她急忙上前，向着白姐吼叫着："你在这儿号丧什么？"

白姐吓了一跳，立刻止住哭声，胆怯地看着徐敏。

徐敏警惕地打量着她："你是谁？你在这儿干什么？"

白姐情急之下，慌不择词地说："我找我的孩子……"

徐敏更加警觉了："你的孩子？你的孩子为什么到这儿来找？"

白姐理直气壮地说："我的孩子就在这儿……我叫不开门，孩子准是被靳小晴拐骗跑了。"

徐敏心里机灵一动："靳小晴？你是谁？你怎么认识靳小晴？"

白姐看着徐敏那充满疑惑和审视的目光，也警惕起来："你是谁？"

徐敏说："我就是这家的，你刚才说你的孩子，我问你，你的孩子为什么到这儿来找？哪个是你的孩子？"

面对着这一连串的追问，白姐心里惊愣了一下，自知失言，慌忙更正说："我……我来找徐家的孩子……"

徐敏问："徐家的孩子……徐家的孩子你凭什么来找？"

白姐急忙说："我……我是徐家请来的奶妈，我……来给孩子喂奶……"

徐敏不相信："你是徐家的奶妈？徐家什么时候请你当奶妈了？谁

请的？”

白姐说：“是靳小晴请我的，真的……您不知道吗？”

徐敏仍然追问着：“靳小晴请你的？她什么时候请你的？”

白姐说：“她……她请我好几个月了……”

徐敏说：“好几个月了，这就怪了，我怎么不知道？”

白姐觉得这会儿轮到自己占着理了，忙着问：“您不知道吗？靳小晴没跟您说吗？您怎么会不知道呢？她每月还给我六百块钱工资呢。”

徐敏的脑子里塞满了疑惑：“她每月给你六百块钱工资？谁给你？”

白姐说：“当然是她给我了，每月她都亲手给我，从来没欠过。”

徐敏自言自语地说：“她凭什么要花钱雇奶妈呢？”

白姐突然又想起了孩子：“大姐……那孩子呢？靳小晴呢？靳小晴还在您家吗？那孩子哪儿去了？”

徐敏说：“孩子病了，昨天晚上就送医院了。”

白姐急忙问：“孩子怎么了？在哪个医院呢？”

徐敏也是今天早上起床之后看见靳小晴留下的纸条儿才知道的，说：“孩子发烧，可能在烟海医院呢。”

白姐一听，连招呼都没顾上打，径直朝楼下跑去……

看着白姐逝去的身影，徐敏疑疑惑惑地打开了门。

五十

那个与徐冲吵架的中年女护士叫苏文娟，是个被丈夫抛弃了的不幸女人。几乎和所有的弃妇同样的命运，她也是和结发丈夫同甘共苦熬过来的，只因为丈夫后来弃官经商发了财，被一个青年的女孩儿迷住了心窍。严格地说，不是丈夫抛弃了她，是她一怒之下将丈夫打出了家门。她痛恨官场商场的腐败，痛恨“二奶”、“第三者”、“情儿”、“傍肩儿”、“婚外恋”、“小秘”等诸如此类的玩意儿。由此推而广之，也痛恨那些不要脸的“小姐”、“三陪女”等，更外延一些，也痛恨那些“同居者”、“乱爱者”、“三角多角关系者”以及在大庭广众之下的搂搂抱抱、乱摸乱啃、少廉寡耻的男男女女。

苏文娟在病房里将徐冲训斥了一顿还觉得不过瘾，不解气，回到护士室仍然愤愤不平，像是遇上了威胁全人类的恐怖事件，又喋喋不休地口诛笔伐起来：“这算什么世道啊？还讲点儿道德不讲，还有点儿羞耻没有？这还叫人吗？干脆还退回原始社会算了……”

一个年轻护士知道苏文娟的毛病，几乎每时每刻都能听到这样的抱怨，故意逗她说：“苏姐，您没听说这样一首民谣吗：原始社会就是好，光着屁股到处跑，男男女女随便搞，没有警察来干扰……”

大伙儿都笑起来，可是苏文娟却依然很认真：“放屁，这是谁编的歌谣呀，谁要是羡慕这乱七八糟的胡来，叫她妈先脱光了让人家随便搞搞。”

这是急诊室的科室，尹音本来不在这里，只是因为轮休的时候大调班，她也被临时安排这个班里了。同样的遭遇使她对苏文娟的抱怨深有同感，于是便问："苏大姐，您说谁呢？"

苏文娟说："观察室的一对狗男女，公开搂在一起睡觉，连吊瓶光了都不知道。开始他们还真把我唬住了，说我们相亲相爱，你管得着吗？等后来我一登记就露馅了，什么他妈的相亲相爱，那男的根本就不是孩子的父亲，孩子的父亲出差了，他到这儿与孩子妈相亲相爱来了。你说眼下的人怎么这么不要脸，原本是偷偷摸摸的事，倒弄得比明媒正娶还理直气壮。"

尹音只是觉得这事有点儿奇怪，世风日下，男人有钱就变坏，女人变坏就有钱，连徐冲这样没有钱的男人都去嫖娼了，这世界上还有好人吗？男人没有一个好东西，那么女人呢？不是好东西的男人总得去找那些不是好东西的女人吧？那么女人还有多少好东西呢？

尹音正胡思乱想着，苏文娟突然说："净顾得生气了，那孩子还有一针退烧药没往瓶里加呢。尹音，你去吧，我可再也不愿意见到那对狗男女了。"

于是，尹音拿着那瓶退烧药进了观察室病房。

刚才的一场莫名其妙的争吵，徐冲和靳小晴睡意全无。徐冲还有点儿赌气，说："你说咱招谁惹谁了，平白无故挨这么一顿狗屁呲。"

靳小晴说："算了，人家也是好意，咱确实把孩子忽略了，都怪我。"

徐冲说："怪你什么？就算咱有错，她也不应该这么骂咱们呀。"

靳小晴说："我看你还是上班去吧，这里我一个人就行了。"

徐冲心疼地说："不行，你也熬了一夜了，我怎么能放心得下呢。这样吧，我看咱俩人轮流睡一会儿吧，你先睡，我看着孩子。"

靳小晴说："不，我不困，一点儿也不困，你要困你先睡吧。"

徐冲说："别逞强，我是男子汉，我顶得住，你快抓紧时间睡一会儿。"

徐冲说着，就将靳小晴按在床上，让她挨着妙妙躺下，又伏下身子坐在她身边，温柔地哄劝着："听话，宝贝，别让我操心，你睡一会儿吧。"

靳小晴感动得搂住了徐冲的脖子，徐冲将嘴唇朝靳小晴的脸上压下来。

正在这个时候，尹音拿着药进来了。

徐冲是发现有人进来抬起头来的，在他抬起头来那一刹那，跟尹音四目相对了……

没有比这场面更尴尬的了。徐冲的一只胳膊还搂着靳小晴的脖子，另一只手撑着床。他只是呆呆地看着尹音，身子顿时僵硬得动也动不了了。靳小晴也觉出了徐冲的异样，直起身抬起头来，她看见了尹音那双惊愕的眼睛里充满了愤恨。

还是尹音及时将自己镇静下来，她像不认识徐冲和靳小晴一样，非常职业地走近妙妙头上的吊瓶，小心翼翼地将药加入输液瓶里。然后，尹音转身走了，再也没看徐冲一眼……

尹音走出去半天，徐冲和靳小晴都缓不过神来。他们不知道该怎么办，两个人连互相看一眼的勇气都没有了。

就在这个时候，白姐进来了。白姐见到了打着吊瓶的妙妙，又忍不住哭了起来："哎呀孩子……你怎么了……我的孩子……怎么病得这么厉害呀……可把我急坏了……小晴，孩子到底怎么了？你说呀，孩子怎么了？"

靳小晴看着白姐，没有说话。

徐冲却看着靳小晴："她是谁？"

靳小晴只觉得眼前一黑，便什么都不知道了……

徐冲急忙将靳小晴抱在怀里，惊恐地呼喊着："小晴……小晴……"

白姐也慌了："怎么了……小晴你怎么了？"

徐冲朝白姐叫着："还不快去喊医生！"

白姐慌慌张张地跑出了病房，医生进来了……

当靳小晴苏醒以后，已经躺在观察室的另一张病床上了。徐冲焦灼地守护着她，白姐却眼巴巴地守在妙妙身边。

靳小晴看着徐冲，泪水流了下来。

徐冲说：“小晴，你太累了，医生说你太累了……”

靳小晴想爬起来，徐冲一把摁住了她：“别动，你得好好休息，好好休息一下。”

靳小晴问：“尹音呢？”

徐冲说：“她走了……”

靳小晴歉疚地说：“没想到……给你找了这么多的麻烦。”

徐冲说：“不怨你，一点儿也不怨你。”

靳小晴用泪眼看着徐冲，嘴唇哆嗦着。

徐冲用眼神指着妙妙身边的白姐问：“小晴，我只想问你，她到底是谁呀？”

靳小晴还没有来得及回答，后面一个声音响了起来：“对了，我也想问呢，她到底是谁呀？”

徐敏来了。

五十一

妙妙是三天以后出的院。通过这次妙妙生病住院，徐冲跟靳小晴关系更加向前推进了一步。包括徐敏，也对靳小晴非常敬重起来。白姐的出现，暴露了靳小晴一个天大的秘密。她原来一直自己花钱为妙妙请奶妈。开始的时候，徐敏对此有很大的怀疑。靳小晴原本出来打工挣钱给父亲治病的，可是她却用自己的工钱为妙妙请奶妈，那她到底需要不需要钱？不需要钱休学来打工干什么？

对于这个问题，靳小晴有一个非常有说服力的理由。靳小晴说，他们的父亲徐文发已经支援她两万元钱了，她欠徐家的情已经很多了，不能再向徐家要钱了。徐冲和徐敏也并不知道父亲给靳小晴钱的事情，父亲很高尚，靳小晴同样很高尚。姐弟俩都被感动了，现在到哪儿去找靳小晴这样忠实可靠的女孩儿呢？

徐冲与靳小晴的感情加深了，徐敏则更加极力地怂恿弟弟追求靳小晴。徐敏已经在市图书馆上班了，工作很清闲，按时上下班，她很愉快。下一步则考虑该如何将家搬到城里来了，文化局的张局长原来在靠山集镇当过党委书记，跟徐敏的丈夫关系也很好，答应帮助他们贷款购买一套经济适用房。徐敏心里充满了阳光，光亮的女人总喜欢用自己去照亮别人。于是，差不多每天徐敏下班以后都主动看孩子、做家务，让徐冲约靳小晴出去玩。

徐冲不大喜欢热闹，靳小晴也厌烦到人多的地方应酬。所以他们很少参加朋友们的聚会，也不到卡拉 OK 之类的地方消磨时间。这个城市里没有高档次的文化生活，连个话剧团都没有。有一个地方戏剧团也半死不活，年轻漂亮一点儿的演员都到歌厅唱歌伴舞去了。只是有政治任务的时候，政府拨一点儿钱他们才有正式的演出。怪可怜的。靳小晴常常跟徐冲谈起北京，在北京她常常跟同学一起到首都剧场看北京人艺演出的话剧，那是话剧艺术的殿堂，看北京人艺的话剧是一种身心俱佳的享受。就是票价贵了点儿，一张票二百多元她是买不起的，她只能买专门向大学生出售的优惠票。她跟徐冲讲这些，徐冲就像是在听异国他乡的故事，很神往，很羡慕，很为靳小晴感到自豪。

没有别的消遣，他们就到郊外去玩，随便闲玩，或骑自行车，或步行，很浪漫。有时候他们也看电影，电影不景气，电影院里总是空荡荡的。他们愿意把那空空荡荡的电影院填补得充实一点儿，为了节约与利用资源，也为了挽救中国的电影市场。这样，有时候很无聊的片子他们也看，完全当成了慈善事业去做，很神圣。

这天晚上，靳小晴挽着徐冲从电影院出来，高高兴兴。靳小晴说她想吃烤羊肉串，徐冲心里不赞成，不知道为什么女孩子都喜欢吃这些东西。脏兮兮的，味道怪怪的，据说烧烤的食物还容易引起癌症。他想劝说靳小晴别吃羊肉串，可是靳小晴不干，摇晃着他的胳膊撒着娇。靳小晴难得如此撒娇，徐冲喜欢靳小晴向他撒娇。女孩儿撒娇是征服男人的最锐利的武器，徐冲屈服了，到尘土飞扬的路边为靳小晴买羊肉串儿。靳小晴在电影院前的高台阶上等着徐冲。

一只胳膊被紧紧地抓住了，靳小晴回过头来，“啊”地叫了一声。叶建平正瞪着两只血红的眼睛盯着她，靳小晴使劲甩了一下，叶建平却没有松手。

靳小晴愤怒了：“你想干什么？”

叶建平充满敌意地问：“那个男人是谁？”

靳小晴气怒地说：“你放开我，这不关你的事。”

叶建平依然不松手：“告诉你，我跟踪你好几天了。你以为你把手机换了我就找不到你了吗？别低估了我的智商，微博上的卡哇伊小保姆是你吧？我跟你私信了几次，就知道了你在烟海市了。”

靳小晴心里一震，莫非他就是那个晓风残月？真卑鄙。

叶建平的手抓得更紧。

靳小晴说：“你再不松开我，我可要喊人了。”

叶建平说：“你喊人我也不怕。我怕什么？你是我的老婆，他抢了我的老婆，我凭什么要怕？”

靳小晴说：“你臭不要脸，谁是你的老婆，我什么时候答应嫁给你了？”

叶建平嘴里说不怕，还是把手松开了。

靳小晴扭头便朝台阶下走去。

叶建平急了，匆忙拦在她面前：“小晴，求求你了，跟我回去好不好？不就是十几万块钱吗，我给你还不行？”

靳小晴说：“十几万块钱，你给我？好大方呀！当初你要是这么大方，至于逼得我弟弟当街跪下向路人乞讨吗？至于把我逼得休学出来打工吗？”

叶建平说：“就是为了这十几万元钱，你就甘心把自己卖给了这个playboy？”

靳小晴说：“你放尊重点儿，谁是花花公子？”

叶建平说：“你以为我不知道？他叫徐冲，是市委书记的大公子。”

靳小晴火了：“是又怎么样？与你有什么相干？告诉你，我跟你没有任何关系，你知趣一点儿，不要再来干扰我。”

叶建平说：“这办不到，我说过，没有你我活不下去，你必须回到我的身边来，我不会放弃的。”

徐冲举着两串羊肉串儿回来了，见靳小晴身边站着一个人，便在不远处停下了脚步。

靳小晴见到徐冲，像见到救星一样，扔下叶建平就跑向了徐冲的身边。徐冲见靳小晴慌慌张张的样子，又见后面的男人神态极不自然，便问：“怎么了，你认识他？”

靳小晴说："他是一个无赖。"

徐冲问："他对你非礼了？"

靳小晴说："不理他，我们走。"

徐冲说："告诉我，他要是欺负了你，我饶不了他。"

靳小晴挽着徐冲的胳膊，故意回头看了一眼。只见叶建平可怜巴巴地站在高台阶上，并没有勇气追上来。靳小晴心里想，这就是北方男人的威力。上海小男人就是这样，表面上气势汹汹，只敢动口不敢动手，而北方男人却能勇敢地面对一切敢于来犯之敌。即使是在动物界，雄性为了追求配偶，也要勇猛地与同性决一死战，胜利者才有资格得到雌性的青睐。

然而靳小晴想错了，当她与徐冲相拥相抱地回到家里的时候，客厅里的电话铃响了起来。

电话是徐冲接的，当电话一响靳小晴就有一种不祥的预感。

电话里的声音很响，连站在旁边的靳小晴都听得清清楚楚。电话果然是叶建平打进来的，鬼知道他是怎么得到的电话号码。有心计的小男人做这样的调查恐怕并不难。远距离通话，叶建平的胆量又壮起来："你是徐冲吗？我想跟你谈谈。"

徐冲客气地问："请问你是谁？要跟我谈什么？"

叶建平说："我叫叶建平，是靳小晴的男友，我们已经恋爱两年了，准备结婚了。希望你能离她远一点儿，不要破坏我们的关系。"

徐冲稍微愣了一下，立即说："你是不是刚才在电影院门口跟靳小晴说话的那位先生。"

叶建平说："正是在下，我们是同学。"

徐冲说："可是有一个问题，靳小晴从来没有跟我说过她有一个所谓的男朋友。"

叶建平嗥叫般地说："那是她在欺骗你，你千万不要相信她的花言巧语。她跟你好，完全是为了你家的地位，为了你的钱，你千万不要相信她。"

徐冲喘了一口气，声调越发平静客气起来：“叶先生，你既然想跟我谈谈呢，我们不妨先交换一下意见。你让我不要相信靳小晴的花言巧语，就是说她是个善于说花言巧语的人对不对？”

叶建平说：“完全是这样，我这样说是为了你好，为了不让你上她的当。”

徐冲说：“谢谢，谢谢你的提醒，非常感谢你。”

叶建平得意忘形地说：“这么说你同意把靳小晴还给我了？”

徐冲说：“先不说我有没有权利把靳小晴还给你，也不说靳小晴是不是你的。如果让我说，靳小晴只是属于她自己的，不存在你向我讨，也不存在我还给你的问题。我现在要问你的是另一个问题，既然靳小晴是一个善于说花言巧语的人，你不让我相信她的花言巧语，那么你信不信她的花言巧语呢？”

叶建平也换上了一种客气的外交语言：“徐先生，我爱靳小晴……我们已经两年了……我离不开她……你应该理解我的感情……”

徐冲忍着性子说：“你还没有回答我的问题，你为什么纠缠一个善于用花言巧语蒙骗人的女孩儿呢？”

叶建平没词了：“我傻……恋爱的人都是傻瓜……”

徐冲说：“那好吧，现在该我当这个傻瓜了。我正式告诉你，我不管靳小晴过去怎么样，现在她爱的是我。你最好离她远一点儿。”

叶建平也叫起了阵：“不可能，我绝不可能放弃靳小晴。靳小晴一天不回到我的身边我就……”

徐冲说：“你就怎么样？”

叶建平又嗥叫起来：“我……我永不放弃，我让你们永远不得安宁……我要……”

徐冲说：“你既然这样不肯让步，我倒有个主意。我们决斗吧，时间、地点、使用的器械都由你来定，你说吧。”

叶建平软了：“我……我……我不做违法乱纪的事，决斗是非法的。”

徐冲说："那么你说一个合法的办法。"

叶建平气急败坏地说："她……她是我的……我……我已经跟她睡过了……她是一个破烂的女人……你有权有势，要这样破烂的女人干什么？"

靳小晴在一边气得浑身发抖，上前要抢徐冲的电话。徐冲向她使了使眼色，制止了她。

叶建平还在泼妇似的叫嚷着："姓徐的，你不要仗势欺人……靳小晴不会真心对待你的，你也不要玩弄靳小晴的感情……"

徐冲依然平静地说："叶先生，别激动，你镇静一点儿，听我问你一句话。"

叶建平说："什么话，你问吧，我对你毫无隐瞒。"

徐冲说："请问你是哪里人？"

叶建平自豪地说："上海人，怎么了？你以为我是乡下人吗？"

徐冲说："恰恰我是乡下人，靳小晴也是乡下人。但是我要告诉你的是，尽管你们将自己当成中国的高等华人，可是我从来对你们没有好感。现在我更清楚了，由于你的所作所为，你这种小男人不但浅薄，还他妈卑鄙无耻！"

徐冲说完这句话，嘭的一声将电话挂上了。

靳小晴扑进徐冲的怀里，嘤嘤地哭泣起来。

徐冲紧紧地搂着靳小晴说："别怕，什么也别怕。"

靳小晴仰起头，歉疚地说："冲，我……我要跟你说清楚。"

徐冲抚摸着靳小晴的头说："不要说，什么都不要说，我心里都清楚。"

靳小晴将嘴唇贴在徐冲的耳垂上，感动万分地说："冲，你是一个真正的男子汉……我爱你……永远……"

徐冲将靳小晴弯腰抱起来，进了自己的房间……

五十二

这是靳小晴第一次公开向蓝湘的命令提出抗议，而且抗议是极其严厉的。连她自己也非常奇怪，她竟然敢违反她们之间的契约，向她的主人说不。

也怪，这天蓝湘在电话里还跟靳小晴聊起了天。电话是这天下午打来的，还好徐家人都没有下班。蓝湘问她家里怎么样，她父亲的身体恢复得怎么样，弟弟学习怎么样等。靳小晴很感动，蓝湘总是这样，经常能有一些让人感动的事情。所以尽管靳小晴卖身给她，却一直对她存一份感激之情。谈着谈着，蓝湘的语气就变了，这也很正常，她本来就是个喜怒无常的人，靳小晴早就有所领教了。

蓝湘说："你现在跟徐冲可玩得够腻歪的，陷入情网了吧？"

靳小晴老老实实地说："还真有点儿。"

蓝湘说："是他陷入了情网还是你陷入了情网？"

靳小晴说："差不多是同步吧。"

蓝湘问："此话怎讲？"

于是，靳小晴便将叶建平到烟海市来找她，怎么纠缠她，徐冲又怎么表现出了男子汉气概的事情跟蓝湘说了一遍。

蓝湘觉得问题有点儿严重："叶建平离开烟海市了吗？"

靳小晴说："恐怕还没有。他这个人我清楚，不但小气、懦弱，还一根筋。"

蓝湘沉吟了一下说："看来得把这无赖赶走，别让他坏了咱们的大事。”

靳小晴没说什么。

蓝湘又将话题转了过来：“徐冲还要求你嫁给他吗？”

靳小晴说：“当然，那天妙妙病了，他在医院还说我们要有自己的孩子呢。”

蓝湘问：“你答应他了吗？”

靳小晴敷衍着说：“没明确答应，也没拒绝。”

蓝湘又问起了另一个话题：“前些天我让你再读一遍《三国演义》，你读了吗？”

靳小晴说：“读了，还没有读完。”

这一次靳小晴没有说实话，《三国演义》那套书她是买了，可是一直在她的床头放着。她不是没有兴趣读，读书是靳小晴的一大嗜好。只是她实在没有时间，白天要照顾妙妙，要做家务，还要采买做饭，够她忙活的了。不要说读《三国演义》，就是她兴趣盎然的微博也没有再继续写下去。到了晚上更忙，跟徐冲约会，跟徐冲做爱。在床上，徐冲总有用不完的精力，而她的欲望也越来越强，两个人都控制不住自己，哪儿还有精力顾及别的事情呢？

蓝湘说：“读一些也就够了，知道董卓是怎么死的吗？”

靳小晴随口说：“被吕布杀死的。”

蓝湘问：“董卓是吕布的义父，吕布为什么要杀董卓？”

靳小晴说：“吕布中了貂蝉的离间计。”

蓝湘声调异常严肃起来：“靳小晴，现在我们实行下一步的复仇计划，你充当貂蝉的角色，一方面继续抓紧徐冲，一方面勾引徐文发……”

没等蓝湘说完，靳小晴就条件反射般地反抗起来：“不……不行……我不干……我坚决不干，就是让我死我也不干……”

蓝湘在电话里叫喊起来：“靳小晴，你给我闭嘴。在我的话没说完之时，不许你插嘴，你要懂得规矩。听见没有？”

靳小晴立刻闭上了嘴巴，可是脑袋却嗡嗡地响着，天旋地转。

蓝湘继续叫嚷着：“你越来越放肆了？你以为你是谁？你是徐家的儿媳妇吗？你是北大的女学生吗？你是撒娇受宠的大小姐吗？别忘了你的身份。你现在还不是靳小晴，你是属于我蓝湘的。你是我的奴隶，我是你的主人，我的话你必须服从，百分之百地服从，一点儿折扣都不能打，我们是有协议的。你现在居然跟我顶起嘴来了，居然敢反抗我了，居然敢跟我说不了，谁给你的权力？你爱上了徐冲就觉得身份变了是不是？一个人可以得意，但是不能忘形……”

靳小晴举着电话，浑身抖成了一团。她听着蓝湘在电话里没鼻子没脸的训斥，心里的逆反情绪仍然像火一样地燃烧着。她竭力搜索着理由，继续抗拒着蓝湘的所谓命令。等蓝湘训斥完了，她柔中带刚地说：“蓝姐，您说完了吧，我也想跟您谈两句。不错，我们之间是有协议，您是我的主人，我是该服从您的命令。可是我们有言在先，犯法的事我不能干，您还记得吧？”

蓝湘嘿嘿笑了两声：“靳小晴，你年纪不大忘性可不小。当时我记得你是这样说的：杀人我不干。我是这样回答你的：我不让你去杀人；你说：贩毒我不干。我说：我也不让你去贩毒。你还说，卖淫你也干……我答应过不让你去卖淫，必要的时候献身是免不了的。这些都是原话吧？我的记性不坏吧？”

靳小晴依然反驳着：“您让我像貂蝉一样离间他们父子，这跟杀人有什么区别？”

蓝湘说：“杀人是用暴力结束一个人的生命，我让你去勾引徐文发，这是暴力吗？这结束谁的生命了？”

靳小晴说：“这样做的后果会出人命的。”

蓝湘说：“出人命的后果跟你没有任何关系。”

靳小晴说：“可是我不能做这伤天害理的事，这太缺德了。”

蓝湘说：“谁伤天害理，是你吗？是我吗？错了，是他徐文发！如果不是徐文发伤天害理，我们凭什么跟他这样过不去？”

靳小晴忍不住问："蓝姐，徐文发到底怎么得罪你了，你不能放他一马吗？"

蓝湘异常严厉地说："靳小晴，我告诉你，你没有权利打听这个问题。这是第一次，也是最后一次，下不为例。听明白了吗？"

靳小晴只好说："听明白了……不过蓝姐，我还想说，即使您跟徐文发有仇，也不能殃及徐冲啊。徐冲该是无辜的吧？"

蓝湘说："谁无辜？难道我不是无辜的吗？难道你不是无辜的吗？说句公道话，最不该殃及的是你，你不是也做出了巨大的牺牲吗？小晴，别太天真了，别太温情脉脉了。我们现在是在复仇，不是游戏。我明确地告诉你，我要让徐文发家破人亡，遗臭万年！"

靳小晴还想说什么："蓝姐……"

蓝湘说："我的话说完了，你按照我说的去做就是了。"

"啪"的一声，电话断了。

靳小晴依然愣愣地站在客厅里，像一根烧焦了的树桩……

五十三

靳小晴觉得自己陷入了一片沼泽地里，不是红军二万五千里长征穿过的那片沼泽地，而是《这里的黎明静悄悄》里回去求援的那个女战士踏入的那片沼泽地。前无援兵，后无退路，手里连根救命的稻草都没有。就那么陷进去了，仅仅一声绝望的呼唤，就被吞没了。一个生命就这样被无声无息地吞没了，表面上连一点儿痕迹都没有留下。

蓝湘居然还说了一句公道话，难道你不是无辜的吗？最不该殃及的是你，你不是也做出了巨大的牺牲吗？

靳小晴感到了一种宿命的无助，蓝湘与徐文发之间的仇恨完全是他们之间的事情，自己却阴错阳差地卷了进来，还被夹在了中间，成为了她复仇的工具。命该如此吗？这里面有多少必然的理由呢？仅仅是因为三十五万元钱，仅仅是因为父亲的病。可是，话又说回来了，如果不是那三十五万元钱，父亲的命能保住吗？三十五万元钱，使她从一个最高学府的大学生变成了一个伺候人的小保姆，使她从一个纯洁的女孩儿变成了不要脸的荡妇，使她从一个天使变成了魔鬼……她以前还曾庆幸过这个不幸之中的遭遇，毕竟她做出的牺牲还算体面，甚至还算愉快。想不到的是这种牺牲刚刚开始，谁知道以后还有什么刀山火海呢？

天下没有免费的午餐，这她懂；天下也没有廉价的午餐，这她刚刚体会到。

徐冲很快便发现了靳小晴情绪的不正常，他总是以为自己做错了什么，千方百计地讨好靳小晴。可是无论如何靳小晴还是打不起精神来。

吃过了晚饭，徐冲想约靳小晴到外面走走，散散步，谈谈心。可是靳小晴就是躲在妙妙的房间里不出来，当着父亲和姐姐的面，徐冲又不好意思央求她。晚上，徐冲来敲门，靳小晴说身体不舒服，硬是拒绝了徐冲，这让徐冲感到很痛苦。

靳小晴整夜整夜地睡不着，她想着该如何减轻即将发生的灾难，而她本人将是这场灾难的制造者。蓝湘说这不是杀人，出了人命与她无关。能无关吗？她爱徐冲，她的心里早已经承认了她对徐冲的爱。这种爱，远远超过当初对叶建平的感情。她跟叶建平虽然是初恋，却没有这样刻骨铭心。可是，靳小晴对徐冲的冷落，让徐冲自然想到了叶建平。

这一天，徐冲没有上班，不知道是请了假还是故意旷工了。徐冲说要跟她谈谈，谈什么呢？她能谈什么呢？她马上就要置徐冲于死地了，徐冲还浑然不觉。她觉得自己太阴险了，太恶毒了，太伤天害理了。但是她又不能对徐冲说，什么都不能说。她想让徐冲讨厌自己，反感自己，甚至将自己忘掉。后来她发现，让一个人讨厌自己，比让一个人爱上自己还要难。她想，现在让徐冲对自己多一分讨厌，将来自己对徐冲就有可能少一分伤害。

她故意跟徐冲找碴儿，无缘无故地发脾气，还用很刻薄的语言刺激徐冲。可是没有用，徐冲对她依然痴心不改，总是想方设法巴结她，讨好她，哄她高兴。她硬下了心肠，再不跟徐冲约会，更不跟徐冲上床，让徐冲受折磨、受熬煎。可是折磨徐冲无异于折磨自己，徐冲受到的是失恋的痛苦，可是她还要承受另一种痛苦，一种巨大的罪恶感。

靳小晴为了让徐冲尽快地离开自己，办了一件自己都觉得荒唐可笑的事。这一天她居然去烟海医院找到了尹音， 尹音用敌视的目光看着她，

靳小晴觉得自己陷入了一片沼泽地里，前无援兵后无退路，手里连根救命稻草都没有，就那么陷进去了，仅仅一声绝望的呼唤，就被吞没了，表面上连一点儿痕迹都没有留下。

猜测着她的来意。这是在尹音的办公室里，她约尹音到外面谈谈，尹音却一点儿都不给面子："有事你就在这儿说吧，你没见我正上班吗？"

她低三下四地央求着："尹音姐，我是真心的，我真的找你有重要的事情，与你有关的事情。"

科室里还有别人，尹音也有点儿怕靳小晴说出不利于自己的话来，就带着她出去了。

她们是在医院的楼顶上谈的，居高临下，那里可以俯瞰车水马龙的烟海市区，甚至可以看到徐家的那栋机关宿舍楼。

尹音依然冷着脸："说吧，有什么事？"

靳小晴慎重地选择着词句："尹音姐……徐冲是个好人……真的……"

尹音气愤起来："他是什么人我还不清楚，用得着你来告诉我吗？"

靳小晴说："那件事他是受冤枉的，是有人故意害他……"

尹音说："就算那件事他是受冤枉的，那么你们俩人的事呢？难道他也是冤枉的？"

靳小晴说："可以这么说……"

尹音奇怪起来："什么叫可以这么说，谁冤枉了你们，是我吗？"

靳小晴说："不，尹音姐，我跟徐冲……不是认真的……我们不过……"

尹音说："不过什么？不过逢场作戏是吗？我告诉你，你可以跟他逢场作戏，但是我却看见了一场好戏。"

靳小晴说："尹音姐，你原谅徐冲吧，他是个好人，是个很认真很负责任的好人……"

尹音说："既然徐冲是这么好的人，你为什么不跟他？"

靳小晴羞愧地说："我……不配。"

尹音问："为什么不配？"

靳小晴狠了狠心说："我……我是个贱女人……"

尹音笑了："既然徐冲能跟你这个贱女人好，可见他也不是什么好东西。"

靳小晴急得眼泪都要掉下来了："尹音姐，求求您了，我知道徐冲对您的感情有多深，我可以负责任地说，失去徐冲，你会后悔的……"

尹音更加气愤了："我后不后悔不关你的事，你还有事吗？我可没时间听你扯这些骚事。"

尹音说完，竟然丢下靳小晴，怒气冲冲地走了。

徐冲一边哄劝着靳小晴，一边琢磨着靳小晴突如其来的变化。想来想去，他想到了叶建平，或许靳小晴跟叶建平依然旧情未断。既然叶建平是那样一个卑鄙小人，靳小晴为什么还留恋他呢？这个女孩儿就是心太软，人家痛哭流涕地一求她，她就找不到北了。这样想靳小晴，越发觉得靳小晴可爱难得了，徐冲越发不肯放弃了。

这天晚上，收容所来了个电话，找靳小晴。靳小晴很奇怪，收容所都是收容那些盲流和无家可归的人的，怎么会找她呢？收容所的人说，有一个叫叶建平的被收容了。靳小晴问为什么收容。收容所的人说："他身上没有任何证件，说是来找你的，我们核实一下。"这时候，叶建平抢过了电话，叫嚷着："小晴，别听他们的，我有证件，他们检查我的证件，我给了他们，被他们撕了，他们还污蔑我没有证件，这是陷害……"

电话被摁断了。

徐冲一直在旁边听着。

靳小晴放下电话，怒气冲冲地瞪着徐冲："你干的？"

徐冲急了："我……我什么都没有干……这跟我没有任何关系……"

靳小晴愤怒地说："你还说叶建平卑鄙，我看你比他还卑鄙！"

靳小晴说完跑进自己的房间里，嘭的一声将门闩上了。

徐冲在外面敲着门，急赤白脸地为自己辩解着："小晴，请你相信我，我绝不是那种人……我怎么能让收容所收容叶建平呢？我以人格担保，我马上打电话，让他们把叶建平放了，太不像话了……不知道是谁干的，怎么什么事都往我的头上栽呢……小晴，请你相信我……"

徐冲解释着，都要哭了，他觉得自己太委屈了。

靳小晴明明知道自己错怪了他，可是她宁愿将错就错。她想让徐冲觉得，靳小晴就是这么浑不讲理，就是这么霸道，就是这么不是东西……你恨靳小晴吧，快点儿离开靳小晴吧，求求你了，徐冲。

五十四

公安局局长严松明来找靳小晴，这不但让徐冲大吃一惊，连徐文发都愕然了。这个铁面无私的黑脸包公找靳小晴来调查什么呢？

只有徐敏心里清楚，是她向严局长提供的情况。

这些天，徐敏的眼前总是晃动着一个人影，响着一个声音。这个人就是白姐，白姐那天在她家门前的哭叫让她怎么也忘不掉。尽管后来靳小晴解释清楚了，是她自作主张为妙妙请的奶妈。她相信这是真的，她不怀疑靳小晴，却总是觉得白姐奇怪与反常。她看得清清楚楚，白姐发现妙妙不在，像发了疯一般，像失去了自己的亲骨肉一般。她听得真真切切，白姐口口声声地叫着孩子，呼唤着孩子的名字，那声嘶力竭更是要死要活。只有做过母亲的人才能体会到孩子在女人心里的位置，只有做过母亲的人才能被白姐那哭叫声震撼。那么，白姐到底是什么人呢？她怎么就当上了妙妙的奶妈呢？白姐是在给妙妙喂奶的过程中跟孩子产生了骨肉之情，还是另有别的原因？这个问题总像一团迷雾似的缠绕着徐敏，徐敏又不好过多地追问靳小晴，那样好像是对靳小晴的不信任。

突然有一天，徐敏在楼下遇见了严松明。严松明跟徐敏聊起来，他一直没有忘记侦查那个孩子的来龙去脉。徐敏便把白姐的事以及对白姐的怀疑说了，严松明认为这个情况很重要，要亲自找靳小晴调查一下。

平心而论，靳小晴在这件事上是非常坦然的。她为妙妙找奶妈，为的是孩子。作为保姆，她有权利和义务将孩子带好。不管这个孩子是谁的，也不管他是个野种还是庶出。孩子是个弱小的生命，无论是出于母爱还是人道主义，她都该将这孩子养活带好。她跟徐冲、徐敏讲的理由，连她自己都深信不疑。可是，随着严松明对她的调查，她却越来越胆虚起来。

严松明不但有一双具有穿透力的眼睛，更有一套与众不同的思维方式。而这种思维方式，恰恰都是别人包括当事人在内最容易忽视的细节，这些细节又往往能切中事物的要害，暴露出事物的本质。他问："你是怎么认识白姐的？"

靳小晴如实回答："在超市里。"

严松明说："你在买什么？"

靳小晴说："婴儿奶粉什么的。"

严松明问："是她先跟你打招呼的，还是你先跟她打招呼的？"

靳小晴记得清清楚楚，是白姐先跟她搭腔的。

严松明又问："是她提出给孩子当奶妈的，还是你提出的？"

靳小晴也记得清清楚楚，是白姐先提出来的。

严松明问："你每次给她十元钱，她满意吗？"

靳小晴说："满意，非常满意，她还说再少给点儿也行。"

严松明问："她对孩子好吗？"

靳小晴说："好，非常好，她特别喜欢妙妙。"

严松明问："她给孩子买过东西吗？"

靳小晴说："买过，买过多次。"

严松明问："都买过什么？"

靳小晴说："衣服、玩具，还有吃的。"

严松明问："她对孩子很亲吗？"

靳小晴说："很亲。"

严松明问："怎么个亲法？说具体点儿。"

靳小晴便将白姐如何喜欢妙妙，叫心肝宝贝的事说了。

严松明又叮问一句："她管孩子叫儿子是吗？她还教儿子叫妈是吗？"

靳小晴点了点头，这些细节严松明是怎么知道的。是推理，还是猜测？

严松明又问："在她给孩子喂奶的时候，都有过什么反常的现象？"

靳小晴一下子想到了白姐抱着妙妙落泪的情景。

严松明问："你说她见到妙妙就想起了自己的孩子，是她说的，还是你猜测的？"

这个问题无论如何靳小晴想不起来了，可是严松明就偏偏抓住这个问题不放，一而再，再而三地让她好好想想，再想想。想来想去，靳小晴还是模棱两可。严松明不再追问她了，似乎他已经明白了什么。严松明临走的时候，嘱咐靳小晴，不要在白姐面前表现出什么来，该给孩子喂奶还让她喂就是了。

在严松明找靳小晴调查的时候，徐敏回避了，徐冲却一直等候在一边。严松明刚一走，徐冲便迫不及待地要与靳小晴亲近。靳小晴依然冷冷地拒绝了他，回到了自己的房间里。

徐冲焦灼地在靳小晴房间的门外徘徊着，万般无奈的样子。靳小晴突然发觉，徐冲原来是个很脆弱的人，他的心理承受能力并不强。难怪他在跟尹音的感情挫折中那么容易误入歧途呢。想到这里，靳小晴又为他担心起来。然而，她还是狠了狠心，坚持不给徐冲开门。

靳小晴躺在床上，眼前和耳边依然是与严松明谈话的情景。她把与严松明的谈话回忆了一遍，突然出了一身冷汗。她居然发现，白姐的出现与表现存在着许多疑点。这到底是怎么回事呢？她以前怎么从来没有注意这些疑点呢？

她躺不住了，恐怕要出事，要出大事。这事无论如何要让蓝湘知道，她腾地坐起身，拨着蓝湘的电话。蓝湘却没有开手机，她只好留下了一条短信息：有急事汇报，速联系。

徐冲终于忍不住了，使劲敲起了门。夜深人静的时候这声音显得特别恐怖，也显出了徐冲内心深处的焦灼。这声音要是让徐敏听见怎么办？徐文发要是回来听见这声音怎么办？靳小晴胆怯了，心也软了。她急忙下了床，将门打开。

徐冲像饿狼似的朝她扑过来，将她紧紧地搂在怀里，呜呜地哭了起来：“小晴……你到底怎么了……告诉我……我怎么得罪了你……你不能……不能这样折磨我……”

这发自内心深处的哭叫声让靳小晴彻底失去了抵御能力，靳小晴也将他紧紧地抱着，哭了起来。两个哭泣的心灵又贴在了一起，两个渴求的身躯又燃烧起来。爱是有记忆的，这记忆不仅储存在灵魂里，也储存在肉体上。

靳小晴的努力失败了……

五十五

蓝湘的电话是第二天下午才打来的，她说她回北京去了一趟，刚刚赶回烟海市。靳小晴觉得蓝湘实在是有点儿神出鬼没，来无踪去无影。靳小晴就是被这样一个神秘女人为了一个神秘的复仇计划神秘地牵动着，指挥着，如果不是与她做人的原则相悖，这也是一个非常奇特、非常刺激的经历。她又想到了自己要写的纪实小说，想到了让小视她的作家秦桑大吃一惊。可是，眼下这一关该如何闯过去呢？

蓝湘听完她的汇报，沉默起来。在靳小晴印象里，蓝湘办事向来干脆果断，令行禁止，从来不优柔寡断，拖泥带水。这会儿她沉默了，说明她也感觉到了势态的严重。靳小晴紧张起来，她知道自己雇用白姐惹了祸，可能会给蓝湘的全盘计划带来相当大的麻烦。她等待着蓝湘的埋怨训斥，甚至准备接受蓝湘的惩罚。可是蓝湘却没有，蓝湘就是这么一个有大胸怀的人。惹了麻烦想解决麻烦的办法，不怨天尤人，不推诿责任，更不拿手下的人出气发火。她认为这是一种无能的表现，是妇人之所为，尽管她自己也是个妇人。她瞧不起这种心胸狭窄的领导者。蓝湘思索了一会儿，断然说：“你不要紧张，不要露声色，继续让白姐给孩子喂奶。现在最关键的问题是我们要抓紧实行第二套方案，明白吗？”

靳小晴装糊涂也不行，只好应声说：“我明白。”

蓝湘又严厉起来：“一个星期，我只给你一个星期的时间，你要把徐文发给我搞到手，并且要让徐冲知道。明白吗？”

“明白吗”是蓝湘的习惯用语，这三个字看似平常，却力重千钧，相当于决议的立即执行，相当于红头文件的公章，相当于战场上的信号枪。靳小晴哪敢说不明白呢？

蓝湘补充说：“以前你办事太拖拉了，这不怨你，是我没有给你明确的指标。现在我向你交代清楚了，一个星期的时间，我不管你有什么理由，到一个星期你要是没有完成任务可别怪我心毒手辣、大义灭亲！”

蓝湘最后这句话让靳小晴浑身直冒冷气，蓝湘从来没有这样威胁过她。以前也训斥，也严厉，可是从来没有说到过惩罚。现在蓝湘终于露出了凶险的一面，靳小晴早就感觉到她是有凶险的一面的。如果没有这一面，怎么会有如此周密恶毒的复仇计划呢？原来这一面的指向是对准徐文发的，现在这一面也转向靳小晴了。

靳小晴想，蓝湘将怎样惩罚自己呢？逼着她退还三十五万元钱？不会这么便宜她的，那三十五万元钱早就买回了父亲的命了，她知道靳小晴是无法还给她的。那么蓝湘能怎么办呢？要钱没有，要命一条……天呀，蓝湘会要她的命的，蓝湘做得出来，肯定做得出来。要她的命不要紧，关键还有父亲，还有弟弟，他们全家的性命都捏在蓝湘的手心里。蓝湘要想报复她，要想向她下毒手，可比对付徐文发容易多了……

电话响了，是吴雪兰打来的。自从那次靳小晴从吴雪兰家里逃出来以后，两个人再也没有联系。靳小晴对同性恋非常反感，是一种生理上的厌恶，就像看见蛇或其他软体动物一样。到动物园她可以看凶猛的虎豹，看丑陋的鳄鱼，唯独不能看那出出溜溜的蛇。她可以容忍吴雪兰当“二奶”，可以容忍石小燕乱伦，甚至可以容忍那些卖笑卖身的“三陪女”，却绝对容忍不了同性恋。靳小晴也知道这样对待吴雪兰过分了，连小心翼翼的中国媒体上都呼吁正确对待和尊重同性恋者，你靳小晴有什么资格歧视人家吴雪兰呢？

吴雪兰依然跟靳小晴亲热得不得了，好像她们之间从来没有发生过什么不愉快的事情。她问靳小晴最近都忙什么，孩子怎么样，好不好带，到哪儿去玩过没有……还问她是不是跟徐冲谈恋爱了。靳小晴问她听谁说的，她说是听孙小玲说的。这极有可能，孙小玲好像也问过她。

起因就是在冯明哲的订婚酒会上遇见了秦小芹，她跟秦小芹提到了孙小玲。秦小芹回去审问过孙小玲，孙小玲承认带她和吴雪兰到秦家去过，秦小芹便差点儿炒了孙小玲的鱿鱼。由此还引发出了林老板向徐文发和秦向东行贿的案件，将公安局局长严松明都惊动了……靳小晴飞速地回想着这一切，竟然忘了回答吴雪兰的问题。

吴雪兰看来是个很宽容的人，见靳小晴不想告诉她和徐冲的事，也不再多问，又转移话题聊起了别的。靳小晴也应酬着问吴雪兰的近况，吴雪兰说糟透了。靳小晴以为她遇上了什么不测，便关切地问："出了什么事?"

吴雪兰气怒地说："我那死鬼回来了，真他妈烦人。"

靳小晴明白吴雪兰在说她的先生林老板，便说："先生回来是好事呀，不让你独守空房了，你还有什么好烦的?"

吴雪兰叫苦连天地说："我烦的就是这个，你别看他六十多了，还他妈挺有瘾，每天把我折磨得死去活来，真他妈不是人过的日子，我恨不得一刀把他捅了……"

靳小晴突然想到吴雪兰的同性恋问题，女人一旦喜欢女人，就那么讨厌男人吗?

吴雪兰又向靳小晴发出了邀请："什么时候咱跟孙小玲一起去玩玩，散散心好不好?"

靳小晴对吴雪兰的提议没有什么兴趣，便应付说："玩什么呀？有什么好玩的?"

吴雪兰说："现在好玩的地方不是多得很吗？桑拿洗浴、卡拉 OK、保龄球、酒吧、茶楼，许他们男人到处潇洒，就不许咱女人去享受一下生活吗？放心，不让你和孙小玲花钱，我请客。反正也不是我的钱，吃孙喝孙不谢孙。"

靳小晴说："咱要是一起去玩，孩子怎么办?"

吴雪兰说："这你也不用操心，我都安排好了。那死鬼回来以后，为了折磨我，又请了一个小保姆。"

靳小晴说："你家有小保姆看管你的孩子，我的孩子呢？"

吴雪兰说："都交给她，给她钱就是了。按小时工给她算，不把她高兴得下面横过来才怪。"

靳小晴笑了笑，没再说什么。

五十六

徐文发胃痛的毛病越发严重起来。靳小晴知道，天凉了，再加上休息不好，这病就会加重。她的父亲就是这样的。看着徐文发难受的样子，她很着急，鬼知道她急什么。

这两天徐冲不在，出差了。他们设计院接受了鹤岗的一个工程设计任务，领导让他带着几名设计人员去实地考察。鹤岗不是孙小玲的家乡吗？听孙小玲说，她的家乡是很开放的，灯红酒绿，花花世界，还建了一个全国第一家男女一起裸泳的游泳场。靳小晴不信，怎么可能呢？后来见报纸上果然登出来了，裸泳是裸泳，因为中国没有天体浴场嘛，他们要拿个“第一”。可是裸泳浴场还是男女分开的。靳小晴嘲笑孙小玲说：“男女分开裸泳算什么‘中国第一’。我们大别山里人都是裸泳的，也都是男女分开的。”孙小玲不服气，又讲了许多其他开放的项目，靳小晴也是半信半疑。现在徐冲到鹤岗去了，会不会到那些开放的地方潇洒走一回呢？靳小晴这个念头刚一冒出来，自己先笑了。真无聊，你既然下决心离开徐冲了，还管那些干什么？

无聊是无聊，无聊的东西占据在脑子里也很难挥洒掉。她像患上了强迫症，怎么也不能将注意力从徐冲的身上移开。难道你真的爱上徐冲了吗？别犯傻了，这不现实。

不现实的想法也无法从脑子里排挤掉，脑子里想的都是白日梦，又有多少现实的呢？

靳小晴边想着徐冲边做晚饭，心想等徐敏和徐文发回来，她的注意力就会转移开。不料想徐敏来了电话，说她下班后回靠山集，星期一再回来。靳小晴这才想起来今天是星期五，徐敏的丈夫调到城里的工作还没有联系好，每星期她还要回靠山集与丈夫孩子团聚。不大一会儿，徐文发回来了。他今天回来得很早，靳小晴发现开门进来的徐文发脸色蜡黄，额头上冒着汗珠儿，一只手紧紧地捂着心口。靳小晴关切地问："徐叔叔，您的胃病又犯了吧？"

徐文发吸了一口气："今天也不知是怎么了，疼得邪乎。"

靳小晴说："要不要去医院看看？"

徐文发说："看也没用，老毛病了，挺一挺就过去了。"

靳小晴伸手扶着他，原本准备将他扶进厨房用餐的，却见他用下巴指了指自己的卧室。靳小晴知道他要休息，就扶着他在床上躺下来。

徐文发躺好，靳小晴为他盖上被子，还想为他做点儿什么，又一时不知道该做什么好，便干巴巴地在床头站着。

徐文发吃力地说："饭做好了吧，你自己去吃吧。"

靳小晴问："您呢？您想吃点儿什么？"

徐文发说："我现在什么都不想吃，先让我躺一会儿吧。"

靳小晴又替徐文发掖了掖被子，便出去了。

面对着亲手做的满桌子饭菜，靳小晴却一点儿胃口也没有。如果说刚才做饭的时候整个心思都在徐冲身上，那么现在她的脑子里却又被徐文发缠绕上了。不是她自己想缠绕徐文发，是蓝湘逼着她去缠绕徐文发。滚到徐冲的床上都那么困难，现在怎么朝徐文发的床上滚呢？靳小晴总觉得徐文发像自己的父亲，年龄像父亲，操劳像父亲，患的病也像父亲。更重要的是，他与徐文发在一起的时候，那种感觉也像父女关系。徐文发真的将她当成了自己的女儿，疼爱她，关心她，欣赏她。女儿怎么能上父亲的床呢？当然，靳小晴跟徐文发没有血缘关系，那些有钱的和有权的色鬼们找个像女儿或孙女大小的女孩儿成了一种时尚。

“喝蓝带（啤酒），坐现代（汽车），怀里搂着下一代”，徐文发显然不是这种追求时尚的人。

这且不算，更让靳小晴难以接受的是，她已经跟徐冲上了床，并且在床上折腾得天翻地覆，爱得死去活来。跟儿子上了床，又跟父亲上床，这不是乱伦吗？

而蓝湘就是要让她乱伦。这乱伦是谁发明的？貂蝉吗？王允为了杀董卓算是费尽了心机，将貂蝉买入府中，教以歌舞，又收为义女，然后便巧使连环计除了董卓。可是，董卓是朝廷的奸臣逆贼，貂蝉为此献身被历代史学家称为义举。而自己这算什么？蓝湘不过是为了报私仇，就效仿王司徒布下这阴损的一招儿。而牺牲的却是她靳小晴，将来历史学家将会怎样评价靳小晴呢？用不着史学家操心，这件事没有人知道，就是有人知道了也只是街谈巷议中的丑闻而已。

横下一条心，这件丑事必须做，什么叫骑虎难下呢？她答应过蓝湘，蓝湘救了父亲的命，她曾经以父亲的性命发誓，要一切听从蓝湘的安排。她想到过前不久自己是怎么下决心勾引徐冲的，那说不上是勾引，几乎可以说是水到渠成，苍天成就了一份姻缘。现在，她还有当初的那种勇气吗？

电话响了，是孙小玲打来的。孙小玲刚刚跟吴雪兰通过电话，她很迫切地要求三个人早点儿聚一聚。靳小晴漫不经心地说：“有什么好聚的，没什么意思。”

孙小玲却说：“不对，你说得不对，咱们穷苦人必须团结起来，共同对付骑在我们脖子上作威作福的老爷们。”

靳小晴笑了：“你是不是准备闹工潮呀？有那么严重吗？”

孙小玲说：“怎么没那么严重？我爹说过，在家靠父母，出门靠朋友。我可把你们都当成朋友了，朋友之间得两肋插刀，一人有难，大家帮忙。”

靳小晴说：“谁有难了？有什么难呀？”

徐文安斜靠在床头上，一只手伸进衣襟里紧紧地捂着胸口，一只手举着一个像框呆呆地看着。在昏暗的床头灯下…

孙小玲说："我就有难了，大难临头了，你们得帮我一把。"

靳小晴说："你有什么难？我们能帮什么忙？"

孙小玲说："现在不说，电话里没法说，咱们还是见面再谈吧。喂，就你一个人在家吗？"

靳小晴说："徐书记回来了，病了。"

孙小玲大惊小怪地说："病了？什么病呀？"

靳小晴说："老毛病了，胃痛。"

孙小玲说："没那么简单吧，恐怕他疼的不是胃，是心吧？"

靳小晴一时没有听明白："是胃痛，我爹就是胃痛，可是我们那儿都叫心口疼，其实就是胃。"

孙小玲说："我说徐书记呢，你提你爹干吗？你知道徐书记为什么心疼吗？失恋了，哈哈……"

靳小晴不高兴了："你说什么呢？你怎么能随便胡说呢？"

孙小玲止住了笑声，神秘地说："你怎么什么都不知道呀？你猜怎么回事？柳如烟把他甩了……"

靳小晴不禁问："柳如烟是谁？"

孙小玲说："你连柳如烟都不知道，装糊涂吧？烟海市的大人小孩儿都知道，你会没听说？"

靳小晴想起了有关徐文发与柳如烟的传闻，她一直不相信这是真的，连一点儿蛛丝马迹都没有发现，这怎么可能呢？

孙小玲说："你知道柳如烟怎么把徐书记蹬了吗？她调到北京去了，CCTV，大牌主持人。不过人家柳如烟是北京广播学院的高才生，毕业后原本就是该留在 CCTV 的，不知道怎么鬼使神差地跑到烟海市来了。这回知道谁把她调走的吗？你先站好了，最好靠着点儿桌子，我要是说出来，别吓你一个跟头……"

靳小晴有点儿不耐烦了："打住打住，我还真的胆小，你也别吓唬我，我不听了还不行？"

孙小玲说："告诉你……"

靳小晴火了："我不是让你别说了吗？你怎么没完没了呀？还有事没有？没事我可挂电话了。"

孙小玲急忙说好话："你瞧你瞧，说得好好的，怎么说翻脸就翻脸呀？"

靳小晴缓和了一下语气说："不是我爱翻脸，我最反感那些无中生有传播小道消息的人了。"

孙小玲妥协了："那好，咱不说这事了，说说咱们什么时候聚会吧，我可等急了。"

靳小晴说："你跟吴雪兰定吧，事先通知我就行了。"

孙小玲说："那好吧……我这儿有人回来了，先说到这儿吧。"

靳小晴又心烦意乱起来，被孙小玲给搅的。人人都有一本难念的经，孙小玲可以找朋友诉苦，请朋友帮忙。她能吗？她的苦能跟谁说？连亲爹老子都不能说；她的忙谁能帮得了？连皇上二大爷都帮不上忙。

天渐渐地黑下来，徐文发的房间里半天都没有动静。

靳小晴端着一杯泡好的红糖水进了徐文发的房间，红糖水是暖胃的，她在家乡的时候就知道。父亲犯病的时候，母亲总是给父亲泡好一碗红糖水。她想起了自己的那苦命的母亲，母亲要是活着，父亲至于受这么大的罪吗？她至于受这么大的屈辱和磨难吗？

她家和徐家为什么那么相像？她的母亲生完弟弟死了，徐敏的母亲也是生完弟弟死的；父亲为了抚养孩子一直没有再婚，徐文发也是一直没有再婚；父亲得的是心口疼的病，徐文发也得的是同样的病。所不同的是，她的父亲是大别山的一个普普通通的农民，而徐文发却是一个一百二十万人口的父母官。

靳小晴的脚步很轻，连开门的声音都很轻。

徐文发斜靠在床头上，一只手伸进衣襟里紧紧地捂着胸口，一只手拿着一张照片呆呆地看着。在暗淡的床头灯下，靳小晴看到，徐文发脸上涌动着梦幻般的痛苦。不知道是在忍受着病痛的煎熬，还是在精神的折磨中痛苦地挣扎。听见门响，徐文发急忙将手里的照片藏在了枕头下面。

靳小晴将红糖水放在床头柜上，关心地问：“徐叔叔，好点儿了吗？”

徐文发朝下移了移身子，平躺在枕头上，虚弱地说：“好多了。”

靳小晴说：“我刚给您沏了碗红糖水，您喝下去暖暖胃。”

徐文发感激地点了点头，若有所思地说：“小晴，陪叔叔坐一会儿，好吗？”

本来徐文发是用下巴指着床前的椅子让靳小晴坐下的，靳小晴却非常亲近地坐在了徐文发的床上，紧紧地挨着徐文发的身子。徐文发往里面挪了挪身子，一只手依然紧紧地捂着心口。靳小晴几乎连想都没想，就将手伸进了徐文发的衣襟，放在了徐文发的胸口上。这个动作她最熟悉不过了，母亲活着的时候，就是这样为父亲暖心口的。在她幼小的记忆里，那是母亲最贤惠、最美丽的时刻，也是父亲最安静、最幸福的时刻。她曾经用自己那双纯净的双眸，摄下过这最动人心魄的镜头，并永远储存在自己的心灵底片上……

两行热泪顺着徐文发的眼角流下来，徐文发胸口上那只手将靳小晴的手紧紧地攥住了。

靳小晴伏下身子，用另一只手替徐文发擦拭着脸颊上的泪水。

徐文发的喉咙哽咽起来，一双泪水四溢的眼睛呆呆地望着靳小晴……除了父亲，这是靳小晴见到的最年长者的眼泪，她的心潮被这泪水蒸煮得沸腾起来。

一个男人，不管是多大年纪的男人，也不管是身居显要的权贵，还是声名显赫的哲人，抑或是叱咤风云的将军，在女人面前永远是孩子。多么年轻的女人都是母亲，与其说男人需要女人，更不如说男人需要母亲。靳小晴就是怀着这样一种非常复杂的心理趴在徐文发的身上的。许久许久，时间顿时凝固了。静静的，靳小晴耳边响着的仅仅是徐文发咚咚的心跳。

徐文发捧起了靳小晴的脸，靳小晴的脸上燃烧着不可名状的火焰。火苗似的红唇朝徐文发的脸上压下来，势不可当。几乎就在那两唇相对的一刹那间，徐文发将靳小晴的脸朝下面移动了一下，在她那光洁的额头上轻轻地吻了一下。那一下吻得很轻，却很实在，很明确，很扎实，很坦荡。这是父亲的吻，或者说这是父辈的吻。这吻是神圣的，靳小晴顿时觉得自己的灵魂飞升起来。她迅速地净化着，蜕变着，像一只丑陋的蛹瞬间变成了翩翩起舞的蝴蝶，她也一下子从一个魔鬼般的下贱女人升华成了天使，美丽纯洁的天使，大慈大悲的天使，扬善抑恶的天使……

五十七

靳小晴对徐文发捧着的那张照片产生了强烈的好奇心，怎么也排解不掉。她发挥最大的想象力猜测着，那照片上是谁呢？她真的有点儿相信孙小玲的话了，莫非他真的跟柳如烟有点儿什么？莫非他依然对柳如烟念念不忘？

这本来不是她所干的事，她的做人准则也不允许她这么做。可是她管不住自己，非要做不可。当徐文发上班以后，尽管是星期六，徐文发依然要上班的。一个地区的领导者是没有权利享受双休日的，他们经常依据法律维护公民休息的权利，却从来没有人为他们呼吁享受休息。徐文发走了，徐敏和徐冲都不在，空空荡荡的房间里又只剩下了她和妙妙，妙妙什么都不会妨碍她的。

她进了徐文发的卧室，这间卧室她几乎每天都进。但是她进来只是为了替徐文发打扫卫生，从来没有翻过徐文发的东西，连想都没想过。这会儿她的心开始跳起来，做贼似的。还甭“似”的，这不就是做贼吗？趁着主人不在，来翻主人的东西，不是做贼是什么？

她小心翼翼地掀开枕头，昨天晚上她明明看到徐文发将那张照片藏在枕头底下了。也像做贼一样，很心虚，做贼的人都心虚，那一定是一张非同寻常的照片。谁呢？谁能让徐文发如此动心动情，如此专注自己的感情呢？谁有这么大的力量，能让徐文发抵御靳小晴的诱惑呢？

枕头底下什么都没有，靳小晴有点儿失望，他还能藏在什么地方呢？床边有一个小床头柜，床头柜没有锁。靳小晴毫不犹豫地拉开了抽屉，靳小晴的心狂跳起来，那张照片就趴在里面，像是沉沉地睡着了。靳小晴颤抖着双手将照片拿起来，她更加困惑了。

照片上是一个女孩儿，很年轻的女孩儿，大概不会超过二十岁。照片是黑白的，有点儿发黄，大概已经有些年头了。可是这依然抹杀不掉照片上那女孩儿的美丽，两条短辫儿，鹅蛋形的脸，一双圆圆的眼睛像两颗饱满的豆荚，长长的睫毛下闪动着两潭清澈的秋水。女孩儿的嘴角有点儿上翘，流露出了一丝不易觉察的高傲和自信。

这是谁呢？肯定不是柳如烟，从年龄上看，柳如烟即使像她，也只能当她的“转世灵童”。

那么她会不会是徐冲的母亲呢？从年龄上看完全有可能，可是徐冲母亲的照片就挂在客厅的墙上，很大，黑色镜框里的女人是一位很贤惠的妻子，很慈爱的母亲。她绝对称不上漂亮，一个非常一般的女人，而且是农村女人。靳小晴觉得跟自己的母亲相比差远了，尽管自己的母亲也是农村妇女，可完全称得上是深山俊鸟、小家碧玉。徐冲长得像父亲，所以才显得英俊潇洒。徐敏则有点儿惨，长得像母亲，虽说出身名门，又是知识分子，可是将她往农村妇女里面一放，绝对能够打成一片。

靳小晴捧着那张照片，思绪像蜂鸟一样在时间隧道里飞翔着，越陷越深，渐渐地远离了现实空间。她突然感觉到了一阵气息，阴冷的气息，使她不由得转过身来。不知道什么时候，徐文发已经站在了她的身后。她怎么连他开门的声音、进门的脚步声都没有听见呢？靳小晴“啊”地叫了一声，两只手却下意识地将照片搂在了怀里，紧紧的。

徐文发脸色惨白，怀里抱着一大摞文件。面对着惊慌失措的靳小晴，徐文发轻松地说：“今天没有什么场面上的事，坐在办公室里看文件。天这么冷了，还不给暖气，我冻得受不了了，心想还不如回家躺在床上看呢。”

靳小晴捧着那个相框，思绪像蜂鸟一样在时间隧道里飞翔着，越陷越深，渐渐地远离了现实的空间。

靳小晴“啊啊”地支吾着，急忙给徐文发整理床铺，抻过被子。顺便也将手里的照片放进了还敞开着的床头柜里，又故作漫不经心地将床头柜关上了。

徐文发脱掉外衣上了床，靳小晴又在他的后面垫上了一个枕头。徐文发觉得很舒服了，便拿起了放在床头上的文件，随口说：“小晴，你给我泡杯茶吧。”

靳小晴说：“我还是给您泡杯红糖水吧，茶对胃的刺激很大。”

徐文发说：“也好，只要热一些就行。”

很快，靳小晴端着泡好的红糖水进来，轻轻地放在床头柜上，又轻轻地要转身离去。

徐文发看了看靳小晴：“小晴，你要是没什么事，就陪叔叔坐一会儿吧，叔叔有话跟你说。”

靳小晴心又跳起来，这一次她没有坐在徐文发的床上，而是老老实实地坐在床头柜旁边的椅子上了。

徐文发说：“把床头柜里的照片拿出来吧。”

靳小晴羞愧得不知道该说什么：“徐叔叔……我只是好奇……我……”

徐文发温和地说：“小晴，我没有责备你。昨天晚上我就想给你看的……”

又提到昨天晚上，靳小晴的脸上火烧火燎地发烫。

徐文发问：“你看见这张照片了？”

靳小晴红着脸点了点头。

徐文发看着靳小晴，沉默了一会儿：“小晴，我问你，你说我算不算一个好官？”

靳小晴几乎毫不思索地说：“当然，您当然是个好官了，难得的好官。”

徐文发问：“在你的心目中，什么样的官算是好官呢？”

靳小晴依然毫不思索地说："不贪污受贿，不欺压百姓，不乱搞女人……"

徐文发问："就这些？"

靳小晴说："这些还不够吗？"

徐文发说："没想到你也这样认为。"

靳小晴说："大家都这样认为，您不知道吗？"

徐文发深深地叹息了一声："没想到，老百姓对我们的要求这样低。也难怪，这样低的标准仍然有那么多人做不到。严格地说，这不是一个好官的标准，应该是一个好人的标准。更严格地说，连好人的标准也不够，这只是一个遵纪守法的公民的最基本的准则。可是，老百姓却要用这样的标准来要求我们的领导者……可悲啊……"

靳小晴听着徐文发慷慨的议论，有点儿震动。

徐文发说："好吧，就按照你这个标准，你觉得我够格吗？"

靳小晴说："至少，我觉得您是个好人。"

徐文发痛苦地摇了摇头："可惜啊，小晴，我没有做到……就是按照你这么一个普普通通的标准，我也没有做到……我不是一个好人……"

靳小晴惊讶起来："您说什么呢？不，不会的。"

徐文发说："小晴，你太善良了。一个善良的人绝不会想到罪恶是如何折磨人的。"

靳小晴小心地说："徐叔叔，您说的话我不懂。"

徐文发说："你是不懂，你不会懂得的。我这辈子，曾经做过一件最对不起人的事……不，不是对不起……是罪过，我犯过一个天大的罪过……这些年，这个罪恶像磨盘一样压在我的心里，我的心里总是沉甸甸的，永远也没有轻松的时候。你刚才说我是好人，我也不否认，我是没有贪污受贿，也没有欺压百姓，更没有乱搞女人……你知道为什么吗？"

靳小晴感到心里越来越沉重，茫然地摇着头。

徐文发说："这些都是诱惑啊，火烧火燎的诱惑，无孔不入的诱惑，难以抵御的诱惑。贪污受贿，是金钱的诱惑；欺压百姓，是权力的诱惑；乱搞女人，是情欲的诱惑……你说说，面对着这强大的诱惑，没有点儿自制力能行吗？实话告诉你，我也常常动摇，我也常常心猿意马，我也常常想放弃……可是不行，总有一双眼睛在盯着我……这就是她的眼睛……"

靳小晴问："您说的是谁？"

徐文发说："她叫韩玉冰……"

靳小晴举了举手里的照片："您说的是她吗？"

徐文发说："是她，我这辈子最倾心的女人，也是最对不起的女人……"

靳小晴问："你们相爱过？"

徐文发说："准确地说，应该是我爱她，我爱她是真的，她不知道我爱她是真的……永远都不知道了。"

靳小晴问："为什么？"

徐文发的声音哽咽了："她死了……"

靳小晴的鼻子也酸了："很抱歉……"

徐文发说："是我害了她，是我要了她的命……二十四年了……二十四年零九个月零三天……她跳进竹叶河自杀了……"

靳小晴急切地问："为什么？她为什么要这样？"

徐文发说："你也许不会明白，那是一个非同寻常的年代……我在竹叶乡当革委会主任，那个时候不叫乡，叫公社。她所在的那个生产队是全乡最贫困的小乡村，她是个与众不同的姑娘。我认识了她便在心里爱上了她……后来，由于她表现出色，全村的人一致推荐她去上大学……这对一个农村青来说，简直就是一个登上天堂的机会……你理解吗？"

靳小晴说："我从许多书里都读到过那段历史。"

徐文发说："是啊，那段历史……已经成为历史了……可是我心里的伤疤，身上的罪恶永远也不会成为历史……似乎一切都很顺利，贫下中农推荐，公社党委审查，学校录取……啊，对了，你知道是哪个学校吗？就是你们北京大学，而且也刚好是中文系……所以当我知道你是北大中文系学生的时候，我便对你有了一种特殊的感情……这是她梦寐以求的学府，又是她梦寐以求的专业……"

靳小晴的心震颤起来："那……为什么没去成呢？"

徐文发说："到了最后一关，谁也没有想到还有最后一关……体检……体检出了问题……查出她怀孕了……"

靳小晴瞪着一双困惑的大眼睛紧张地看着徐文发。

徐文发说："我知道你想说什么，怀孕了做流产不就行了吗？这是现在……可不是历史……历史上有那么一段时间，是不允许她怀孕的……怀孕就是一件了不起的大事件，比现在抓到恐怖分子还要严重的事件……她马上就要登上天堂了，已经伸手就能敲天堂的大门了……可是查出了她肚子里有个孩子，她就一下子从天堂的门口跌进了地狱里……"

靳小晴又摇了摇头。

徐文发说："她从一个优秀的青年顿时成了一个阶级敌人，成了被批斗的对象。那些曾经推荐她上大学的贫下中农和知识青年像上了一个大当，把她的众多优秀表现都说成了罪大恶极……逼着她交代肚子里的孩子是谁的……"

靳小晴问："是您的吗？"

徐文发说："是我的，可那时候我不敢承认……我成了一个无耻的懦夫……"

徐文发的眼睛里溢满了混浊的泪水，他的声音也嘶哑起来："你知道，小晴……在烟海市流传着我跟柳如烟的传闻……我可以坦白地跟你说，我喜欢柳如烟，不是一般的喜欢，是非常喜欢……说非常喜欢还不够，我总觉得跟她有一种骨肉般的情感……可是我跟她是清白的，清清白白的，清白得无法再清白了……我可以发誓，向谁发誓都可以……可是我发誓管什么？没有人相信……恐怕谁也不会相信，三人成虎，一百二十万人都说有老虎，谁又能不信呢？”

靳小晴真诚地说：“我信，徐叔叔，我相信您跟柳如烟是清白的。”

徐文发说：“你信，我知道你会信的。所以这些话我只能跟你说，跟任何人都没有说过，包括徐敏，包括徐冲，也包括我的至亲好友，跟谁都没有说过……小晴，我谢谢你。”

靳小晴说：“说谢谢的应该是我，谢谢您对我的信任。”

徐文发说：“你知道我为什么喜欢柳如烟吗？”

靳小晴的眼前突然亮了一下，急着说：“我知道……因为……”

徐文发也急着问：“因为什么？”

靳小晴说：“因为柳如烟长得太像韩玉冰了……对吗？”

徐文发点了点头：“我第一眼见到柳如烟的时候，简直是惊呆了……这不就是当年的韩玉冰吗……”

靳小晴说：“这些话您跟柳如烟说过吗？”

徐文发摇了摇头说：“怎么可能呢？我怎么能跟她说这些呢？说句公道话，社会上有我和柳如烟的传闻，也不是无稽之谈。现在我敢跟你说这句话了，一个男人喜欢一个女人，是瞒不过别人的眼睛的。有一句话叫作群众的眼睛是雪亮的……果然，就有了那么多的传闻……”

靳小晴说：“其实，您完全有权利公开追求柳如烟了，您为什么不？”

徐文发说：“柳如烟为我也承担了极大的压力，人家一个姑娘，一个公众喜欢的电视主持人，因为我被淋了那么多的脏水，我已经觉得很对不起人家了……再有，我不能追求她……你错了，所有的人都错了……我对她就是喜欢，一种长辈对晚辈的喜欢，就像对你……绝没有丝毫的情欲……我有时候也问自己，这是真的吗？你难道对柳如烟真的没有非分之想吗？你的情欲哪儿去了呢？我自问自答，我的情欲已经死了……或者说，我的情欲跟韩玉冰一起，也淹没在竹叶河的惊涛骇浪里了……”

靳小晴看着徐文发，徐文发苦苦地笑了笑。靳小晴心里又一阵酸楚。

五十八

蓝湘又打来电话，严厉地警告靳小晴："我给你的时间已经过去一半了。如果在未来的三天内，你还不能把徐文发勾引到手，你将准备承担严重的后果。"

靳小晴已经顾不得后果了，她以强硬的口气对蓝湘说："蓝姐，我想跟你谈谈。"

蓝湘问："谈什么？"

靳小晴说："很重要的事情。"

蓝湘命令她："就在电话里说。"

靳小晴坚决地说："不，我要跟你面谈，必须面谈。"

蓝湘想了一会儿，又问："你到底想谈什么？"

靳小晴执拗起来："见不到你，我什么话都不说。"

蓝湘笑了："真没想到你也会犯拧，好吧，你现在就到我这儿来吧。"

靳小晴说："我不知道你在哪儿。"

蓝湘说："海天大厦1218房间，你马上打车过来。"

靳小晴马上给吴雪兰打了个电话，人不能没有朋友。孙小玲说得对，在家靠父母，出门靠朋友。尽管靳小晴那么反感吴雪兰，到了紧要关头还得找人家帮忙。靳小晴决定以后要给吴雪兰补上这个情。吴雪兰非常爽快，马上答应了靳小晴的要求。靳小晴又把妙妙送到了吴雪兰家，急忙打车奔向了海天大厦。

1218房间是豪华的套房，在外面的会客厅里，蓝湘已经为靳小晴泡好茶。靳小晴见蓝湘今天的气色很好，情绪也很好，便觉得是个好兆头。这个女人高兴的时候是个天使，翻脸无情就是个魔鬼。人原本就是这样，一半是天使，一半是魔鬼。这话大概是马克思说的。靳小晴心里又补充了一句，女人尤其是这样，某些女人更是这样。

蓝湘笑容可掬地在靳小晴对面坐下来，并且破天荒地点燃了一支绿摩尔烟，悠闲得更加显得优越。这独具风格的悠闲与优越让靳小晴感觉到了一种强大的压迫感。

靳小晴努力想使自己的情绪镇定下来，可是她做不到。她的脸色依然是通红通红的，心跳得厉害。她喝了一口茶，试图压一压自己的激动，但是徒劳。

蓝湘慢悠悠地等待着，只是饶有兴致地看着靳小晴，并不追问她。

靳小晴还是自己沉不住气了："蓝姐，我要跟你好好谈谈。"

蓝湘慢悠悠地说："你不是来了吗？我正在洗耳恭听呢。"

靳小晴开门见山地说："你必须放弃你的复仇计划。"

蓝湘看着靳小晴，依然慢悠悠地说："你大概没有权利跟我谈这个话题吧？"

靳小晴执着地说："我知道，我知道我没有权利谈这个话题，但是我要说，我要把我的话说出来，我希望你能让我把话说完。"

蓝湘今天的脾气格外好："说吧，你既然大老远来了，就说吧，我今天给你'最惠国待遇'，让你把没有权利说的话说出来，说吧。"

靳小晴说："我要制止你对徐文发的复仇，原因很简单，徐文发是个好人，是个难得的好人。我不知道你们之间曾经有过什么深仇大恨，但是我认为你应该采取别的办法，不能采取这么极端的手段。你们之间或许有些误会……不，不是或许……肯定有些误会，你们就不能坐下来谈谈吗？"

蓝湘笑容可掬地在靳小晴对面坐下，并且破天荒地点燃了一支绿摩尔烟，更加显得优越，这独具风格的悠闲与优越让靳小晴感觉到了一种强大的压迫感。

蓝湘斜靠在沙发上，半眯着眼睛，静静地听着靳小晴慷慨激昂地说着。

靳小晴继续说："这个世界上的麻烦够多的了，你们为什么还要人为地制造麻烦呢？有什么不能谈的呢？徐文发不是那种不通情达理的人，我觉得你们完全可以坐下来谈谈。就算他对不起你，你不能给他一个机会吗？干吗非要把他搞得家破人亡、遗臭万年不可呢？"

蓝湘欠起身，将那支没吸完的烟摁灭在烟缸里，又顺手端起了自己面前的茶杯。

靳小晴还在说着，希图能打动蓝湘："蓝姐，不是我不服从你的命令，我知道，你让我干什么我都得干。但是，我们不能干点儿好事吗？不能干点儿有意义的事吗？徐文发不仅是个好人，他还是个好官，是个真心实意为老百姓干实事的好官。你要是把这样的好官搞垮了，受损失的不仅仅是徐文发一家，而是整个烟海市人民。这样，你就忍心吗？蓝姐，住手吧，你好好想想……"

"啪"的一声，蓝湘手里的茶杯摔在了地上，紧接着她腾地站起身来，朝靳小晴吼叫起来："够了，你给我闭嘴！"

靳小晴一激灵，但她丝毫没有胆怯，镇定地看着蓝湘。

蓝湘发起了火："刚开始的时候我就警告过你，你没有权利跟我谈这个问题。结果你还得寸进尺、蹬鼻子上脸了。你以为你在主持公道吗？你以为你是和平的使者吗？呸！你这点儿小聪明别在我面前耍。你跟徐冲相爱了对不对？徐冲要娶你对不对？你让我放弃对徐文发的报复，不就是想当徐文发的儿媳妇吗？我告诉你，我花三十五万块钱雇用你，是让你来帮助我报仇雪恨的，不是让你来搞对象的。一个山沟里来的柴火妞儿，想改换门庭攀附权贵，现在居然胆大妄为地替未来的公公说话了……"

靳小晴反抗着："不，不是这么回事，我以我的人格担保。"

蓝湘嚷着："你给我打住，在我说话的时候你不许插嘴，这是规矩，怎么连这点儿规矩都不懂了？我现在让你面对现实，别做你的美梦。你得按照我的计划去行事，你现在没有别的选择，就是把徐文发勾搭到手，让徐家天下大乱，你明白吗？”

靳小晴没说话，但是她也不敢抬起头看蓝湘。

蓝湘死叮了一句：“问你话呢，明白我的意思没有？”

靳小晴极为不满地嘟哝着：“明白。”

蓝湘叫喊着：“你大声告诉我，明白不明白？”

靳小晴忍着泪水，提高了声音说：“我明白。”

蓝湘咕咚一声将自己摔在沙发上，喘了口气说：“好了，你该走了。”

靳小晴无奈，只好站起身来朝门外走去……

五十九

靳小晴彻底绝望了，一路上她心里总是反复念叨着：这女人疯了，这女人疯了，这女人疯了……

想到自己沦为了一个疯女人的奴仆，成了疯女人进行疯狂报复的工具，她就禁不住浑身发抖。这是怎么了？难道她命中真的该有这一劫吗？这一劫她能逃过去吗？逃跑？逃到哪儿？违抗蓝湘的命令，做得到吗？欺骗蓝湘，阳奉阴违，能欺骗一时，能隐瞒长久吗？疯女人，疯女人，这个该死的疯女人……

靳小晴一路喃喃自语，也像是疯了。她来到吴雪兰的家接妙妙，吴雪兰见了她吃了一惊，急忙问："你怎么了？"

靳小晴掩饰着说："没怎么。"

吴雪兰不信："你的脸色怎么这么难看，出了什么事？"

靳小晴尴尬着："啊啊……没什么。"

吴雪兰不放心了："不对，你一定有事。告诉我，你刚才干什么去了？"

靳小晴说："我得走了，妙妙呢？"

吴雪兰拦住她："不行，你不能走，你得跟我说清楚。你这样走了我不放心，告诉姐姐，你到底遇上了什么麻烦？"

靳小晴说："没……没遇上什么麻烦。"

吴雪兰拉住靳小晴："坐下，你给我坐下。你不能这样回去，你肯定有事。小晴，跟姐姐说实话。我们都是女人，女人生活在男人的世界里就像是狼群里的羊，随时都有危险。我们得学会保护自己，姐姐比你大两岁，经的见的也比你多一些。有什么事跟姐姐说，姐姐一定帮助你。要钱姐姐有，钱不够姐姐给你去借。天塌下来姐姐跟你一起扛着，没有过不去的火焰山。”

靳小晴听着吴雪兰这肺腑之言，被深深地感动了。吴雪兰是个好人，是个有情有义的好人。是的，她有毛病，还有不小的毛病。有毛病的人心地却是这么善良，这不仅仅让靳小晴感到内疚，还让她对人有了新的认识。我们总是睁开眼就能发现别人的毛病，发现腐臭要比发现珍珠容易得多。可是往往珍珠就藏在腐臭的蚌壳里，好人容易有毛病，好人也容易暴露身上的毛病。这样看来，世界上还是好人多，十全十美的好人少，有毛病的好人多。那么徐文发呢？他有什么毛病？他要是没有毛病能够将蓝湘得罪得那么惨吗？那么蓝湘呢？她身上的毛病太多了，喜怒无常，固执己见，心毒手辣……天呀，这么多毛病还算是好人吗？靳小晴茫然了。

吴雪兰还是缠着靳小晴追问端详，靳小晴拗不过她，只好说她身体不好，刚才到医院看病了。

吴雪兰更加不放心了：“怎么不好，查出什么来了？”

靳小晴说：“可能是肝有问题？”

吴雪兰说：“什么问题，化验单呢，我看看。”

靳小晴只好说：“化验的结果还没有出来。”

吴雪兰说：“既然没有结果，那你着什么急呀，你这不是自己吓唬自己吗？”

靳小晴笑了笑，她这一笑，脸色好多了。吴雪兰依然半信半疑，看着她抱着妙妙出了门，又追了出来：“喂，别忘了咱跟孙小玲的聚会。”

靳小晴回头看了看吴雪兰，开了一句玩笑：“今天你怎么没有光着身子呀？”

吴雪兰说：“我不是跟你说过嘛，我先生回来的时候我就不光身子，不能让男人的烂眼睛把我的身子弄脏了。

吴雪兰还是有病，靳小晴想。

当靳小晴抱着妙妙回到徐家的时候，才发现最大的一块“病”在等着她。

屋子里有人，什么人她一时没有看清，首先站起来迎接她的竟然是白姐。白姐是冲着她怀里的妙妙来的，她抱过妙妙，便嘤嘤地哭起来。

靳小晴这时候才发现白姐的身后站着两名穿着警服的警察，警察的后面站着徐敏。这到底是怎么回事呢？

白姐没有像往常那样解开怀给妙妙喂奶，而是拎起了身边放着的一个布包袱，看样子要往外走。靳小晴更觉得奇怪了。

两名警察跟在了白姐的后面，也要离去。

白姐回过头来，满脸泪水，看着靳小晴。

靳小晴更是如坠五里雾中。

白姐又回来了，将妙妙和手里的包袱放在沙发上，来到靳小晴面前，咕咚一声给靳小晴跪下了。

靳小晴慌了：“白姐，您……您这是干什么呀？”

白姐哭着说：“小晴，谢谢你……这些天苦了你了……孩子多亏你照顾……我替孩子谢谢你了。”

靳小晴急忙将白姐从地上搀起来：“白姐，您起来，快起来……您说的是什么呀？我怎么不明白呀。”

徐敏过来了，拉过靳小晴，轻声说：“公安局已经调查清楚了，妙妙是白姐的孩子。”

白姐在两名警察的跟随下已经走出了门，突然失去了妙妙，靳小晴如晴天霹雳，大祸临头。她一下子醒悟过来了，疯了似的追了出去：“妙妙……我的妙妙……”

靳小晴瘫痪在楼道里，徐敏蹲下身子，搂住了她……

六十

靳小晴、吴雪兰和孙小玲的聚会在一家叫作小角落的酒吧里。开始的时候，吴雪兰提议去歌厅，也像男人那样去潇洒一下，还答应为靳小晴和孙小玲每人找一个“三陪男”，小费由她出。孙小玲不敢去，嫌太丢人，靳小晴说她从来就不喜欢唱歌。于是她们便顿时高雅起来，进了这白领丽人光顾的小角落酒吧。当然，说好了的，还是由吴雪兰买单。

一下子失去了妙妙，靳小晴陷入了巨大的痛苦中。这种痛苦只有在当年失去妈妈的时候体验过，但是随着时间的推移，她那痛失亲人的悲伤早已经化作了深深的怀念。而失去妙妙的痛苦却像乱箭一样刺穿着她的心，她真的承受不了了。三天三夜，她整整三天三夜没有合眼。合上眼睛，妙妙便张开粉嫩的小嘴儿朝着她笑。迷迷糊糊地刚要睡着，妙妙牙牙学语便又将她惊醒了。她不敢进自己的房间，房间里没有妙妙，空旷得好像无边无际的宇宙。她想，妙妙还只是自己喂养的孩子，要是失去亲生的儿女，女人还能活吗？

白姐打来了电话，说她带着妙妙要走了。她央求白姐，让她再看一眼妙妙，可是白姐的电话是从火车站打来的，他们马上就要上火车了。火车是开往山东的，到现在她才知道白姐是山东德州人。她放下电话便跑出了家门，打个车就往火车站赶。还是晚了，白姐乘坐的火车已经开走了。她有点儿怨白姐了，得到了自己的儿子怎么能这样冷落她呢？

蓝湘知道这件事以后，什么都没有说，也没有给她下达新的指示。

还是徐冲理解她，下班回来就陪着她，带她出去玩，千方百计地分散她对妙妙的思念。幸亏有徐冲，她一定要给徐冲生个儿子，不管她跟不跟徐冲结婚。

这是一个很温馨、很浪漫、很有情调的酒吧。坐在这酒吧里，让靳小晴想起了桃花冲的夜晚：天空洁净得像是刚刚被冲刷过，星星也亮得像是浸在了水里，凉津津的空气里饱含着稻香谷甜，秋虫在吟唱，女孩儿对着星空祈祷着幸运之神的青睐……总之，在这样的酒吧里能产生缠绵，能产生梦幻，也能产生惆怅。

吴雪兰要了一瓶法国葡萄酒。透明的杯子里斟上红酒，加上柠檬，添上冰块儿，三个人便一下子亲近了许多。

孙小玲劝着靳小晴说："你也是的，妙妙走了就走了，又不是你亲生的儿子，至于这么要死要活吗？"

吴雪兰说："你这个人呀没生过孩子就体验不到孩子有多揪心，不要说一个小孩儿，就是一只猫，一条狗，你养熟了也撕扯不开。"

孙小玲说："狼肉贴不到狗身上，咱一个当保姆的，就是对孩子再疼再爱有什么用，人家的。小晴，该吃吃，该睡睡，别动心动肝的，没用。"

吴雪兰突然想到了一个问题："妙妙真的是白姐的吗？有什么证据？又没做 DNA 鉴定。"

靳小晴说："公安局都调查清楚了，半年多以前，有人出钱租了白姐的孩子，给了她三千块钱……"

孙小玲说："我明白了，上次不是抓到一个女人吗？据说就是把孩子抱到徐冲婚礼上的那个女人，也是有人花三千块钱雇用她的。这就对上了，有一个人要害徐冲，先是花钱租了一个孩子，再花钱雇一个女人冒充孩子的母亲。这个人可真够阴损的，公安局查出来了没有，这个人到底是谁？"

靳小晴说："据说白姐跟公安局交代说是一个河南人，四十多岁，一脸黑胡楂子。这跟前些天那个女人交代的是一样的。"

吴雪兰说："这个河南人干吗要这么害徐冲呀？徐冲怎么得罪他了？"

靳小晴摇了摇头："不知道，连徐冲自己也说不清楚。"

孙小玲眨巴着小眼睛说："我看徐冲肯定说不清楚，那个河南人说不定也是有人花钱雇的。把这两件事办完一走，这线索就算断了……"

靳小晴听了孙小玲的话，心里一惊，这丫头你别看她没什么文化，却是个贼精贼鬼的人物。

吴雪兰依然困惑："那么，是谁雇的那个河南人呢？"

孙小玲说："肯定不是个一般的人物，你以为这一切是对着徐冲下手的？错了，徐冲有什么？不过是一个书呆子，他能得罪谁呢？我看这个人的目标对准的是徐冲的爸爸。"

靳小晴惊愕地看孙小玲，更加觉得她是个不可小视的人物，心里也不由得发起紧来。

孙小玲又补充一句说："依我看，八成是权力斗争。这种事只有那些搞政治的人才做得出来。"

吴雪兰说："提到政治咱就不懂了，我那先生只认得两样，一个是床上的女人，一个是口袋里的钱。"

孙小玲说："行了，小晴你就放宽心吧，好在徐冲对你爱得死去活来，你们早点儿结婚，不就能有自己的孩子了吗？最可怜的是我，你们可得帮帮我，你们说我怎么才能跟秦小凡结婚？"

吴雪兰说："秦小凡的父母不是对你挺满意的吗，还有什么问题？"

孙小玲说："关键是秦小芹，我们俩犯相，死磕，她总是中间横一杠子。上次要不是我检举了秦向东，她就把我炒鱿鱼了，你说可气不可气？"

吴雪兰说："我就不明白，你检举了秦向东，她怎么反而不敢炒你了呢？"

孙小玲说："这就是光脚的不怕穿鞋的，我先掰一块给她尝尝，你以为姑奶奶是那么好欺负的吗？我检举这点儿事算什么？鸡毛蒜皮，要是真的把姑奶奶惹急了，我不定会把什么要命的东西端出来呢？你说她不怕我行吗？"

吴雪兰说："这么说有把儿的烧饼攥在你手里了，那还怕什么呀？逼着他们办喜事不就行了吗？"

孙小玲说："你别听我瞎吹牛，我这是在他们面前虚张声势。人家那些见不得人的事能让我知道吗？我也就装作知根知底罢了。真的要是闹翻了，我检举人家有什么证据？"

吴雪兰说："这好办呀，你从现在开始就搜集他们的证据不就行了吗？"

孙小玲说："我搜集他们的证据干啥？先甭说我能不能搜集到，就算搜集得到，我把人家告了。把秦向东抓了，把秦小芹毙了，光剩下秦小凡一个光杆瞎子，你说我还嫁给他干啥？"

吴雪兰想了想："这倒也对，你这事还真是个难题。"

孙小玲对靳小晴说："小晴，咱仨里数你文化高，又经得多见得广，你帮我拿拿主意吧。"

靳小晴看着孙小玲说："我看你呀是脑子进水了，干吗非要嫁给秦小凡不可呢？你不缺胳膊不短腿，心眼又足够用，干点儿什么不能养活自己？嫁给一个残疾人有什么好？"

孙小玲埋怨说："你呀真是饱汉子不知饿汉子饥，骑驴的不知道赶脚的苦，守着火炉怎知道风雪寒。"

靳小晴笑了："你说什么呢？这一套儿一套儿的跟我挨得上边吗？"

孙小玲说："怎么挨不上边？你问我为啥一个全须全尾儿黑籽红瓤

的大姑娘非要嫁给一个瞎子，我告诉你，咱不是贱吗？什么贱？命贱，天生的贱命。金木水火土，城里人是金，咱乡下人就是土。我要也是个大学生，我要是也有个城市户口，我犯得上这么贱吗？不嫁给秦小凡你说我能嫁给谁？还得回去找一个庄稼汉，我嫁一个大庄稼汉，生出孩子来就是小庄稼汉，小庄稼汉再娶媳妇再生孩子还是庄稼汉，这样祖祖辈辈就永远离不开庄稼地了。实话对你说小晴，我这辈子最大的愿望就是离开庄稼地，当个城里人。下辈子就是让我托生成一只猫，也得到城里来捉耗子。我要是能嫁给秦小凡，就能把户口弄到城里来，生出孩子就是城里人。可是你知道吗？我再聪明再能干，除了残疾人，城里边哪个小伙子肯要我呢？这不是命贱是什么？小晴、雪兰，你们不理解我啊。”

孙小玲说到伤心处，竟呜呜地哭了起来……

吴雪兰一下子慌了：“小玲，干吗呀你这是……谁命贱了？贱什么呀贱，不就是个城市户口吗？包在姐姐我身上了！用不了一年，我保准给你弄个正经八百的城市户口。到那时候，秦小凡跪在地下求你都不许嫁给她，听见没有？”

孙小玲听了吴雪兰的话，立刻止住了哭声，睁开一双泪眼问：“雪兰姐，你在给我吃宽心丸吧？”

吴雪兰神气十足地说：“姐姐我的话你也可以不信，不信你就接着哭吧，看哭能不能哭出个城市户口来？”

孙小玲急切地问：“你有啥办法给我搞城市户口？得花好多钱吧？”

吴雪兰说：“我答应给你办，就一分钱都不会让你花，真让你花钱，你也花不起。”

孙小玲说：“那你有啥法？”

吴雪兰说：“你知道烟海市有一条政策吗？外面的人投资可以进户口。”

孙小玲说：“是呀，这政策我知道，我问了，至少投资五十万元才能带户口，你说我到哪儿去找五十万呀？”

吴雪兰说：“我先生要在烟海市投资了。”

孙小玲急忙问：“投资啥，投多少钱？”

吴雪兰说：“至少得投几个亿，你说，要是有几个亿的投资，能解决多少人的户口，到时候给你个指标还不容易？”

孙小玲一听腾地站起来，端起酒杯说：“雪兰姐，大恩大德啊，你就是我的救命恩人，大恩人。你要是真的能把我的户口解决了，我就认你做干妈，我一辈子都像亲闺女一样地孝顺你。”

孙小玲的忠心誓言，把吴雪兰和靳小晴都逗得哈哈大笑起来。

吴雪兰笑得直流眼泪：“我至于那么老吗？我要是当你干妈，你不怕屈尊，我还怕折寿呢。”

靳小晴说：“亏你也想得出来，就算是拍马屁，也得掌握个分寸呀，有这么不着边际的吗？”

孙小玲却委屈地说：“瞧瞧瞧……你们完全误解了我的意思，我不是……不是要报恩嘛，滴水之恩当涌泉相报。给我解决户口，这可不是滴水之恩，这是大海一样的恩情，不是天大地大不如党的恩情大，爹亲娘亲不如……不如雪兰姐亲吗？你说我该怎么报答？”

吴雪兰说：“我现在也只是答应你，我有这份心，到时候就看你有没有这个命了。谋事在人，成事在天，办成了也不用你报答我，办不成你也别埋怨我。”

孙小玲说：“有你这个话就行了，我可以等，有盼头就不着急。”

靳小晴说：“是呀，我总觉得你急着嫁给一个瞎子不是事儿，咱命贱人不能贱，你说是不是？”

吴雪兰说：“今天咱姐妹能坐在一起谈谈心不容易，现在我也遇到了一个难题，也靠你们姐俩帮帮我。”

孙小玲马上拍起了胸脯：“没关系，雪兰姐你说，咱姐们儿两肋插刀。”

吴雪兰说：“你们知道……怎么说呢？真他妈不要脸，我那先生是个色鬼……老色鬼……比色鬼还厉害，简直是色情狂。”

孙小玲抢着说：“我在报纸上见过，外国有这样的人，这是一种病。得治，我们鹤岗有一个老中医……”

靳小晴打断了孙小玲：“等等，你让雪兰姐说完。”

吴雪兰说：“你说这是一种病，我看他也有病，还病得不轻。可是他自己不承认这是病，还他妈吹嘘自己如何如何棒……我为什么烦他呢，就是受不了……造成了逆反心理，见了他就条件反射，像蛇沾上了烟袋油子，浑身打哆嗦。”

吴雪兰说到这儿，用一种异样的眼光看了看靳小晴。靳小晴点了点头，表示了理解。这“理解”的意思只有她们两个人清楚，这是吴雪兰对那次行为的解释，又算是对靳小晴表示了歉意。靳小晴原谅了她。

吴雪兰接着说：“你们猜他跟我提出了一个什么要求，他要求我给他找一个处女。他说他这辈子没玩过处女，想尝尝处女的滋味儿。你说可恶不可恶？”

孙小玲说：“他怎么没玩过处女，你跟他的时候不是处女吗？”

吴雪兰说：“我能把一个干干净净的女儿身送给这么一个畜生吗？”

孙小玲说：“他肯出多少钱？”

吴雪兰伸出了两个指头。

孙小玲说：“两千？”

吴雪兰说：“两万。”

孙小玲伸了一下舌头：“妈呀，两万，按说这价儿不低了。要是在我们家乡还好找，在你们这城里，找个处女比捉个贼还难。”

吴雪兰直盯盯地看着孙小玲。

孙小玲毛了：“不……不行……虽说我是处女……可这事我不干，

我干不出来……我要是被人家破了瓜，秦家就更不要我了。”

靳小晴笑了：“你还惦记着嫁给秦家呢？”

孙小玲说：“雪兰姐说的是活话儿，户口能不能给我解决还不一定。要是她帮不上我的忙，我还得在秦小凡的这棵树上开花结果。”

靳小晴笑了，一种哀其不幸怒其不争的苦笑……

六十一

靳小晴做梦也没想到她会如此神气活现、叱咤风云地出现在海天大厦。

她接到蓝湘电话的时候正一个人在徐家百无聊赖地消磨着时间。妙妙走了，她这个保姆已经失去了意义，可是徐冲却不允许她走，徐文发也让她留下来。没有蓝湘的指示她也不敢贸然辞职，只好维持原状。蓝湘让她立刻收拾自己的东西离开徐家到海天大厦来。

她从徐家出来，是不辞而别的。

按照蓝湘的指示，她来到海天大厦八层，这里是一层商务用房，一家挨一家的大大小小的公司招牌挂满了整个楼道。她敲响了海泉房地产公司总经理办公室的房门，迎接她的是一个训练有素的女秘书。

女秘书非常恭敬地向她伸出了手："您是靳小晴小姐吧，我叫杜倩，董事长正等着您呢。"

靳小晴进来的是一个很豪华的办公室，分成内外两间。外间有沙发、茶几、文件柜和秘书专用的电脑桌，里面是一个硕大的老板台。

杜倩让她稍等，随后便出去了。

不一会儿，蓝湘进来了，她显然是从另外一间办公室进来的，后面跟着那名叫杜倩的女秘书。

蓝湘朝里面指了指，靳小晴便跟了进去。

靳小晴站在了老板台的前面，有些惶恐，她不知道蓝湘要指示她做什么。

蓝湘却挥了挥手，让她坐到老板台的里面去。

靳小晴不解其意，犹豫着。

蓝湘的指示更明确了："你坐到老板椅上去。"

靳小晴木然地走到老板台的后面，蓝湘也随着跟了过来。

蓝湘问："杜倩，名片印好了吗?"

杜倩立即递上一盒精美的名片。

靳小晴将名片盒接过来，拿起一张仔细看着，顿时吃了一惊。上面印着：海泉房地产开发有限公司总经理靳小晴。

靳小晴恍然地看着蓝湘。

蓝湘说："从今天开始，你就是海泉公司的总经理，这间办公室就是你的，杜倩是你的秘书……"

靳小晴像是被从梦中惊醒了一般："我……蓝姐……我怎么能当总经理呢?"

蓝湘说："月薪五千元，还有红利。"

靳小晴急忙说："不不不，您给我那么多的工资，我更不能干了……"

蓝湘绷着脸说："别对我说你没有这个能力。我是这个公司的董事长，总经理的人选是我定的，你否定了自己就是否定了我。"

靳小晴更慌了："可是……蓝姐……我实在是不能胜任……您还是收回成命吧。"

蓝湘说："我不想跟你再啰唆了，现在有一个很具体的任务，就是滨海开发区那六百亩地，我们志在必得。也就是说，你要把那六百亩地拿下来，明白吗?"

靳小晴恍惚地摇着头。

蓝湘说："具体方案杜倩会跟你汇报的，我可以把关键的地方告诉你。现在大概有二十几家开发商都在争抢这块地方，但是我们的主要对手是林易善，一个港商。就是他跟我们较上劲儿了，现在那块地皮已经炒到了二百万元一亩。"

靳小晴问："那我能干什么？"

蓝湘说："不是你能干什么，是我让你把这六百亩地拿下来，还不能投资过多。我给你的指标是一百八十万元一亩，如果你能花更少的钱拿下来，节省下来的钱百分之五十是你的。明白吗？"

靳小晴说："既然已经炒到每亩二百万了，我怎么能用一百八十万元拿下来呢？"

蓝湘兴奋起来："问得好，别看炒到每亩二百万了，但是真正能拿得出这么多钱的只有我们和林易善两家。只要林易善能退出不与我们竞争，我们就能左右局势了。明白吗？"

靳小晴似乎连想都没想，便点了点头。

蓝湘说："好了，开始工作吧，我相信你会成功的。"

在蓝湘向靳小晴交代工作任务的时候，靳小晴的心里也慢慢地理清了一条思路。等蓝湘走了以后，她便对杜倩说："把所有的材料都给我拿来，你也出去，不要打扰我。"

靳小晴整整看了一夜的材料，边看边分析着，研究着。她一点儿也不懂经营，更不懂得商战，又不是学经济管理的，这不是赶鸭子上架吗？但是，她宁愿去冒这个险，蓝湘交给她的这个任务比让她去勾引徐文发好多了。大不了碰个头破血流，总比做那龌龊的事情好得多。真是的，蓝湘怎么不再提勾引徐文发的事情了呢？难道她放弃了吗？会吗？

天亮了，她拉开办公室的窗帘，阳光水一样地倾泻进来，使她感到非常振奋。

杜倩为她端来了早点，一碗豆浆，两根油条。这正是她喜欢吃的东西，她觉得杜倩当秘书很合格。

杜倩关心地问："靳总，您一夜都没有睡吧？要不要我在楼上给您开个房间休息一会儿？"

靳小晴第一次听到有人叫她靳总，尽管如今总经理像治疗性病的小广告一样铺天盖地、无孔不入，她还是觉得不习惯，带有一种极为嘲讽的味道。

杜倩等着她的回答。

她不想睡，只觉得很兴奋，睡也睡不着。

杜倩退了出去。

她吃过早餐，进了卫生间，在浴缸里放满了水，脱掉衣服，将自己舒舒服服地泡在了浴缸里。

透过卫生间里的大镜子，她欣赏着自己那青春四溢的胴体。这原本是徐冲的专利，徐冲总是让她脱得光光的，贪婪地欣赏着。吴雪兰真怪，女人的美丽不就是献给男人的吗？她为什么那么厌恶男人欣赏她呢？爱情……是因为她和她的先生之间没有爱吗？爱是一种奉献，是一种牺牲，没有爱，女人大概就会很吝啬的……吴雪兰的先生姓林……对了，吴雪兰不是说她先生要在烟海市投资几个亿吗？不是还答应为孙小玲办户口吗？港商林易善是不是吴雪兰的先生呢？是不是吴雪兰说的那个色情狂呢？

靳小晴抑制不住自己兴奋，伸手拿起浴缸旁边挂着的电话，敲击般地拨起了号。

电话里传来吴雪兰懒洋洋的声音："谁呀？"

靳小晴开着玩笑说："怎么还不起呀？猪都叫了。"

吴雪兰听出了靳小晴的声音："你跑哪儿去了，我昨天打电话怎么没有人接呀？"

靳小晴小声问："你先生在你旁边吗？"

吴雪兰说："他一夜都没有回来，不知道去哪儿打野食了。"

靳小晴说："喂，我问你，你先生叫什么名字？"

吴雪兰说："你问这干什么？"

靳小晴说："是不是叫林易善？"

吴雪兰说："是呀，怎么，你见到他了？"

靳小晴心里一动："你不是说……他想要个处女吗？"

吴雪兰像是突然被冷水激了一下惊醒了："什么？你想干？这可不行，那天我是冲着孙小玲提这件事的。你怎么能……不行……那太便宜他了……这不是在花园里放进一头猪吗？哪儿能让他糟蹋你？”

靳小晴说：“我想见见你先生。”

吴雪兰想了想说：“不行，要是你……他出两万可不行……你那么漂亮……又是大学生……你得狠狠地敲他一笔……”

靳小晴说：“你跟他联系吧，我听你的消息。啊对了，你记一下我的手机号。”

六十二

靳小晴是到天资大饭店去见林易善的。去之前，她让杜倩帮助自己到烟海市最高档的商店里选了一套名牌西装，又挑了一个精美的真皮手包，再到一家会员制的美容店里做了头发。杜倩是她的秘书，又是司机，还是她的包装师。

靳小晴想象着，林易善焦灼等待着的是一个来自大别山的羞答答的连头都不敢抬的小丫头，这是靳小晴故意让吴雪兰这么说的。果然，当穿着睡衣的林易善开门的时候，顿时傻了："您……找谁？"

靳小晴灿烂地笑了笑："吴雪兰介绍我来的，您是林老板吧？"

林易善还是堵着门不往里面让靳小晴。

靳小晴娇媚地用眼角瞟着林易善："不是您要我来的吗？我需要……"

林易善终于明白了，惊慌地把靳小晴让进来。

靳小晴大大方方地进了林易善的房间，漫不经心地四下打量着，很随便的样子。

林易善反而不好意思起来，他已经事先准备好了，洗了澡，穿着很无耻的浴衣，腰间的带子都没有系，松松垮垮地暴露着两条大腿和大腿之间的丑陋。

靳小晴坐在了沙发上，林易善却没有挨过来，他还是很困惑，这难道就是吴雪兰为他找的处女吗？是啊，她是很年轻，脸蛋儿鲜嫩得能看得见蓝色的毛细血管，嘴唇儿也花苞儿般的娇嫩。她很可能是处女，可是她的穿戴，她的打扮，她的气质风度，哪儿像是出卖女儿身的山村姑娘呢？

靳小晴沉着气，就是不开口，也不看林易善。

林易善试探着说："姑娘，要不要洗洗澡？"

靳小晴说："我洗过了。"

林易善还是不敢轻举妄动，又试探着说："吴雪兰是怎么跟你说的？"

靳小晴说："她告诉我你在3309房间等我。"

林易善"噢"了一声，还是不放心："我是说……吴雪兰跟你谈钱了吗？"

靳小晴说："她没跟我谈钱，但是我要跟你谈钱。"

林易善没听明白："好好，你要多少钱，说吧，我这个人是很大方的，只要……只要……"

他慑于靳小晴的风度，终于没有把"只要你是处女"这句话说出来。

靳小晴看着林易善，慢条斯理地说："林老板，为了滨海开发区那六百亩地，您花了多少钱了？"

林易善一惊："你问这些干什么？"

靳小晴说："对不起，我很关心这件事。"

林易善说："这件事跟你有什么关系？"

靳小晴说："我只想跟林老板谈一笔交易。"

林易善警觉起来："你……你是谁？"

靳小晴从手包里掏出一张名片："请多关照。"

林易善激动起来："啊……你……你是……你就是海泉公司的总经理……得罪得罪，你看……请等一等，我换一下衣服……这太不礼貌了……"

靳小晴说："没关系，我不在乎。再说，是我自己闯进您的房间里来的，是我不礼貌。"

林易善急忙将那无耻的浴衣带子系好，将自己的丑陋遮掩起来：“您说……要跟我谈一笔生意？什么生意？”

靳小晴说：“听说您为了滨海开发区那六百亩地花了不少钱。”

弄清了靳小晴的身份以后，林易善立即恢复了商场上的精明与狡猾：“这……应该是商业机密吧，您这样问恐怕不大合适。”

靳小晴说：“可是对我来说已经不是什么秘密了，您第一笔见面礼是送给烟海市的最高领导的，对吧？一套《二十四史收藏本》，每套书里装着三十万元钱，那天是在海天大厦吃的饭，吃完饭以后，你把装着钱的书交给两位领导的司机了，有这事吧？”

林易善呆呆地看着靳小晴，他奇怪，这件事他做得很机密，连自己的司机和秘书都不知道，她靳小晴怎么知道的呢？

靳小晴继续说：“当然，您送出去的钱不仅仅是这两个三十万，至于后来花的那些钱嘛，恐怕比这多得多。可是为什么你花了钱，那六百亩地却迟迟拿不到手呢？林老板，您想过这个问题吗？”

这几乎是每天都让林易善想过十遍百遍的问题，为什么？他也奇怪为什么。

靳小晴说：“林老板是不是觉得烟海市的领导太黑，胃口太大呢？他们是个填不满的无底洞是不是？”

怎么不是呢？这正是林易善每天在心里面咒骂无数遍的话。

靳小晴说：“可是我得告诉您，林老板，我完全是好意，不然您还蒙在鼓里，等手铐亮在您面前的时候就一切都晚了。”

林易善惊呆了：“您说什么？手铐？他们凭什么给我戴手铐？”

靳小晴一字一顿地说：“行贿，行贿与受贿是同样要判罪的。”

林易善身子开始发凉了。

靳小晴问：“想知道这笔钱现在在什么地方吗？它不在徐书记的书房里，也不在秦副市长的保险柜里。”

林易善急着问：“那在哪儿？”

靳小晴说：“在公安局。”

林易善傻了："公安局？"

靳小晴说："对，公安局。两位领导都把钱交给公安局局长严松明了。这件事我说了您要是不信，可以问问秦副市长的公主秦小芹，您不是跟她很熟吗？"

事实上，前几天林易善已经问过秦小芹了，他刚一提这件事，秦小芹就跟他瞪起了眼睛："还说这事，你找死呀？"

听了靳小晴的话，再回想起秦小芹的态度，林易善越发心虚肝颤起来。

靳小晴说："我不是吓唬你，公安局已经向检察院提出申请了，准备以行贿罪逮捕您。如果您还不信，也可以去问问秦小芹。"

林易善的脸已经变成了猪肝的颜色。

靳小晴缓缓地说："林老板，我今天来不是专门为你通报噩耗的，报喜不报忧，谁都知道报丧的没有好果子吃。我来是想对您说，咱们都是商人，都是在商场上摸爬滚打的人。商场依赖于官场，您被抓起来会是什么结果？您想过吗？您肯定没想过，不过现在想想也不晚。您被抓起来之后，最受益的就是我们海泉开发公司了，因为没有您这个竞争对手，我们就是龙头老大了，您不觉得我说的是实话吗？"

林易善警惕地说："我不否认，你说的是实话。我还想听你下面的话。"

靳小晴说："我们虽然受益了，却不愿意白捡这个便宜。大家都是同行，总也是兔死狐悲吧？两条，您考虑：一是您在这儿等着公安局将您抓走，到时候您落个人财两空；二呢，您主动退出竞争，您前期的投入我们负责给您补偿。"

林易善不再说什么，他只是静静地听着，默默地思索着。

靳小晴说："这样吧，林老板，我现在要是让您答复我也难为您。一是我来得太突然，我说的话您需要核实一下；二呢，您还得权衡一下利弊，掂一掂轻重。我给您三天的时间，三天后的晚上七点，您要是同意我的提议，给我打电话。电话号码在我的名片上，我等着您。对不起，扫了您的雅兴，告辞了。”

靳小晴出了林易善的房间，惦记着要抓紧时间给徐冲打个电话。徐冲得不到她的消息，不定急成什么样子了呢。

六十三

没等三天，第二天下午，林易善就沉不住气了，他肯定核实了靳小晴向他通报的情况。他给靳小晴打电话说，他同意靳小晴的提议，退出竞争。不过他提出要八百万元的补偿。靳小晴把林易善请到自己的办公室，经过没太费劲儿的讨价还价之后，靳小晴答应给林易善补偿六百五十万元。

果然如蓝湘所预料的一样，把林易善摆平就一切都好办了。一个星期以后，靳小晴顺利地拿到了那六百亩地的开发使用权，每亩一百八十万元。这样，按照蓝湘出的价，海泉公司节省下了 1.2 亿元。扣除补偿给林易善的六百五十万元，还有 1.135 亿元。这样，靳小晴获得了五千多万元的收入。蓝湘说："这笔钱你可以存在自己的账户上，也可以作为投资入股到海泉公司。"

靳小晴说："我可以用这笔钱干别的吗?"

蓝湘笑了："除了解除我们的复仇合同，你干什么都可以。"

靳小晴绝望了。

蓝湘安慰她说："不过我可以退让一步，我不强迫你向徐文发献身了。"

靳小晴高兴起来："这么说你放弃复仇计划了?"

蓝湘说："你死了这份心吧，我拼着命拿下这六百亩地的开发使用权就是为了完善复仇计划的，我一定要让徐文发身败名裂，遗臭万年。"

谢天谢地，蓝湘没有再说让他“家破人亡”，至少可以不出人命了吧。

靳小晴这些天的繁忙是可想而知的，但是不管怎么忙，她总是在千方百计地给徐家打电话。徐家也不知是怎么了，一个人都找不到。徐冲和徐敏都没有手机，他们可真够落伍的了，那么徐文发呢？徐文发怎么也不回家了？

终于，她把电话打到了市委办公室，找到了徐文发的司机。这时候她才知道，徐文发住院了。她叫杜倩开着车，径直朝烟海医院奔去。

徐冲和徐敏都守在徐文发的病床边。见到躺在床上的徐文发，靳小晴再也忍不住自己的感情，趴在徐文发身上便呜呜地哭了起来。徐冲和徐敏都哭了，徐文发的泪水也淌了出来。

良久，徐文发将靳小晴扶了起来，焦急地问：“小晴，这些天你到哪儿去了，把我们都急坏了。都以为你回北京或回桃花冲了，没想到你还在烟海市。”

靳小晴抹着泪说：“徐叔叔，我也一直在找你们，打电话家里总是没有人接，没想到您住院了……”

徐文发抚摸着靳小晴的头发，温和地说：“没事，别担心，我没事，现在好多了……”

靳小晴说：“徐叔叔，我又找了一份工作，很急，所以没来得及跟您告别。”

徐文发看了看靳小晴的装束，疑惑地问：“你在哪儿？在哪儿工作？”

靳小晴说：“在海泉房地产开发公司……”

徐文发一听便叫起来：“什么？海泉房地产？你在那儿做什么？”

靳小晴淡淡地说：“总经理。”

徐文发腾地坐起身来，像受到了惊吓似的看着靳小晴：“什么？你是总经理？你就是海泉公司总经理？这么说，滨海开发区的那六百亩地是你买走的？”

靳小晴笑了：“徐叔叔，您干吗这么大惊小怪呀，我这个总经理不过是……”

徐文发制止住她：“等等，等等，你真的是海泉公司的总经理吗？那些幕后操作都是你搞的？是吗？快告诉我。”

靳小晴愕然地看着徐文发：“什么幕后操作？我不明白。”

徐文发说：“由于香港林老板的退出，使我们损失了将近一个亿，你知道吗？原来的地价是每亩二百万，最后你们却一百八十万就买走了，对不对？”

靳小晴说：“原来的二百万也是炒作出来的，不是真正的价值。现在的地价不过是挤掉了原来的水分。”

徐文发对靳小晴更加疑惑起来：“这么说，你早就参与这笔生意了，你对这里的情况很熟嘛。”

靳小晴坦白地说：“徐叔叔，我向您说实话吧，我这个总经理，完全是应个虚名。徐冲知道，我是学文学的，让我背首诗写篇稿还行，我哪儿懂什么生意？”

徐文发问：“就是说，有人让你出头露面，真正的总经理却躲在背后，是吗？”

靳小晴点了点头。

徐文发警觉起来：“这很像这些天来我们的遭遇，有人把孩子送到徐冲的婚礼上，有人给孩子喂奶，还有人……真正的操作者却一直躲在幕后……”

靳小晴心里明白，徐文发已经开始对她产生怀疑了。

徐冲和徐敏一直在旁边听着，像是听着一个神话故事。

徐文发说：“小晴，我不怪你，无论你做过什么还是想做什么，我都不怪你。你是个好人，我在心里早就给你下了结论，你是个好人。不过，我只有一个请求，我希望你能答应我。”

靳小晴说："您说吧，徐叔叔。"

徐文发问："告诉我，你的老板是谁？"

靳小晴平静地说："蓝湘。"

徐文发问："是个女人？"

靳小晴说："对，是个女人。"

徐文发问："她在烟海市吗？"

靳小晴说："在。"

徐文发说："这就是我的请求，我想见见她。"

靳小晴说："我可以答应您，但是不一定能做到。您不知道……"

徐文发说："我知道，你的老板是一个很厉害的女人。这样吧，你尽可能帮帮我，就算帮了我们烟海市人民了，行吗？"

靳小晴说："徐叔叔，您别这样，我一定……"

徐文发紧紧地攥住了靳小晴的手。靳小晴明白，这是对她的嘱托，恐怕也是对她的考验，抑或说是对她的审察。

徐冲把靳小晴送出了医院门口，还是依依不舍。

靳小晴问："徐叔叔的病有结果了吗？"

徐冲忧心忡忡地说："恐怕是恶性的，正在做切片检查……"

靳小晴浑身颤抖起来，她想起了自己的父亲："这……怎么可能呢？"

徐冲说："但愿出现奇迹。"

靳小晴迟疑了一下："你跟我走吧，咱们一起待会儿好吗？"

徐冲得寸进尺："回家行吗？"

靳小晴说："你知道……我已经不是你家的保姆了。"

徐冲激动地说："可是你还是我的女朋友。"

靳小晴说："是，我承认，我也承认这些天我一直在想念你，给你打过无数次电话。那又怎么样？徐冲，如果真的喜欢我，就让我们从头开始吧。"

徐冲沉吟了一下，茫然地点了点头。

一辆蓝色雪佛兰开过来，停在了他们身边，驾驶汽车的是杜倩。

靳小晴为徐冲拉开了车门……

六十四

在小角落酒吧里，靳小晴和徐冲选择了一个很僻静的角落坐下来。靳小晴没有征求徐冲的意见，便要了一瓶法国干红。徐冲一直在呆呆地看着靳小晴，像是在研读着靳小晴脸上的天书。

靳小晴从手包里掏出一个新买的手机，递在徐冲的手里，笑着说："知道这是什么吗？有人管它叫作拴狗的绳子。"

徐冲也笑了："所以我才不愿意买它，怕让人牵着鼻子走。"

靳小晴说："从今以后，我就是要牵着你……你知道打电话找不到你，我多恨当初没让你配个手机啊。"

徐冲依然用一种惊疑的目光看着靳小晴。

靳小晴问："你是不是开始对我产生怀疑了？"

徐冲诚实地点了点头："最初是姐姐怀疑你，后来是爸爸怀疑你，现在我也有点儿信他们的话了。"

靳小晴问："他们怀疑我什么？"

徐冲说："他们怀疑你也像前面两个女人一样，是被人派到我们家来的。"

靳小晴调皮地看了看徐冲："如果真是这样呢？"

徐冲机智地说："如果真是这样，那岂不是天上掉下个林妹妹。"

靳小晴说："好啊你徐冲，学会油嘴滑舌了。"

徐冲说："还不是跟你学的。"

靳小晴没说什么，低头抿着酒，有滋有味的。

徐冲说："小晴，你打算怎么办？是在海泉公司干下去了，还是回去读书？"

靳小晴说："当然是回去读书了，过些天我得回学校办理一下复学手续。你呢？"

徐冲豪迈地说："我跟你一起走。"

靳小晴问："你跟我干什么去？"

徐冲说："我也去读书，这些天我已经做好了安排，考北京建工学院的研究生。这样就可以不离开你了。"

靳小晴高兴起来："好啊徐冲，真行……来，祝你成功。"

徐冲说："如果我成功了，你将怎样奖励我？"

靳小晴说："我把自己变成一个大大的奖章，挂在你的脖子上。"

徐冲用朗诵的腔调说："我把你的话锁在我的心里，这把钥匙由你来保存。"

靳小晴接着朗诵道："可是，我的好哥哥，你不要像有些坏牧师一样，指点我上天去走险峻的荆棘之途，自己却在花街柳巷流连忘返，忘记了自己的箴言……"

两个人兴奋地朗诵起了莎士比亚的名剧《哈姆雷特》，被一种相知相爱的幸福感深深地淹没了。叶建平有这个浪漫吗？有这个情调吗？亏他还是北大的学生。不知道为什么，靳小晴又想起了那个上海小男人。

正在这时候，一个穿着猩红旗袍的女服务员走过来，礼貌地对靳小晴说："对不起，有一位女士要见您。"

靳小晴抬起头："见我？她在哪儿？"

女服务员说："请您跟我来。"

靳小晴站起身，向徐冲说："我去一下就回来。"

一个灯光暧昧的小房间里，蓝湘一个人自斟自酌着。她捧着一个像小西瓜一样大的酒杯，双手把玩着。酒杯里的酒很少，她也没有喝，而是用鼻子嗅着从大杯子里飘溢出来的酒香。

靳小晴坐在了蓝湘的对面，刚才女服务员说有人要见她，她已经猜

一个灯光暧昧的小酒馆里，蓝湘一个人自斟自酌着。她捧着一个像小西瓜一样大的酒杯，双手把玩着。酒杯里的酒很少，她也没有喝，而是用鼻子嗅着从大杯子里飘溢出来的酒香。

到是蓝湘了。这是个神出鬼没且神通广大的女人。

蓝湘的目光从硕大的杯子后面飘过来，怪怪的。不经意间，蓝湘的嘴角向上翘了翘，露出了一种罕见的高傲和自信。随着那上翘的嘴角，一道闪电唰地照亮了靳小晴的头顶，紧接着撼天动地的霹雳在她心底炸响了……靳小晴如梦方醒。

没等蓝湘开口，靳小晴便主动地说："蓝姐，按照您的指示，我勾引过徐文发，可是被他拒绝了。"

蓝湘说："我已经猜到了，是不是他发现了你和徐冲的恋情，他想成全你们？"

靳小晴说："不，蓝姐，您想错了。徐文发告诉我，这些年他经受的诱惑太多了，权力、金钱、女人……可是，他都抵御住了，您知道他靠的是什么吗？"

蓝湘说："靠共产主义信念，靠马克思主义武装……"

靳小晴说："蓝姐，您听我说，那天他哭了。他告诉我，有一个女人每时每刻都在盯着他，使他不能做半点儿伤天害理的事情……因为他这一生中犯了一个天大的罪过，他害过一个女孩儿。他这些年一直在忏悔，一直在救赎自己的罪过……那个女孩儿的照片他一直放在身边……"

靳小晴的声音哽咽起来，她哭诉着，将徐文发的故事原原本本地告诉了蓝湘。

当靳小晴将要说的话讲完，发现蓝湘已经泪流满面了。但是，一种巨大的力量使她强迫着自己不让靳小晴发现她的失态，用那硕大的酒杯遮住自己的脸庞。

靳小晴轻声地问："蓝姐，你不想问问那个女孩儿叫什么名字吗？"

蓝湘竭力控制着自己："她叫什么名字，跟我有什么关系？"

靳小晴说："蓝姐，你就是那个女孩儿，你就叫韩玉冰。徐文发把那张照片给我看了，您确实变成了另外一个人。可是，有一点却没有变，就是那嘴角，往上翘起的嘴角……"

蓝湘啪的一声把酒杯蹾在桌子上，朝靳小晴吼着：“你想干什么？是不是又想说服我放弃复仇计划？”

靳小晴说：“蓝姐，我想告诉你，徐文发住院了，癌……胃癌……鸟之将死，其鸣也哀；人之将死，其言也善……你复仇复什么？大不了就让他死吧，他现在已经要死了……”

蓝湘愕然了，她愣愣地看着靳小晴，半天说不出话来。

靳小晴说：“蓝姐，他想见你一面。”

蓝湘问：“他知道我的身份了？”

靳小晴说：“没有，我没有告诉他，他只想见海泉公司的老板。”

蓝湘想了想说：“你去吧，我想一个人待一会儿。”

六十五

蓝湘与徐文发的见面，约在天资大酒店的房间里。海泉公司办公地点在海天大厦，蓝湘近来却一直住在天资大酒店。

徐文发大概对这次会面很急迫，比约定的时候早来了半个多小时。给她开门的是靳小晴，徐文发进来了。这时候蓝湘正在卫生间里洗澡，透过那磨砂的玻璃门，能隐约看见莲蓬头下蓝湘那赤裸的胴体。徐文发觉得很冒失，便对靳小晴说："我到二楼的咖啡厅等一下吧。"

蓝湘换好了衣服，又补了一下妆，才在靳小晴的催促下很不情愿地朝外走。临出门她又改变了主意："小晴，你跟我一起去。"

靳小晴犹豫着："这……合适吗?"

蓝湘说："既然你什么都知道了，就让你这个见证人当到底吧，或许对你有好处。"

靳小晴只好从命。到了二楼，靳小晴便看见徐文发等候在那靠着栏杆的餐桌旁。这正是当初徐冲结婚时蓝湘和靳小晴选择的那张餐桌。

在靳小晴的介绍下，蓝湘与徐文发握手寒暄着，官面上的礼节，淡淡的，又很正规。靳小晴把他们领进了一个雅间，两个人面对面地坐下来，靳小晴也在一旁坐下了，很别扭。

靳小晴礼貌地问："吃饭的时间还早，先上点儿茶吧。"

徐文发看着蓝湘，客气地说："蓝老板果然是一副大家风范，佩服。"

蓝湘浅浅地笑了笑："听说徐书记近来身体不大好，正住院是吧，我们该到医院看望你的。”

靳小晴注意到，蓝湘跟徐文发说的虽然是客套话，却没有用“您”字。

徐文发说：“我没事，老毛病了，住几天院就过去了。蓝老板能到我们烟海市来投资，我们非常欢迎，也非常感激。我今天想见蓝老板，主要是想听听，蓝老板对那六百亩地上的项目有什么具体的打算。”

蓝湘没说话，两只眼睛盯着徐文发，显得很锐利。

徐文发有点儿不知所措。

蓝湘还是盯着徐文发，突然问：“你觉得我很老吗？”

徐文发一愣，马上恭维地说：“哪儿的话？蓝老板正是风华正茂、光彩照人的时候，何谈老字？”

蓝湘紧盯着徐文发说：“我如果不是很老，你怎么连我都认不出来了？”

徐文发惊愣住了，这回该他死死地盯着蓝湘了。过了许久，他还是茫然地摇了摇头：“难道我们见过面吗？不是你老，是我老了，老年人记忆力差，实在对不起，请蓝老板提醒一下……”

蓝湘还是不说话，两只锐利的眼睛开始燃烧起了火光。

徐文发更加不自在了：“蓝老板，我……我真的想不起来了。”

蓝湘狠狠地说：“这么说，是靳小晴欺骗了我。你不是把我的照片一直带在身边吗？”

徐文发“啊”地叫了一声，险些昏厥过去。他努力控制住自己，浑身颤抖着：“你……你是……韩玉冰……”

蓝湘却显得更加镇静了：“对，没错，我是韩玉冰。”

徐文发的嘴唇哆嗦起来：“不……这不可能……”

蓝湘说：“韩玉冰已经死了，是吗？”

徐文发的脸色惨白起来：“她……她跳进了竹叶河……”

蓝湘说：“没错，她是跳进了竹叶河，可是她没有死，她又被人救了上来……一个木匠救了她的命……”

徐文发还是不敢相信这一切都是真的，像是深深地陷入了噩梦中。

蓝湘用一种非常坚强的腔调说：“救我的木匠姓蓝……我被他收留了，就改名叫了蓝湘。后来，大学恢复考试招生以后，我便以蓝湘的名义重新考上了大学，而且是北京大学，跟靳小晴一样，学的也是中文系……后来我又以蓝湘的名义出国留学，再后来我又以蓝湘的名义经商赚钱。韩玉冰是死了，我彻底变成了蓝湘。”

徐文发慢慢地从怀里掏出那张照片，用手指摩挲着，泪水也顺着他那惨白的脸颊滴落在照片上……他静静地听着蓝湘的讲述，许久，他终于抬起头来：“那位救你的木匠……他还在吗？”

蓝湘说：“他还在，非常健康地活着，好人有好报……他叫蓝海泉。我的海泉公司就是他创办的。”

徐文发把手里的照片递给蓝湘。

蓝湘捧着照片，再也忍不住了，哇的一声哭了起来。

徐文发站起身，走到蓝湘的背后，搂住了她的肩头。

靳小晴知道，现在该是自己离开的时候了……

六十六

两个星期以后，又到了一个春暖花开的季节了。生命无限循环着重新开始了，天空格外晴朗。

蓝湘决定让徐文发到北京肿瘤医院去做手术，已经联系好了。

靳小晴辞去了海泉公司总经理的职务，要回学校办理复学手续。

徐冲一方面陪同父亲住院治疗，一方面要探听一下考研究生的情况，更主要的是他离不开靳小晴。

四个人一起搭乘飞机前往北京。

蓝湘和徐文发坐在前排，靳小晴和徐冲坐在后面。蓝湘一直拉着徐文发的手，像是紧紧地攥着她的命根子。靳小晴也紧紧地攥着徐冲的手，像是毫不放松地拉着那条“牵狗的绳子”。

徐文发问：“你还恨我吗？”

蓝湘说：“能不恨吗？”

徐文发说：“下一步还怎么施行你的复仇计划？”

蓝湘说：“那六百亩地我已经找到了下家，转出去了。以后出了什么问题都与我无关了。”

徐文发说：“你给我挖了一个六百亩的大陷阱，我只好跳河一闭眼了。”

蓝湘说：“跳河也别跳竹叶河。”

徐文发说：“跳竹叶河能遇上救命的木匠。”

蓝湘说：“你知道谁是救你的木匠吗？”

蓝澜和许文发坐在前排，靳小晴和徐冲坐在后面。蓝澜一直拉着拉着许文发的手，像是紧紧地攥着她的命根子。靳小晴也紧紧徐冲的手，像是毫不放松地拉着那条牵狗的绳子"。

徐文发一时没有明白。

蓝湘朝后面指了指。

徐文发感动得热泪盈盈了：“小晴……我的好女儿……”

靳小晴悄悄地伏在徐冲的耳边说：“你看他们多亲热。”

徐冲说：“没想到，我家遇上了这么一场劫难以后倒因祸得福。我找到一个妈，还找到一个媳妇。”

靳小晴捶打着徐冲：“住嘴，谁是你的媳妇？”

情长路短，飞机很快便降落在首都机场了。四个人一起走出了机场大楼，却见一个光艳夺目的女孩儿抱着一束鲜花朝他们跑过来。

徐文发首先愣住了，徐冲愣住了，靳小晴也愣住了：这不是柳如烟吗？她怎么来了？

柳如烟把鲜花献给了徐文发，却跟蓝湘拥抱在一起。

这个时候，徐文发的心里似乎明白了什么，他急切地问道：“她是……是你的女儿？”

蓝湘笑着说：“难道她不像是你的女儿吗？”

徐文发如梦初醒，怀里的鲜花哗啦啦洒落在地上。

柳如烟走到徐文发面前，轻轻地叫了一声：“爸爸……”

徐文发踉踉跄跄地扑过去，把柳如烟搂在了怀里：“孩子……爸爸对不起……对不起你呀……”

蓝湘的泪水顺着她那美丽的脸庞流淌下来……

靳小晴悄悄地对徐冲说：“没想到吧，你刚才说少了，你又多了一个妹妹。”

徐冲说：“你怎么知道是妹妹？或许是姐姐呢。”

靳小晴也没有把握，现在打听徐冲和柳如烟的年龄，显然不合时宜。

人潮如涌，谁知道在这茫茫人海中还会有什么动人的故事呢？

2002 年 10 月 27 完稿于桑梓轩

2019 年 12 月修改于潞城

图书在版编目(CIP)数据

卧底 / 王梓夫著. －－ 北京 ：中国文史出版社，2021.3

（中国专业作家作品典藏文库 · 王梓夫卷）

ISBN 978－7－5205－2443－8

Ⅰ. ①卧… Ⅱ. ①王… Ⅲ. ①长篇小说－中国－当代 Ⅳ. ①I247.5

中国版本图书馆 CIP 数据核字(2020)第 209464 号

责任编辑：卢祥秋

插　　图：倩　楠

出版发行：**中国文史出版社**

社　　址：北京市海淀区西八里庄路 69 号院　邮编：100142

电　　话：010－81136606　81136602　81136603（发行部）

传　　真：010－81136655

印　　装：北京新华印刷有限公司

经　　销：全国新华书店

开　　本：720×1020　1/16

印　　张：23　　　　字数：292 千字

版　　次：2021 年 3 月第 1 版

印　　次：2021 年 3 月第 1 次印刷

定　　价：69.80 元